250,–

11L

rowohlt
rotfuchs

Andy Mulligan

SPIDER

Die große Reise eines kleinen Hundes

Aus dem Englischen von
Uwe-Michael Gutzschhahn

Mit Illustrationen von
Felicitas Horstschäfer

Rowohlt Taschenbuch Verlag

Deutsche Erstausgabe
Veröffentlicht im Rowohlt Taschenbuch Verlag,
Reinbek bei Hamburg, April 2018

Lektorat Christiane Steen
Die englische Originalausgabe erschien 2017
unter dem Titel «Dog» bei Pushkin Press, London

Umschlaggestaltung und Umschlagillustration
Felicitas Horstschäfer, www.felicitas-horstschaefer.de,
Agentur Susanne Koppe, www.auserlesen-ausgezeichnet.de
Satz Dolly PostScript, InDesign, bei
Pinkuin Satz und Datentechnik, Berlin
Druck und Bindung CPI books GmbH,
Leck, Germany
ISBN 978 3 499 21793 7

Für Joe

TEIL

Erstes Kapitel

Der Hund hatte keinen Namen.

Er war gerade mal elfeinhalb Wochen alt, und jeder Tag war für ihn verwirrend gewesen. Fünf Brüder waren verschwunden und auch seine zwei Schwestern: Sie waren einfach weg, ohne ein Bellen zum Abschied – und nie mehr wiedergekommen. Seine Mutter war in der Nähe, doch in einem anderen Teil des Hauses. Manchmal hörte er sie, wenn die Tür aufging, doch sie besuchte ihn nie, und das machte ihn einsam. Er war allein in einer Pappkiste, und das einzige Wesen, das er gelegentlich sah, war eine langgestreckte Katze mit silberfarbenem Fell, die auf der Fensterbank hockte und ihre Nase gegen das Glas drückte. Sie starrte ihn an, ohne zu blinzeln, und wenn er hochsprang und versuchte, zu ihr zu kommen, drehte sie ihm bloß den Rücken zu.

Er lag auf der Seite und betrachtete seine Pfoten.

Es waren vier, und sie waren schwarz und weiß, genau wie der Rest von ihm: Ein Muster aus Klecksen und Tupfen verteilte sich über seinen ganzen Körper bis hinauf zu den Ohren, die ihm vor dem Gesicht hingen. Er warf sie zur Seite und spielte mit seinem Schwanz. Als es langweilig wurde, rollte er sich auf den Rücken und wand und streckte sich auf der Decke unter seinem Körper aus. Hatte er Hunger? Nein. Es gab etwas zu nagen, und getrunken hatte er auch gerade erst. Ihm war auch warm genug und er hatte einen Teil des Vormittags freudig vor sich hin gescharrt. Sein Problem war einfach die Langeweile, denn ohne seine Geschwister gab es niemanden, den er zwicken, abschlecken oder beschnuppern konnte.

Er hatte niemanden zum Reden, deshalb setzte er sich, als er plötzlich die Spinne entdeckte, aufrecht und verhielt sich ganz still. Sie hing von dem Lampenschirm über seinem Kopf, und er schaute hoffnungsvoll zu, wie sie herabsank. Bald schwebte sie genau vor seiner Nase. Der Hund zuckte, fest entschlossen, nicht zuzuschnappen, und die Spinne drehte sich vorsichtig im Kreis. Im nächsten Moment landete es genau zwischen seinen Augen, wo es sich in zwei Tiere teilte und verschwamm. Sechzehn Beine zogen sich zusammen und spannten sich, während die vier Augen den Hund mit so feierlichem Ernst anstarrten, dass er Angst bekam.

«Hallo», sagte er schließlich.

Die zwei Spinnen antworteten nicht. Sie bewegten sich langsam rückwärts und verschmolzen zu einem einzigen schwarzen Punkt. Zwei Fangzähne tauchten auf, und die Augen wurden freundlicher.

«Guten Morgen, Hund.»

«Guten Morgen. Ich bin wirklich froh, dich zu sehen, weil ich schon überlegt hab, ob ich wohl wieder den ganzen Tag allein sein muss. Alle haben mich verlassen, deshalb hab ich mir wirklich – na ja … einfach Sorgen gemacht.»

«Aus gutem Grund», antwortete die Spinne. Ihr Mund weitete sich zu einem winzigen Lächeln.

«Weißt du, wo die andern alle hin sind?»

«Nein, weiß ich nicht.»

«Was ist denn los?»

«Nichts. Aber du bist neugierig – was mich nicht überrascht. Du willst die Wahrheit wissen – du willst Antworten, die dir helfen, deine Lage einzuschätzen und dir eine Strategie zu überlegen. Doch ehe ich dir die Antworten gebe, mein Freund, will ich dich lieber warnen. Spinnen lügen nie, das liegt nicht in ihrer Natur: Wir können immer nur mit Fakten dienen.»

«Genau das, was ich brauche», sagte der Hund. «Ich bin nämlich ziemlich durcheinander. Ich will ja nicht ungeduldig sein, aber ich weiß nicht, wie lange ich dieses Gefühl noch ertrage.»

«Sie wurden alle verkauft, mein Freund.»

«Wirklich?»

«Jeder einzelne Welpe. Ging ganz schnell, verstehst du?»

«An wen denn verkauft?»

«An Leute. Geld wechselte den Besitzer, und jetzt sind sie auf dem Weg in ihr schönes neues Zuhause, wo sie geliebt und umsorgt werden. Jetzt gerade, während wir uns unterhalten, ziehen sie ein, lernen ihre netten Familien kennen. Das ist das Glück, wenn man ausgewählt wird, verstehst du? Dein Problem ist, dass du nicht ausgewählt wurdest. Du bist der Hund, den keiner haben wollte.»

«Oh.»

Der Hund saß schweigend da, und die Spinne bewegte sich nach oben auf seine Stirn. Und dann weiter bis zwischen die Ohren, wo sie einen Moment verharrte und sich für eines von beiden entschied. Sie schob sich unter einen der Hautlappen und sagte dann leise:

«Hörst du mich?»

«Ja.»

«Du bist der jüngste und kleinste. Sieh dich doch mal an, kleiner Hund: Du bist schwach, du bist dürr. Ja, gut, natürlich wirst du noch zulegen, aber trotzdem bleibst du irgendwie komisch tapsig – außerdem stimmen bei dir die Proportionen nicht. Wahrscheinlich weißt du das gar nicht, aber wenn du dein Maul zumachst, schließen die Kiefer nicht richtig. Ein Zahn schaut immer hervor, deshalb siehst du irgendwie seltsam aus. Deine Brüder waren einfach hübscher, fürchte ich – genau wie deine Schwestern. So sind nun mal die Regeln in diesem Dschungel. Die Starken überleben, und die Schwachen gehen unter.»

«Ich verstehe.»

«Hast du im Moment noch weitere Fragen an mich?»

«Nein. Ich glaub nicht.»

«Überleg ganz genau.»

Der Hund blinzelte wieder. «Ich glaub, ich hab doch eine», sagte er nervös. «Wenn ich nicht ausgewählt wurde, dann – okay. Das heißt, im Moment will mich niemand, und ich versteh das –»

«So sind die Fakten, und denen musst du nun mal ins Auge blicken.»

«Schon. Aber was wird dann aus mir? Hier kann ich doch nicht bleiben, oder?»

«Nein.»

«Ja und?»

«Man hat dich weggegeben. Erinnerst du dich an den Mann, der heute Morgen da war? Wie er dich hochgenommen und untersucht hat?»

«Er war in Eile, ja.»

«Das kannst du wohl sagen.»

«Was ist mit ihm? Wer ist der Mann?»

«Tja, ich hab mir die Freiheit genommen, auf seine Jacke zu klettern, deshalb habe ich alles gehört, was er sagte. Er hat ein Haustier gesucht, und eigentlich wollte er ein kleines Kätzchen – er ist bloß reingekommen, weil er das Schild an der Tür gesehen hat: ‹Nur noch ein Welpe übrig – in gutes Zuhause abzugeben›. Das stand auf dem Schild. Deswegen ist er reingekommen, um ein Schnäppchen zu machen. Er hat offenbar beschlossen, dir eine Chance zu geben. Du wirst ein Geschenk für seinen Sohn.»

«Aber er hat mich ja nicht genommen. Er hat mich hiergelassen –»

«Er kommt zurück oder schickt jemanden. Du wirst schon ganz bald abgeholt werden.»

«Dann bin ich doch gewollt, ja? Ich wurde ausgewählt.»

«Das würde ich so nicht sagen. Diesen Schluss solltest du besser nicht ziehen und dir zu viele Hoffnungen machen, Hund. Ein guter Start ist das irgendwie nicht, hm? Zum einen: Die Familie wohnt in einem sehr kleinen Haus – und sie hat wenig Geld. Der Junge heißt Tom und ist gerade auf eine schicke neue Schule gekommen, das heißt – wenn man zwischen den Zeilen liest –, du bist wahrscheinlich irgendeine Belohnung, wie eine Trophäe oder ein Preis. Es hat ein paar Veränderungen im Haushalt gegeben, und was sie eigentlich wollten, war eine simple Katze. Du bist bloß ein Versuch, eine Zufallswahl. Sieht echt nicht gut aus, was?»

«Das heißt, er hat seine Meinung geändert.»

«Und vielleicht ändert er sie irgendwann wieder zurück. Katzen brauchen einfach weniger Pflege.»

«Dann sollte ich mich anstrengen, ein guter Hund zu sein. Besser als eine Katze. Und zusehen, dass ich keine Probleme mache.»

«Ist das möglich?»

«Ja.»

Der Hund schüttelte sich, ängstlicher denn je. Die Spinne kehrte auf seine Nase zurück und lächelte breit.

«Oje, oje», sagte sie kichernd. «Was wohl die Zukunft für dich bereithält? Du hast keinen Stammbaum, das heißt, niemand weiß, was in dir steckt. Bist du vielleicht ein Jagdhund? Das bezweifle ich. Oder ein Wachhund? Nein. Bist du nur Dekoration, oder bist du praktisch veranlagt? Ich habe Hunde erlebt, die waren schnell, klug, loyal und liebevoll –»

«All das könnte ich auch sein!»

«Oder nichts davon.»

«Auf jeden Fall bin ich freundlich.»

«Du bist dumm.»

Der Hund fuhr zusammen. Sein Kopf schmerzte leicht, und er sah wieder doppelt.

«Wie hieß noch mal der Junge? Ich hab's –»

«Tom.»

«Gefällt mir. Ist ein schöner Name und leicht auszusprechen. Ich frage mich, wie er *mich* nennen wird.»

«Wenn es überhaupt so weit kommt. Wenn du nicht gleich in den ersten fünf Minuten wieder zurückgeschickt wird.»

«Ich brauche einen Namen!»

«Sind Namen so wichtig?»

«Ja! Sehr wichtig.»

«Wieso?»

«Weiß ich nicht. Ohne Namen ist man ... nichts. Wie heißt du eigentlich?»

«Ich hatte noch nie einen Namen, kleiner Hund. Ich bin namenlos und existiere trotzdem.»

«Darf ich dich ‹Faden› nennen?», fragte der Hund.

Die Spinne lachte. Sie stieß sich in die Luft und wand sich, selig drehend, nach oben.

«Nenn mich, wie du willst!», rief sie. «Du verschwindest sowieso bald ins große Unbekannte. Das hier ist mein Zuhause. Leb wohl, Hund ohne Namen.»

Die Spinne verschwand, und gerade als der Hund zum Abschied kläffte, ging die Tür auf. In der Tür stand die Frau, die ihm zu fressen gegeben hatte. Sie nahm ihn hoch, und bevor er sich auch nur einmal winden konnte, war sie mit ihm im Vorraum, wo ein junger Mann mit einer Ledertasche wartete. Der Hund ließ sich hineinsetzen – er zitterte am ganzen Körper, denn alles ging schrecklich schnell. Die Frau streichelte ihm den Kopf und kraulte ihn am Kinn.

«Hab ein gutes Leben, Engelchen», sagte sie. «Du hast nur eins.»

Zweites Kapitel

Tom saß im Garten.

Die Blumenbeete waren voller Unkraut, und der Rasen war seit Wochen nicht gemäht worden. Ehrlich gesagt verwandelte sich das ganze Gelände langsam in eine Wildnis. Tom saß da, umgeben von Muffen und Schraubenschlüsseln. Ein alter Motor lag zerlegt auf dem Boden: die Teile auf Zeitungspapier ausgebreitet, um gereinigt zu werden. Die Gartentür ging auf, und Tom sah seinen Vater.

«Du wirst gebraucht», sagte er.

«Von wem?»

«Keine Ahnung, aber da ist was für dich abgegeben worden. Kannst du dir kurz die Hände abwischen? Ist eine Spezziallieferung, glaube ich – gerade eben gekommen.»

Tom stand auf. Neben ihm lag ein Lappen, mit dem er sich die Finger abputzte. Er sah Phil in der Küche stehen – er hatte immer noch den Motorradhelm auf dem Kopf. Und als er näher ans Fenster trat, entdeckte er eine Tasche, die auf dem Tisch stand. Das Gesicht seines Vaters war vollkommen ausdruckslos.

«Was ist denn los?»

«Nichts.»

«Was hast du für mich? Was ist dadrin?»

Sein Vater war wieder in die Küche getreten. Tom folgte ihm.

«Keine Ahnung», sagte sein Vater. «Die stand auf der Treppe vorm Haus. Wollte sie schon zurückschicken, aber dann sah ich, dass da dein Name draufstand.»

«Wenn sie von Mum ist, mach ich sie nicht auf.»

«Ich glaube nicht, dass die Tasche von Mum ist.»

«Von wem dann?»

«Weiß ich nicht. Was ist dadrin, Phil? Du hast sie doch reingetragen.»

«Keine Ahnung. Aber sie ist schwer – und irgendwas bewegt sich dadrinnen.»

Tom stand in der Tür und spürte, wie sich sein Magen zusammenzog.

Phil hatte inzwischen den Helm abgenommen und sah Tom mit einem seltsamen Lächeln an. Toms Dad war zum Herd gegangen, das Gesicht immer noch ausdruckslos. Das Radio war ausgeschaltet, das einzige Geräusch war ein plötzliches Kratzen aus dem Innern der Tasche, die sich dabei ausbeulte und wieder zusammenzog. Der Reißverschluss war zu. Tom hörte ein leises wehleidiges Winseln.

«Was ist das?», fragte er.

«Vielleicht ein Fußball», meinte Phil.

«Ich schätze, irgendwas für die Schule», sagte sein Dad. «Ein hübscher neuer Blazer.»

«Ich hab einen Blazer.»

«Vielleicht einer zum Wechseln?»

Tom konnte kaum atmen. Für einen Moment glaubte er zu ersticken. Er schluckte, und dann merkte er, dass etwas Komisches mit seinen Händen passiert war: Sie waren direkt unter seiner Nase gefaltet, und aus irgendeinem Grund hatte er plötzlich Tränen in den Augen.

«Du hast doch nicht etwa ...», sagte er leise. «Oder?»

«Hab ich etwa was?»

«Ich hatte schon gar nicht mehr dran geglaubt. Dad, du hast doch nicht etwa ...?»

«Wovon redet er, Phil?»

«Ich hab keine Ahnung. Aber er wirkt ein bisschen wackelig auf den Beinen. Bist du krank, Tom? Willst du dich hinlegen?»

«Ich denke, wir holen lieber Hilfe – er ist ja ganz rot im Gesicht.»

Tom trat an den Tisch. Die Tasche hatte sich wieder bewegt: Er hatte gesehen, wie sie gehüpft war. Was immer sich in dieser Tasche befand, es war eindeutig lebendig. Er wischte sich eilig die Tränen aus den Augen, aber seine Finger funktionierten nicht richtig – sie kriegten den Reißverschluss einfach nicht auf. Und er war sich bewusst, dass Phil angefangen hatte, das Ganze mit seinem Handy zu filmen. Was immer in der Tasche war, es winselte jetzt ununterbrochen, und Tom hörte deutlich ein Kläffen. Schließlich schaffte er es, den Reißverschluss aufzuziehen, und sofort schoben sich zwei Pfoten heraus, gefolgt von einem fellbesetzten Kopf. Ohren schlappten, und als sie sich teilten, kamen zwei leuchtende Augen zum Vorschein und dann eine Nase, die sich Tom mit einem seligen Jaulen entgegenreckte. Der Hund stieß empor wie eine Fontäne und drehte sich in der Luft. Wie hatte er in so engem

Raum Platz finden können? Er sprang hoch und raus aus der Tasche. Tom schaffte es gerade noch, ihn unter den Vorderläufen zu packen und hochzuheben, obwohl der Hund in seinen Armen strampelte und ihm das Gesicht abschleckte. Der Junge stolperte nach hinten, den Hund fest an die Brust gedrückt.

«O Gott», sagte er. «Das kann nicht wahr sein ...»

Phil lachte, genau wie Toms Vater. Tom drückte den Hund mit offenem Mund an sich.

«Ich glaub es nicht!», rief er. «Ich glaub das echt nicht! Ist der wirklich für mich?»

Sein Vater nickte.

«Aber du hast doch gesagt, wir könnten keinen ... Ich glaub's einfach nicht! Nein!»

«Er gehört dir, Tom. Harte Arbeit zahlt sich aus, und er gehört dir –»

«Das kann doch nicht ...»

«Doch, doch, also komm schon – lass ihn runter ...»

«O nein, sieh ihn dir an. O mein Gott, schau doch nur!»

Tom sank auf die Knie und ließ den Hund runter auf den Küchenboden. Es gab ein wildes Gekrabbel mit den Pfoten und einen wilden Purzelbaum aus Fell, als sich der Hund wieder hochstieß. Er sprang unter den Tisch und hinüber zu Phil, dann schien er von der Wand abzuprallen in Toms Richtung, der ihn mit Schwung wieder hochnahm, während ihm der Hund auf die Schulter krabbelte.

«Ich glaub das nicht!», rief Tom. «Du hast gesagt, wenn ich Glück hätte, eine Katze. Du hast gesagt, vielleicht eine Katze, und jetzt schau dir das an!»

«Willst du ihn nicht?»

«O doch! Er ist ... unglaublich. Aber wie soll ich ihn nennen? Er braucht doch einen Namen! Kann ich ihn nennen, wie ich will?»

«Ja sicher», antwortete sein Dad. «Setz ihn einen Moment auf den Boden.»

«Schau ihn dir an, Dad – danke ... Er ist das Schönste auf der ganzen Welt, sieh doch bloß, seine Beine, er sieht aus wie eine riesig große Spinne. So werd ich ihn nennen – Spider! Das ist sein Name, einverstanden? O Mann – das ist der schönste Tag meines Lebens ...»

«Hör zu, Tom. Du hast hart für dieses Stipendium gearbeitet, und nach allem, was passiert ist –»

«Er ist so toll.»

«Du erziehst ihn und kümmerst dich um ihn. Du wirst in jeder Hinsicht für ihn verantwortlich sein.»

Der Hund drehte und wand sich wieder, und Tom drückte ihn eng an seinen Brustkorb. Er spürte ein Herz schlagen – schnell und wild.

«Schau dir bloß dieses Fell an», sagte er leise. «Meinst du, er ist ein Schäferhund?»

Phil lachte. «Das glaube ich nicht», sagte er. «Er hat vielleicht eher etwas von einem Terrier.»

«Und ein bisschen was von einer Hyäne», meinte Toms Dad. «Ich sehe auch Ansätze von einem Krokodil – sieh dir mal die Zähne an.»

Tom hörte ihn gar nicht.

«Er kann sich so strecken», rief er. «Und schau bloß mal den Schwanz. Und diese verhedderten Beine – als wenn er zu viele hätte ...»

Aus Toms Augen rannen noch immer Tränen, und der Hund spürte, wie ihm eine genau auf die Nase tropfte. Er wand sich und schleckte dem Jungen übers Gesicht. Er roch Toms Haare, die etwas Wildes und Sauberes hatten – ein Seifenduft mischte sich unter den Mix aus Öl und Garten. Der Junge war dünn, mit einer langen Mähne – und der Hund fand, dass sie in gewisser Hinsicht gleich aussahen, nur dass Tom nicht diesen ungewöhnlichen Zahn hatte. Er grinste jetzt, und sein Lachen war voller Glück.

«Ja», sagte Tom leise. «Ich werde ihn Spider nennen – ist das okay?»

«Nimm ihn mal runter, Tom. Wir sollten ihm was zu trinken geben.»

«O Dad – danke, danke, danke! Danke, Phil – danke. Komm, Spider – ich führ dich schnell rum, und dann geb ich dir was zu fressen ...»

«Sei vorsichtig, Kumpel», meinte Phil. «Er ist noch ein Welpe –»

«Ich zeig ihm das Haus! Das hier ist jetzt dein Zuhause, Spider – hier wohnst du ab jetzt, verstehst du? Besser, du lernst es gut kennen, damit du es bewachen kannst.»

Der Junge setzte den Hund mit allen vier Pfoten auf den Boden, und der Hund stand einen Moment still. Er sah sich in der Küche um und nahm seine neue Familie und seine neue Umgebung auf. Sekunden später war er an der Tür, stand plötzlich draußen unter freiem Himmel und fegte durchs Gras zu einem schmutzigen Bach. Tom lief ihm rufend hinterher, und der Hund wirbelte herum und wich instinktiv zur Seite aus – dann raste er den Weg zurück, den er gekommen war. Im nächsten Moment sprang er hoch, sauste zwischen den Beinen des Jungen hindurch und drehte sich im Kreis. Er knurrte vor Begeisterung, biss verspielt zu und rollte sich im Gras.

«Spider», rief Tom. «Komm jetzt her – sitz!»

Der Hund schoss auf seinen neuen Herrn zu und bellte wie verrückt.

«Nein, Spider! Platz!»

Er wälzte sich wieder auf den Rücken und wedelte mit den Beinen in der Luft. Er spürte Hände an seinen Rippen und direkt am Hals. Tom rang jetzt mit ihm. Spider hielt dagegen und kläffte ganz überrascht. Für den Bruchteil einer Sekunde dachte er an Faden und kläffte noch einmal, weil das komische kleine Tier alles so falsch verstanden hatte. Hatte der Junge etwa auf eine Katze gehofft?

Natürlich nicht.

War er – Spider – ein ungewolltes Geschenk, zu hässlich, um geliebt zu werden? Überhaupt nicht, denn er hatte bereits einen Namen bekommen und ein Revier, auf das er aufpassen sollte. Doch das Beste von allem war: Er hatte einen Besitzer, der ihn zu brauchen schien – und das war beinahe zu schön, um wahr zu sein.

Drittes Kapitel

Tom merkte schnell, dass Spider ein echter Entdecker war.

Der Hund liebte den Garten, der in einem Schlammloch und einem wuchernden Brombeergewirr endete. Er entdeckte einen Weg, der zu ein paar Mülleimern führte, und es gab dort auch einen leeren Schuppen an einem kleinen stehenden Teich. Die Welt war jetzt ein schillernder Cocktail ständig wechselnder Gerüche, und Spider konnte sich stundenlang darin verlieren.

«Bald erobern wir die Gegend noch weiter», sagte Tom und streichelte ihm dabei über die Nase. «Es gibt in der Nähe einen Park, der wird dir gefallen.»

Spider blinzelte und leckte Toms Finger.

«Du brauchst ordentlich Auslauf, nicht? Das merk ich schon. Und wir müssen mit deiner Erziehung anfangen. Dad arbeitet nachts, Spider, das heißt, es gibt Zeiten, da müssen wir mucksmäuschenstill sein. Ach ja, und du darfst nie in Phils Zimmer gehen. Phil ist der Typ, der dich abgeholt hat, er ist unser Untermieter. Er ist zwanzig, und er ist auch ein

Freund. Er hat übrigens selber ein kleines Tier. Einen Fisch, deshalb ist sein Zimmer absolut verboten für dich. Es gibt so viele Regeln! Ist fast wie Schule ...»

Spider knabberte an Toms Handgelenk und hüpfte zu seinem Kinn hoch. Sie rangelten wieder miteinander, bis sich Tom auf den Rücken warf und Spider keuchend auf ihm lag.

Er hatte erwartet, die Brüder und Schwestern des Jungen kennenzulernen, doch langsam begriff er, dass es nur Tom gab und – genau wie bei ihm – auch keine Mutter. Wohin die Mutter verschwunden war, blieb ein Geheimnis; ihr Duft war noch überall zu spüren. Der Untermieter bewohnte das mittlere Stockwerk, und ihm haftete immer ein Geruch nach Motoröl und Schmierfett an. Spider hatte den Fisch gesehen, wie er in einem Glas herumschwamm – er interessierte ihn nicht.

Was ihn jedoch mehr als alles andere interessierte, war das Zimmer seines Herrn, das noch eine Treppe höher lag, ganz oben unter dem Dach. Es bildete ein zeltartiges Dreieck, in dem wegen der Dachluke, die nicht richtig schloss, immer ein Luftzug ging. Es gab keine Gardine, sodass man tagsüber die Wolken und nachts die Sterne sah. Der Teppich auf dem Boden war übersät mit Spielzeug und Sachen zum Anziehen, deshalb hatte sich der Hund als Erstes einen Ruheplatz auf Toms Bett gebaut und dazu sowohl Kissen als auch Decke verwendet. So konnte er schön im Warmen liegen und die weiteren Möbel in Augenschein nehmen. Es gab einen Tisch mit einem sehr alten Computer und riesigen Stapeln von Ordnern. Überall lagen Kugelschreiber, Bleistifte, Eddings und Plaka-Farben – denn Tom zeichnete gern, und die Wände waren voller erstaunlicher Bilder von Raketen und Flugzeugen.

Es gab auch ein Bücherregal, in dem sich die Bretter unter dem Gewicht der Bände bogen. Das Regal stand direkt neben einem Kleiderschrank, der fast platzte vor Jeans, T-Shirts und zu großen Pullovern – alles roch nach Toms unverwechselbarer Duftmischung. Das einzig ordentlich Aufgehängte war ein schwarzer Blazer mit einem feinen roten Streifen an den Rändern. Vorne hatte der Blazer ein goldenes Emblem in Form eines Löwen. Und über der Schulter des Blazers hing eine streng wirkende Krawatte.

Sie hatte etwas Abschreckendes, Bedrückendes an sich.

«Wehe», sagte Tom.

Er war Spiders Blick gefolgt, und der Hund spürte die alarmierende Schärfe in Toms Stimme.

«Knabberst du gern an Sachen herum?», fragte Tom. «Ich weiß, Hunde lieben das, aber wenn du je an meinen Schulsachen rumknabberst, sind wir erledigt. Wir beide. Das Ding ist eine Schuluniform – und hat ein Vermögen gekostet. Ehrlich gesagt ...»

Er stieß die Schranktür zu und verkeilte sie mit einem Hausschuh. «So. Lass uns das Ding vergessen.»

Er kraulte Spiders Kopf.

«Nächste Woche geht's wieder los, verstanden? Es sind noch Ferien, aber demnächst ist es wieder so weit – und ich nehm dich auf keinen Fall mit.»

Spider blinzelte nachdenklich und leckte Toms Daumen.

«Du würdest es da sowieso hassen – ist grauenvoll. Du wirst im Garten bleiben, weil Dad in der Zeit schläft. In die Küche kannst du rein – und Phil ist an der Uni, der kommt und geht also. Was wir aber machen müssen, ist alle Grundregeln klären.

Du scheinst mir ein ziemlich braver Hund zu sein – ich meine, du tust schon genau, was man dir sagt. Aber du brauchst viel Platz, offenes Gelände, stimmt's? Und das heißt, du brauchst eine Leine.»

Spider leckte jetzt alle Finger von Tom und knabberte an ihnen. Tom lachte und spielte mit Spiders Ohren.

«Du bist ja so ein Monster», sagte er. «Dad findet, du solltest unten schlafen, und ich schätze, das stimmt. Aber du bist ja noch so jung und nicht gewohnt, allein zu sein – wie denn auch? Das heißt, diese Woche oder vielleicht auch noch nächste, solange du dich an alles gewöhnen musst, werde ich dich hier oben mit raufschmuggeln. Wir können uns gegenseitig beschützen, okay? Aber wir müssen vorsichtig sein. Kein Bellen, es sei denn, es ist ein echter Notfall. Und den wird es nicht geben.»

Gleich am nächsten Morgen präsentierte Tom ein Halsband.

Es war blau und besaß zwei Ringe aus Metall. Der eine hielt einen Anhänger, in den verschiedene Ziffern eingraviert waren, der andere war dazu da, den Verschluss einer starken Lederleine einzuhaken. Spider trug das Halsband mit Stolz, und Tom führte ihn über den Flur zur Haustür. Als er sie öffnete, merkte der Hund, dass der Augenblick gekommen war: Die Welt draußen lag wieder vor ihm, und sie war so anders als der Garten. Er schoss Richtung Bürgersteig und stolperte dabei über die eigenen Pfoten. Tom lachte und hielt ihn zurück, so fest er sich traute. Im nächsten Moment liefen sie gemeinsam die Straße entlang, vorbei an Türen in allen möglichen Farben. Überall waren Autos geparkt, Stoßstange an Stoßstange hintereinander. Und es gab jede Menge Stangen und Pfosten, dass dem Hund schon bald ganz schwindelig war. Sie liefen an einem zugenagelten Laden vorbei und an einem Haus, das ein starker Kräutergeruch umgab. Sie überquerten die Straße, und Tom bog in einen Durchgang ein, der sich zu einem Labyrinth aus kleinen Wegen auswuchs, die kreuz und quer liefen. Spider zog an der Leine, entschlossen, sich in dem Wirrwarr zu verlieren, und nach kurzer Zeit landeten sie an einem zweiflügeligen hohen Eisentor.

«Okay», sagte Tom. «Das ist der Park.»

Er war außer Atem und keuchte.

«Platz.»

Spider staunte. Das Tor stand weit offen und lud ihn auf ein riesiges Gelände mit dem grünsten Gras ein, das er je gesehen hatte – und trotzdem drückte Toms Hand auf seinen Hintern. Er wand sich und versuchte loszurennen.

«Nein, Spider! Nein.» Tom drückte ihn wieder nach unten. «Setz dich bitte hin – wir machen das zusammen. Wir lernen, Geduld zu haben.»

Der Hund setzte sich und überlegte, wieso sie ausruhen mussten. Tom hielt die Leine mit festem Griff, aber Spider konnte einfach nicht widerstehen, an ihr zu reißen. Er duckte sich und kam mit einer Pfote über Toms Arm. Er wollte sich schon gerade in die Freiheit winden, als er plötzlich in einen heftigen Kieselschauer geriet. Ein Fahrrad hatte schlitternd neben ihnen gebremst und sie nur um Haaresbreite verpasst.

«Wow», sagte eine Stimme. «Tommy Lipman.»

Spider sprang nach vorn, und Tom geriet aus dem Gleichgewicht, sodass er auf dem Boden landete, die Leine um seine

Füße gewickelt. Das Fahrrad kam jetzt noch näher, und der Radfahrer grinste auf das Kuddelmuddel herab.

«Was ist das denn?», fragte er lachend. «Mann, Lipman – wo hast du denn den Köter her?»

«Hi, Rob», sagte Tom. «Was machst du hier?»

«Geht dich nichts an.»

«Du wohnst doch gar nicht in dieser Gegend.»

«Ich besuch Freunde, Lipman. So was verstehst du nicht, weil du ja keine hast – aber ernsthaft, was ist das da?»

«Mein neuer Hund.»

«Niemals», sagte der Junge. «So was kannst du doch nicht Hund nennen – schau dir bloß mal sein Maul an, Mann. Junge oder Mädchen? Oder nichts von beiden?»

«Er ist ein Junge.»

«Echt? Hast du nachgeschaut?»

Der Junge lachte noch immer, doch Spider spürte, dass Tom sich unwohl fühlte.

«Schau lieber noch mal nach, Lipman!», rief der Junge. «Ist ja ein bisschen verwirrend mit dem Geschlecht, was? Bei dir sind wir uns ja alle auch nicht ganz sicher. Hey ... geh nicht einfach weg, Mann. Ich red mit dir.»

«Wir sind beschäftigt, Rob. Tschüs, bis nächste Woche.»

«O Lipman – du legst es echt drauf an.»

«Tschüs, Rob.»

«Wir sehen uns. Du kannst uns nicht entkommen, weißt du? Wir warten auf dich.»

Spider war jetzt total durcheinander. Tom hatte angefangen zu laufen, und der Junge auf dem Rad folgte ihm. Er brüllte auch irgendwelche Fragen, aber Tom antwortete nicht – er versuchte, die Leine zu entwirren, die sich schon wieder verknotet hatte. Plötzlich war Spider frei, denn das Ende der Leine, das sein Herrchen um das Handgelenk geschlungen hatte, fiel ins Gras. Der Hund sprang zur Seite, als ein Energiestoß durch seinen Körper jagte. Tom versuchte ihn festzuhalten, doch es war so einfach auszuweichen – und weg war er, wie eine Rakete schoss er in einem unaufhaltsamen Sprint über die Wiese. Falls Toms Freund noch bei ihnen war, hörte Spider ihn einfach nicht. Er bog nach rechts ab mit Tom auf seinen Fersen. In der Ferne hatte er etwas Graues entdeckt, und er wusste einfach, was das war: Ein zweiter Hund war im Park, und sie hatten sich erblickt.

Tom schrie seinen Namen, deshalb jagte Spider zurück und umkreiste ihn in ausreichendem Abstand. Er stolperte über die Leine, landete mit einem Überschlag wieder auf den Beinen und raste weiter zu dem anderen Hund, der unbedingt spielen wollte. Sie liefen davon, nebeneinanderher, auf eine ferne Hecke zu, und schossen mitten hindurch. Toms Rufe wurden leiser und waren schließlich gar nicht mehr zu hören unter dem Spritzen eines Bachs, der so viel breiter war als das kleine Rinnsal zu Hause. Der graue Hund verschwand wieder, aber Spider planschte zum ersten Mal in seinem Leben. Er spürte Schlamm zwischen den Zehen und Wasser auf seinem Fell. Er kletterte eine Böschung hoch in ein dichtes Gestrüpp: Köstliche Düfte drangen aus einem Tunnel, den etwas Wildes ins Unterholz getrieben hatte. Spider sprang hinein, denn das hier war so viel toller als der Garten, den er kannte. Bald hatte er sich in dem Röhrengewirr verirrt, und als er – Minuten später – wieder hervorkam, fand er sich in einem völlig anderen

Teil wieder, einem Waldstück. Spider spürte die Tannennadeln unter den Pfoten. Er trottete auf eine Lichtung und hoffte, dass Tom ihm hinterherkommen würde. Es gab aber weder ein Zeichen noch einen Duft, also lief er eilig zurück. Der Park lag jetzt ein ganzes Stück hinter ihm, doch er witterte den Weg, denn vor ihm lag ein schmaler Pfad, der zu dem Tor und der Straße führte – er erkannte eine Reihe geparkter Autos, die genauso aussahen wie die, an denen er vorhin vorbeigekommen war. Als er an ihnen entlanglief, glich die Straße sehr derjenigen, in der er wohnte – aber es gab keinen vernagelten Laden, und er sah Zäune aus Eisen, die ihm nicht vertraut waren.

Er setzte sich auf den Gehweg.

Er fragte sich, ob Tom von der anderen Seite kommen und ihm den Weg abschneiden würde, wenn er weiterlief. Also rannte er wieder los, in der Hoffnung, auf ihn zu stoßen, doch der einzige Mensch, den er sah, war jemand mit einem Kinderwagen. Schließlich sah er einen Jungen und schoss auf ihn zu – doch dann merkte er, dass es nicht Tom war oder sein Freund mit dem Fahrrad. Er wurde wieder langsamer und sofort von einem Laternenpfahl abgelenkt, aber nachdem er ihn von allen Seiten beschnuppert hatte, wurde ihm klar, dass es besser war umzukehren. Das Problem war nur, er wusste nicht mehr, in welche Richtung er musste, also wandte er sich erst in die eine, dann in die andere. Der Kinderwagen kam näher, seine Räder kollerten. Spider wich zurück, und genau in dem Moment hörte er das schreckliche Heulen einer Sirene – eine Woge von Lärm, begleitet von zuckenden Lichtern und quietschenden Reifen. Ein Motor hatte eine Fehlzündung, laut wie ein Gewehrschuss, und Spider jagte über die Straße.

Der Fahrer sah bloß einen Schemen aus Schwarz und Weiß.

Er trat auf die Bremse und verlor die Kontrolle. Jemand schrie, doch der Schrei verlor sich in einem malmenden Knirschen von Blech und dem Splittern von Glas. Spider wusste, er war tot: Sein kurzes Leben blitzte noch einmal vor seinen Augen auf, mit einem kurzen Bild von Tom, gefolgt von dem seines Betts im Dachzimmer. Er sah auch die silberfarbene Katze, die er einmal kurz angestarrt hatte, doch plötzlich schwang das Heck des Lieferwagens auf ihn zu, und er zuckte nur noch zusammen. Irgendwie ruckte das Hinterrad und blieb schließlich qualmend nur Zentimeter vor Spiders Nase stehen. Der Fahrer starrte mit offenem Mund durch die geborstene Scheibe.

Spider wich zurück. Eine Hand packte ihn am Halsband, und er drehte sich um und hoffte von ganzem Herzen, es wäre Tom. Doch er war es natürlich nicht: Eine Frau war auf die Straße getreten und hatte ihn geschnappt. Im nächsten Moment zog sie an dem Halsband-Anhänger, und weitere Menschen versammelten sich um ihn herum und schauten mit finsteren Gesichtern auf ihn herab. Sein Instinkt sagte ihm, dass er in ernsten Schwierigkeiten steckte.

Viertes Kapitel

Es war Phil, der ihn abholte.

Als sie nach Hause kamen, wartete Tom schon, und Spider schaffte es gerade noch, seine Vorderpfoten zu heben und ihm das Gesicht abzuschlecken. Der Junge versuchte ihn festzuhalten, aber sie wurden sofort wieder getrennt. Spider roch den beunruhigenden Geruch von Angst, und ihm dämmerte, dass es Tom war, der die Strafe bekam. Er schlich die Treppe zum Dachzimmer hoch, das er so liebte, und genau in dem Moment ging unten das Gebrüll los.

Toms Dad war wütend. Wie hatte der Junge die Leine fallen lassen können? Wieso waren sie überhaupt in den Park gegangen? Warum konnte man Tom nicht die einfachsten Dinge anvertrauen? Der Hund sprang zitternd aufs Bett und rollte sich auf der Decke zusammen. Alles roch nach Tom, und das machte, dass er sich noch viel elender fühlte. Das Brüllen wurde lauter, und die Stimme des Jungen zitterte schon bald, wenn er zu antworten versuchte. Phil sagte auch etwas, doch Toms Dad redete von Geld und Schulden und der Notwendigkeit, Verantwortung zu zeigen, gerade jetzt, wo alles schwieriger sei denn je.

Tom fing an zu schluchzen, und Spider lag da und hechelte vor Angst.

«Wow», sagte eine Stimme.

Der Hund winselte und schaute auf.

«Oje, oje, kleiner Hund. Was hast du angestellt?»

Spider winselte erneut. Er sah sich im Zimmer um, denn er war sicher, allein zu sein. Ein Windstoß ließ die Dachluke knarren, und da hörte er plötzlich ein leises Kichern und wusste, wer eben gesprochen hatte. Eine winzige kleine Spinne baumelte von der Decke, genau von der Stelle, wo der Fensterrahmen gebrochen war. Gerade als der Hund die Spinne ansah, ließ sie sich bis auf ein paar Zentimeter über seinem Kopf herabsinken, und er erkannte zwei kleine Augen, die ihm nur allzu vertraut waren. Faden hatte ihn wiedergefunden, und im nächsten Moment hing ihm die Spinne direkt vor der Nase.

«Schön, dich wiederzusehen», sagte Faden leise. «Was hast du gemacht, hm? Offenbar irgendwas Schlimmes, so wie es klingt. Etwas Dummes?»

«Ich weiß nicht, was passiert ist.»

«Wirklich nicht?»

«Nein.»

«Ich glaub schon. Ich kann Wahrheit und Lüge gut unterscheiden, das weißt du doch – und du bist eindeutig nicht ehrlich.»

«Hör zu, es war nicht meine Schuld», sagte Spider. «Jedenfalls nicht allein! Ich weiß nicht, wie es passiert ist. Ich hab mich verlaufen, und dann bekam ich Panik, und da bin ich einfach ... weggelaufen.»

«Wohin?»

«Durch einen Wald und auf der anderen Seite heraus, auf eine Straße und –»

«Auf die Straße. Tja, das ist deine Natur, nicht?»

«Meinst du?»

«Du hast dich nicht im Griff. Du bist das, was man einen ‹bösen Hund› nennt.»

«Ich bin nicht böse! Ich hab nur nicht nachgedacht, Faden – ich hab mein Zuhause gesucht und war durcheinander.»

«Wo ist denn dein Zuhause? Du bist nur ein ungewollter Straßenköter, das heißt, das hier ist nicht dein Zuhause.»

«Ist es wohl. Glaube ich jedenfalls –»

«War es vielleicht mal. Aber du bist nur zur Probe hier, weißt du noch? Eigentlich wollten sie eine Katze.»

Spider richtete sich auf und merkte, dass er laut winselte.

«Nein», sagte er. «Sie wollten *keine* Katze – jedenfalls Tom nicht. Und sie werden bestimmt nichts übereilen. Ich meine ... ja gut, ich hab Probleme verursacht, aber ...»

Er blinzelte und schüttelte den Kopf. Plötzlich wurde er sich des vorstehenden Zahns bewusst, er versuchte, den Mund richtig zu schließen, und drehte sich im Bett einmal um die eigene Achse.

«O mein Gott», sagte er. «Es ist schrecklich.»

«Eine Katastrophe, würde ich sagen. Das Ende.»

«Und ich bin schuld.»

«Das kann man wohl sagen.»

«Und er wird jetzt verantwortlich gemacht, stimmt's? Für den Schaden, meine ich.»

«War er denn groß?»

«Ja. Überall lag Glas, und die Autos waren zerbeult.»

Spider schloss die Augen, als er daran dachte, wie sich der Lieferwagen gedreht hatte. Er schüttelte sich noch heftiger, und die Spinne klammerte sich an sein Fell und lachte.

«Hör zu», sagte der Hund. «Du bist echt keine Hilfe, Faden. Wieso bist du überhaupt hier? Bist du mir gefolgt?»

«Hast du das nicht gemerkt?»

«Nein!»

«Ah, dann bist du ja doch nicht so feinfühlig, wie du glaubst, oder? Ich hab meine Meinung geändert, als du gegangen bist, und bin auf deinen Rücken gesprungen. Du warst viel zu sehr mit Zittern beschäftigt. Das Fenster da oben ist perfekt, also habe ich mich sogar verbessert.»

«Das heißt, du willst bleiben?»

«Wieso nicht?»

«Du kannst hier nicht einfach einziehen!»

«Das hab ich schon längst getan, Hund – ich hab's mir bereits bequem gemacht, und Fressen ist auch schon gekommen. Aber erzähl lieber, was passiert ist – wieso bist du geflüchtet?»

Spider starrte die kleine Spinne an, und ihre Augen bohrten sich in seine. Er plumpste auf die Seite und erzählte die ganze traurige Geschichte von Anfang bis Ende. Er erzählte von dem Park und dem merkwürdigen Jungen auf dem Fahrrad. Er beschrieb den grauen Hund und die Röhren im Boden, und als er schließlich zu dem Chaos und der Zerstörung auf der Straße kam, merkte er, dass Faden schon wieder lachte.

«Was?», sagte Spider. «Was ist daran so lustig?»

«Ich denke an Tom und wie er die Schuld auf sich nehmen wird.»

«Das kann er nicht», sagte Spider. «Er ist doch noch jung.»

«Wie alt ist er?»

«Elf.»

«Ja. Und er hat sich nicht im Griff – genau wie du.»

Spider rollte sich plötzlich auf die andere Seite und rieb seinen Kopf am nächsten Kissen.

«Lass mich in Ruhe, Faden», heulte er. «Der Junge hat nichts Falsches getan!»

«Ach, hör auf, Hund!», rief die Spinne und schob sich an Spiders Ohr. «Der Junge ist eine einzige Katastrophe. Sieh dir doch bloß mal das Zimmer an: An der Umgebung kann man sehr viel ablesen, und dieser Junge ist einfach nicht zivilisiert. Wenn du ehrlich bist, ist doch das ganze Haus eine Müllhalde – nicht, dass mich das stört, denn ich lebe ja von Schmutz. Aber ich würde sagen, die Familie ist instabil – wo ist die Mutter?»

«Keine Ahnung. Das hab ich mich auch schon –»

«Da ist ein Foto von ihr, drüben auf dem Regal. Umgedreht, mit dem Bild nach unten. Was ist also los? Und wieso ruft sie ihn jeden Tag an?»

«Wovon redest du?»

«Du hörst einfach nicht richtig hin, siehst du? Ich halte die Augen offen, und ich sage dir: Sie ruft ihn jeden Tag an, aber er weigert sich, mit ihr zu reden. Das hier ist eine zerrüttete Familie, von oben bis unten. Und deshalb rate ich dir, verschwinde, solange du es noch kannst – als Streuner geht es dir besser.»

Spider stieß ein kurzes, gequältes Winseln aus. «Wo soll ich denn hin?», fragte er.

«Wohin auch immer. Jeden Moment werden sie das Tierheim anrufen, und da willst du doch sicher nicht enden, oder?»

«Tierheim? Was ist ein Tierheim?»

«Gefängnis. Die Tiere wandern da rein und kommen nie wieder raus.»

«Das ist unmöglich! Tom mag mich, Faden! Er liebt mich –»

«Aber sein Dad ist der Boss.»

«Vielleicht, aber –»

«Und er ist jähzornig. Der hört nicht auf den Jungen. Du kannst froh sein, wenn du nicht im Fluss landest, das hab ich nämlich auch schon erlebt. Du kriegst einen Stein um den Hals, und dann ab in einen Sack. Einmal platsch, und schon gehst du unter – passiert jeden Tag. Oder du kommst in ein Labor, wenn Toms Dad dich verkauft.»

Spider blinzelte.

«Weißt du, was ein Labor ist?», fragte Faden.

«Nein.»

«Junge, Junge, du bist vielleicht grün hinter den Ohren. Willkommen in der Welt, Hund – du musst noch sehr viel lernen. Ein Labor ist eine Forschungsstelle, und die Leute dort sind die schlimmsten. Ich will dir ja keine Angst machen, aber ich hab Käfer gefangen, die mal in so einem Labor waren, die haben mir alles erzählt – noch so ein Ort für Zurückgewiesene wie dich. Reihenweise Tiere in Käfigen. Und dann kommen die Weißkittel vorbei, und du musst dastehen und alles ertragen.

Shampoo in den Augen, Elektroschocks, Zigarettenrauch, der dir in die Lunge geblasen wird, bis dir das Fell ausgeht – gibt nämlich Krebs. Und die Menschen sitzen bloß da und machen sich Notizen. Hund um Hund, hab ich gehört – Hunderte Hunde –, und alle müssen mit zusammengebundenen Pfoten paffen.»

«Das ist unmöglich –»

«Das ist die Realität, Kumpel. Also schlag mich nicht. Ich hab's dir gesagt, als wir uns kennenlernten: Ich sage immer die Wahrheit. Wenn du Märchen willst, schnapp dir ein Buch und lern lesen.»

«Nein», sagte Spider. «Ich hör dir nicht weiter zu. Tom würde mich nicht wegschicken. Wir sind miteinander verbunden.»

Die Spinne lachte wieder und zog sich nach oben.

«Ich würde abhauen, du Hündchen. Ich höre Schritte, also entscheide dich. Kampf oder Flucht, das sind die Möglichkeiten – das ist die Welt, in der wir leben, und Wesen wie du und ich–»

«Das ist Tom! Er kommt.»

«Mit einem Stein und einem Sack, wollen wir wetten? Mach dich bereit –»

«Nein! Und ich werde nie wieder weglaufen. Nie mehr!»

Die Spinne verschwand in der Dachluke, und der Hund merkte, wie er am ganzen Körper zitterte. Die Fellhaare auf seinem Rücken standen auf einmal senkrecht, als hätte er einen Stromschlag bekommen.

Und als Tom in der Tür auftauchte, sah er, dass Spider sich

duckte. Der Hund wich ängstlich zurück an die Wand und hob eine Pfote.

Tom blieb stehen.

«O Spider», sagte er.

Spider ließ den Kopf hängen. Er konnte nicht hochschauen, denn die Stimme des Jungen war so voller Tränen und sein Gesicht ganz nass.

«Spider», sagte er. «Es tut mir leid.»

Der Hund wartete, zu verwirrt, um wenigstens zu winseln. Er hörte den Schmerz, und es dämmerte ihm, dass dies tatsächlich das Ende war. Tom hatte genug von ihm – er war enttäuscht worden von dem, den er liebte. Das Experiment war vorbei.

Tom setzte sich aufs Bett.

«Hör zu», sagte der Junge. «Es war nicht deine Schuld. Komm her – komm schon. Es war meine Schuld, absolut meine Schuld, okay? Ich hätte die Leine nicht fallen lassen dürfen – ich hätte dich beinahe umgebracht, aber ich hab nicht nachgedacht – ich ... es war dieser Junge, Tayler. Ich hasse ihn, Spider, er hat mich beschimpft, so wie immer, deshalb war ich so durcheinander und ... hab losgelassen.»

Tom zog Spider in seine Arme.

«Ich hab wirklich gedacht, ich hätte dich verloren. Ich bin hinter dir her und ... du bist das erste Tier, das ich je hatte. Und jetzt ist Dad so wütend, weil wir wieder pleite sind. Wir sind immer, immer pleite. Und er meint, er hätte dich nie nehmen sollen, aber ich hab ihm gesagt ...»

Spider brachte ein Lecken zustande. Er kroch näher heran und spürte beide Arme von Tom um seinen Hals.

«Ich liebe dich, hörst du?», sagte der Junge leise.

Er zog den Hund auf seinen Schoß.

«Dad sagt, wir hätten eine Katze nehmen sollen, aber das stimmt nicht. Katzen sind egoistische, schreckliche Tiere – ich hasse Katzen. Wir vergessen das Ganze jetzt einfach und zeigen ihm, was für ein großartiger, wunderbarer Hund du bist – denn das bist du. Er wird schon sehen, Spider: Du bist der Beste, und genau das werden wir ihm beweisen.»

Ab dem Moment strengte sich Spider ganz besonders an.

Er wachte früh auf und wartete, bis Tom sich rührte. Die Schule hatte begonnen, darum gab es an fünf Morgen pro Woche ein sorgsam befolgtes Ritual, mit dem sich der Junge verwandelte. Spider schaute verwundert zu, wenn Tom eine schwarze Hose und ein blendend weißes Hemd anzog. Als Nächstes war die Krawatte dran, die kompliziert geknotet und penibel zurechtgerückt wurde: Sie war schwarz mit diagonalen roten Streifen. Über das Ganze kam eine triste Jacke, und Spider beobachtete, wie Tom sie zuknöpfte, damit über seinem Herzen der goldene Löwe funkelte.

Fünf Minuten später hatte er sich die Haare gekämmt und tätschelte Spiders Kopf. Danach verließ er das Haus, und Spider trottete nach hinten in den Garten. Auf halber Höhe war ein Zaun errichtet worden, um ihn vor Unheil zu bewahren, ansonsten konnte er sich frei bewegen und auch jederzeit zur Küche rein und raus.

Gegen Mittag kam Phil mit Fressen und Wasser, und Spider

wechselte ganz zufrieden zwischen Schlafen und Bewegung, bis Tom zurückkehrte. Dann raste er mit freudig hämmernden Pfoten die Treppe zum Zimmer des Jungen hoch, und Tom zog die Uniform wieder aus und hängte sie sorgfältig in den Kleiderschrank. Danach setzte er sich an seinen Schreibtisch, und erst nachdem er zwei Stunden lang konzentriert über seinen Hausaufgaben gesessen hatte, schaute er auf und lächelte.

«Fertig», sagte er.

Spider war sofort auf den Beinen.

«Bist du bereit, Junge? Auf geht's in den Park.»

Wenn Spider diese Worte hörte, sprang er hoch und drehte sich vor Freude im Kreis. Zehn Minuten später hatten sie das Tor passiert und blickten über den weiten Parkrasen.

Der Hund strengte sich an, Toms Kommandos sofort zu auszuführen, und sie entwickelten eine Routine, die beiden zu gefallen schien. Wenn Spider nicht gehorchte, brachte das Tom anfangs zum Lachen, was eine Freude war nach all der ernsten Schreibtischarbeit, doch bald schon führte es nur zu Frust und Wieder-und-wieder-Trainieren. Schließlich erkannte Spider, dass es einfacher war, sich auf Anweisung hinzusetzen und erst auf Tom zuzulaufen, wenn er gerufen wurde. «Bei Fuß!» war das Schwierigste, und sie trainierten es Stunden um Stunden, so kam es ihm jedenfalls vor. «Bei Fuß!» bedeutete «Beruhige dich! Geh langsam!» – und das war nun mal ganz gegen Spiders ungestüme und aufgeweckte Natur.

Der Park war schon bald ein herrlich vertrauter Ort, genau wie die Straßen, die ihn umgaben. Sie erkundeten auch das Waldstück, obwohl der Hund dort jedes Mal an die Leine musste. Tage wurden zu Wochen, und schließlich war es so weit: Er sollte wieder unbegrenzte Freiheit bekommen. Spider begriff, dass das Halsband bleiben würde. Doch die Leine konnte ganz einfach ausgeklinkt werden. Als sich Tom zu ihm herabbeugte und nach dem Haken griff, wusste Spider, dass er vor der wichtigsten Prüfung seines bisherigen Lebens stand. Er spürte, wie in dem Jungen Angst hochstieg. Plötzlich war die Leine ab – und Spider schaffte es nur mit Müh und Not, nicht loszurennen. Der Junge trat langsam zurück. Er rief Spiders Namen, und Spider lief auf ihn zu. Das freute und erleichterte Tom sehr, also taten sie es wieder und wieder. Das wurde zur Gewohnheit: Sie gingen in den Park, und Spider stellte fest, dass Tom ihm vertraute, sobald er diesen simplen Trick befolgte. Vertrauen bedeutete, dass er überallhin durfte.

Und weg war er, um mit den anderen Hunden zu tollen. Schnell hatte er Dutzende Freunde. Und immer wieder war er verblüfft über die Vielfalt um ihn herum. Es gab Hunde, die doppelt so groß waren wie er, doch was ihn am meisten faszinierte, waren die winzigen, die aussahen wie Spielzeug. Es gab kahle und haarige Hunde und ein besonders nervöses Exemplar, das aussah wie ein Lamm. Eine Weile faszinierte Spider ein Deutscher Schäferhund, der voller Ernst von seiner Karriere bei der Polizei erzählte. Es gab auch einen Windhund, ein Weibchen, das auf wackeligen Beinen vom Weg torkelte, bevor sie absolut still und mit geschlossenen Augen stehen blieb. Sie sprach so leise, dass Spider sein Ohr ganz dicht an ihre Nase halten musste. Dann erzählte sie flüsternd von ihrer Zeit auf irgendeiner Rennbahn.

Wenn er wieder nach Hause kam, dachte er über alles nach,

was er gehört hatte, und überlegte tief im Herzen, ob er Verbrecher fangen oder lieber vor johlenden Massen zu komplizierten Sportarten antreten sollte. Er stellte fest, dass die meisten Tiere gern von sich redeten, aber wenn mal ein Hund fragte: «Und, was bist du?», dann wurde er jedes Mal ein bisschen nervös, was er antworten sollte.

«Ein Haustier», antwortete er.

«Das seh ich. Aber was denn für eine Rasse?»

«Keine Rasse. Einfach bloß Hund.»

Tom schien ziemlich froh zu sein, und das war das Wichtigste. Sie spielten mit Stöckchen, und sie spielten mit Bällen. Auch wenn die Sonne schon unterging, pressten sie jedem Tag noch ein paar letzte Minuten ab, um zu rennen, zu springen oder zu balgen. Tom warf, Spider fing, ein wunderbares Gleichgewicht und ein Gefühl, als ob das Spiel niemals enden würde.

«Such, Spider! Fang!»

Wo immer der Gegenstand landete, Spider war bereits dort. Er foppte Tom, so wie Tom ihn foppte. Doch immer brachte er am Ende die Sachen zu Tom zurück, und der Junge warf sie erneut. Spider merkte, dass er manchmal nachts von Stöckchen träumte und ihnen im Schlaf hinterherjagte. Mehr als einmal wachte er mit stampfenden Beinen auf und staunte, dass er gar nicht im Park war. Die Decke lag auf dem Boden und Tom zusammengerollt auf seiner Seite, mit dem Daumen im Mund.

Das einzige Problem war der Junge auf dem Fahrrad, der an den Wochenenden immer wieder auftauchte. Manchmal kam er allein, und manchmal hatte er Freunde dabei. Was Spider am meisten Sorgen machte, war die Tatsache, dass jedes Gespräch Tom nervös zu machen schien.

«Wer schneidet dir eigentlich die Haare, Lipman?», fragte der Junge einmal. «Du bist genauso hässlich wie dein Hund.»

«Ich.»

«Ist klar – Geld sparen. Beim ersten Mal hab ich gedacht, du wärst ein Mädchen und ... oh, läufst du schon wieder weg? Marcus und ich schnappen dich sowieso, Kumpel. Wir bringen dich schon auf Spur. Damit du lernst, wie man sich benimmt.»

Spider fühlte sich allmählich wie ein richtiger Leibwächter.

Tom schmuggelte ihn noch immer jeden Abend heimlich in sein Zimmer, und Spider rollte sich dann in den Kniekehlen seines Herrchens zusammen und knabberte – nur manchmal, wenn er ein bisschen Mutwillen in sich spürte – an den Zehen des Jungen. Tom seinerseits gewöhnte sich an, ihm Spielzeug zum Draufrumkauen zu besorgen, und die schlimme Erfahrung mit dem Lieferwagen versank immer weiter in den Tiefen von Spiders Erinnerung.

Eines Nachts streichelte der Junge ihn wie gewohnt, und Spider drängte sich Toms Liebkosung entgegen und wartete auf das Kopfkraulen. Endlich kam es und dauerte zwei der schönsten Minuten des ganzen Tages. Er sank ins Laken zurück, und Tom machte das Licht aus. Minuten später war der Junge fest eingeschlafen. Der Hund drängte sich noch ein Stück näher an Tom heran, genoss die Harmonie und wollte gerade einschlafen, als er den Fehler beging, noch einmal zur Dachluke hochzuschauen.

Zwei Augen starrten durch die Scheibe herab, und sie gehörten nicht Faden. Er kam augenblicklich auf die Beine und merkte, dass sein Schwanz starr nach oben gerichtet war.

Die Augen hinter dem Glas waren grün.

Sie blinzelten nicht, und als sie näher kamen, merkte Spider, dass er ihnen schon mal begegnet war, vor etlichen Wochen, als er noch in der Kiste gehaust hatte. Er erkannte die Schnurrhaare, die Ohren und die schmalen Schultern: Es war die silberfarbene Katze, die auf dem Fensterbrett gesessen hatte. Und Spider hatte nur einen Wunsch: sie zu jagen.

Allerdings war sie auf dem Dach.

Spider starrte nach oben und fragte sich, ob die Katze wirklich aus Fleisch und Blut war: Sie leuchtete im Mondlicht, und ein leichter Wind bewegte ihr Fell entlang der Wirbelsäule. Ihre Brust verjüngte sich zur schmalen Taille hin, und die Beine waren sehr lang. Ihre Augen vergrößerten sich, und als sie den Kopf leicht nach rechts neigte, blitzten die Pupillen und änderten ihre Farbe. Spider spürte eine wilde Spannung und fing an zu zittern. Tom streckte schläfrig eine Hand aus, um ihn zu streicheln und zu beruhigen.

«Platz», murmelte er. «Nein, Sir – tut mir leid ...»

Spider hörte ihn kaum. Die Katze betrachtete den Hund und reckte das Kinn, dann hob sie eine Pfote und zeigte ihre scharfen gleichmäßigen Krallen. Spider knurrte, denn die Krallen waren Fänge wie aus poliertem Stahl und alle zusammen ausgefahren wie mit mechanischer Präzision. Jetzt leckte sich die Katze ihre Nase mit der gepflegtesten, saubersten und rosafarbensten Zunge, die er je gesehen hatte. Die Augen verdunkelten sich zu einem Pechschwarz, und als er erneut winselte, gingen sie in einen flammenden Bernsteinton über.

«Spider», sagte sie leise. «Bist du es wirklich?»

Spider nickte.

«Ja.»

«Oh, vergib mir. Was musst du nur von mir denken – sag nichts ...»

Der Hund hätte nicht noch mal sprechen können, selbst wenn er etwas zu sagen gehabt hätte. Er hechelte und versuchte, ein ganzes Maul voll Sabber herunterzuschlucken.

«Du heißt doch Spider, oder? Und du bist doch der Welpe, den ich gesehen habe? Der Kleine, dem ich vor Wochen so nah war? Es gibt nur einen wie dich, hab ich recht? Und es ist ... o mein Gott, es ist verboten, ich weiß. Aber ich musste dich einfach suchen, Spider ... wir müssen reden.»

Spider gelang es zu antworten, doch es war nur ein heiseres Winseln. «Du kennst meinen Namen?»

«Ich habe dich an dieser grausigen Leine gesehen und gehört, wie man dich rief.»

«Wann?»

«Gestern. Heute. Jeden Tag! Spider, erinnerst du dich denn nicht mehr an mich?»

«Doch.»

«O danke. Du glaubst nicht, was mir das bedeutet, gesehen und erinnert zu werden. Aber ich sollte jetzt besser gehen, nicht wahr? Hunde und Katzen, Katzen und Hunde – es gibt einfach eine gewisse ... Distanz zwischen uns, und das zu Recht.»

«Du warst auf der Fensterbank, nicht? Ich wollte dich jagen.»

«Natürlich wolltest du das.»

«Will ich immer noch.»

«Ach, du bist so schön natürlich, mein Engel. Es ist deine Natur, dein ... Instinkt.»

«Bist du mir nach Hause gefolgt? Wie hast du mich wiedergefunden?»

«Ich bin meinem Herzen gefolgt. Ich wollte dich bloß noch ein letztes Mal sehen. Ich bin eine Wanderin, Spider – vielleicht wie du, wenn du nicht an dieser schrecklichen Lederschnur hängst und nicht rumgezerrt wirst wie ein Sklave. Wir jagen uns gegenseitig – so scheint es! Aber nein. Nein, mein Lieber: Ich sehe, dein Herr braucht dich, und ich sollte besser gehen. Es ist zu spät! Oder?»

«Zu spät für was?»

«Um das Unvermeidliche aufzuhalten. Wann können wir uns treffen?»

«Morgen», sagte Spider. «Ich werde im Garten sein –»

«Unmöglich.»

«Dann im Park, spätnachmittags?»

«Morgen werde ich schon fort sein und – nein – du musst mich vergessen. Ich bin eine wilde, verrückte Idiotin, dass ich überhaupt mit dir rede – mein Herz vor dir ausschütte, aber ... willst du dich nicht einer armen Seele erbarmen? Komm zu mir hochgeklettert, Spider! Tust du das für mich? Jetzt gleich?»

«Wie denn? Ich kann gar nicht richtig klettern.»

«Ich glaube doch. Auch in dir steckt irgendwo eine Katze. Nicht wahr?»

«Meinst du?»

«Hast du sie nicht gespürt, wie sie in deinem Innern kämpft?»

«Ich weiß nicht ...»

«Du hast einen Katzenzahn, ich kann ihn sehen. Und wir sind Seelenverwandte, Spider. Warum es also nicht ausprobieren? Du tapferes Herz, mehr als scheitern können wir doch nicht.»

«Hör zu. Warte bitte. Das wird sehr schwierig für mich.»

«Wirklich?»

«Du verwirrst mich. Warte ...»

Spider glitt vom Bett auf den Boden. Er hörte, wie sich Tom umdrehte und leise stöhnte, deshalb leckte er dem Jungen schnell noch mal die Hand. Dann sprang er auf den Stuhl neben dem Schreibtisch.

«Vielleicht könnte ich ja wirklich ein bisschen höher kommen», sagte er. «Ich glaube, das würde ich schaffen, wenn du das Fenster weiter öffnen könntest. Bleib, wo du bist – und achte auf die Spinne.»

«Die Spinne?»

«Ja.»

«Wo?»

«Da oben ist ein Netz. Mach es nicht kaputt.»

Spider kletterte auf den Schreibtisch und schaute sich um, wo er Halt finden konnte. Es würde nicht leicht werden, doch mit einem Sprung und ein bisschen Gekraxel würde es vielleicht gehen, wenn er es schaffte, mit den Pfoten auf das Regal über ihm zu kommen.

Er stieß sich ab, und es gelang ihm erstaunlicherweise, ohne etwas zu verschieben, auf die flache Oberseite des Kleiderschranks zu kommen, wo er plötzlich direkt unter der Decke eingezwängt war. Er stieß die Schnauze gegen den Fensterrahmen, und die Katze wich zurück und starrte ihn aus ihren funkelnden Augen an.

«Kannst du es noch ein bisschen weiter öffnen?», zischte Spider. «Wenn du nach unten drückst, müsste das Ganze aufschwingen.»

Die Katze schüttelte den Kopf und wich weiter zurück. «Wir sind verrückt», sagte sie. «Das ist nicht klug.»

«Was ist nicht klug?»

«Fordern wir unser Schicksal heraus? Aber du bist ja stark. Das sehe ich!»

«Ich bin jetzt da», sagte Spider. «Ganz schön heikel, aber ich probier's ...»

Er setzte eine Pfote auf die Scheibe, und tatsächlich drehte sich die Luke nach unten und öffnete einen Spalt, so breit wie sein Körper. Er sprang erneut und wusste, wenn er jetzt nachdachte, würde er sofort unten auf den Teppich stürzen. Er machte sich dünn und quetschte sich hinaus auf die Schrägfläche aus nassen, kalten Dachpfannen. Seine Pfoten rutschten auf ihnen weg, doch er war draußen. Instinktiv traten die Hinterläufe aus und fanden etwas Halt an der Rahmenkante. Fadens Netz verfing sich in seinem Fell, und er musste wieder an die kleine Spinne denken – wie wütend sie sein würde!

Nach einigem Sichdrehen und Schieben stand er endlich aufrecht und war frei – und genau in dem Moment merkte er mit Entsetzen, wie gefährlich steil das Dach war. Wieder versuchte er, sich an den Dachpfannen festzukrallen, und wieder rutschten seine Klauen einfach auf ihnen weg. Die Katze sprang schnell zurück und schaute mit großen feurigen Augen zu. Spider rutschte blitzschnell nach unten, fort von ihr, und wusste, jetzt hatte er wirklich ein Problem. Eine weitere instinktive Reaktion rettete ihn: Er spreizte alle viere von sich, und die Reibung seines Fells funktionierte schmerzhaft als Bremse. Er machte sich ganz flach und blieb endlich seitwärts liegen, direkt vor der Dachrinne. Darunter war der Abgrund, wo es nichts mehr gab als den Sturz aufs harte, gnadenlose Pflaster. Er erspähte Phils Moped und spürte, wie sich sein Magen umdrehte. Die Katze trottete vorsichtig zu ihm hinab und lächelte. Spider blinzelte, und sie legte den Kopf zur Seite und leckte ihm eine Pfote.

«Das war heldenhaft», schnurrte sie. «Richtig katzenmäßig in deinem Wagemut.»

«Ich glaube, es war ein Fehler», sagte Spider.

Sein Hinterteil hing in der Luft, und er spürte, wie es den Rest seines Körpers hinabzog. Es gab keine Möglichkeit, zu der Dachluke zurückzukommen, und jeden Moment würde er abstürzen.

«Du bist so mutig», sagte die Katze. «Kein Hund, den ich je getroffen habe, besaß so viel Mumm. Ich weiß, was die Leute sagen: Sie sagen, Hunde sind von Natur aus angstfrei und treu, aber ich fürchte, das stimmt nur in den seltensten Fällen. Die Hunde, die ich kenne, sind brutale, egoistische und seichte Wesen – verstehst du, was ich meine?»

«Nein», antwortete Spider, «ich weiß im Moment gar nichts richtig –»

«Oh, du bist so ehrlich – so direkt.»

«Ich meine – warte. Ich weiß nicht, ob ich mich noch länger halten kann – ich falle wirklich gleich vom Dach.»

«Bitte nicht.»

«Ich will's ja auch nicht, aber –»

«Wo sollen wir hin? Wo können wir reden?»

«Hör zu, ich brauch Hilfe.»

«Wir sollten uns ein warmes Plätzchen suchen.»

«Kannst du mir vielleicht ein bisschen helfen? Kommst du an meinen Schwanz – ?»

«Ich bin nicht stark, Spider, das siehst du doch. Ich war immer abhängig von der Stärke anderer. Oh, und ich bin schnell, ja – aber in vieler Hinsicht bin ich bloß ein hilfloses kleines Kätzchen, und die Welt ist echt grausam.»

«Ich brauche aber Hilfe. Ganz dringend.»

«Verlass mich nicht, Spider! Was wäre das für eine Verschwendung ...

Spider wurde schlecht: Ein Bein hing jetzt in der Luft. Es gelang ihm, die Vorderpfote an den Metallrand der Dachrinne zu bekommen und danach das Bein wieder in Sicherheit zu ziehen. Dann legte er sich schwer auf eine seiner Flanken und schlängelte sich langsam wie eine Schnecke nach oben. Sein Ziel war eine Fernsehantenne: Wenn er die erreichte, konnte er auf ihrem breiten Metallfuß hocken. Die Katze beobachtete ihn, bewegte sich mit ihm, knapp außer Reichweite. Sie lief an ihm vorbei, höher, und Spider heftete seinen Blick ganz auf sie. Als er es endlich geschafft hatte, hechelte und zitterte er.

«Du bist großartig», sagte die Katze.

«Mir ist schlecht.»

«Du hast wirklich Katzenblut in deinen Adern, siehst du? Ich hab es allen gesagt, und genau das hat mich zu dir hingezogen. Lass uns zum Schornstein raufgehen, dann zeige ich dir mein Reich.»

«Ehrlich, ich weiß nicht, ob ich das schaffe. Ich bin schwerer als du.»

«Schau zu, wie ich das mache.»

Die Katze sprang, und in drei Sätzen war sie oben am First, wo die Dachpfannen an die Schornsteinziegel stießen. Spider schluckte und widerstand dem schaurigen Drang, nach hinten zu sehen. Er konzentrierte sich nur auf einen schmalen Streifen Blei: Der diente als Abdichtung gegen schlechtes Wetter, und Spider trat auf das Stück, weil er wusste, dass jedes weitere Zögern fatale Folgen haben würde. Seine Pfoten fanden Halt, und er sprang und rannte jetzt gleichzeitig, und seine Klauen scharrten, als Ellenbogen und Knie zusammenarbeiteten. Er hielt nun den Blick auf den Schornstein gerichtet, und kurz darauf quetschte er sich hinauf und in eine geschützte ebene Nische. Zum ersten Mal fühlte er sich ausreichend sicher, um sich zu entspannen, und auch wenn er hörte, wie sein Herz gegen den Brustkorb hämmerte, war er doch begeistert von seiner Leistung. Angst machte ihm allerdings, dass die Katze, der er gefolgt war, nur eine von vielen zu sein schien. Zwei hockten weiter unten, und eine dritte saß auf dem First. Alle betrachteten ihn schweigend, und als er sich umschaute, schlenderte eine weitere heran und blinzelte ihn an.

Hatten sie sich alle für den Ausblick versammelt?

Er war tatsächlich phantastisch, denn die Umrisse der Häuser bildeten chaotische Zickzackpfade unter einem riesigen Himmelsdom. Spider konnte den Park sehen und direkt dahinter den Kirchturm. Noch ein Stück weiter sah er ein Wirrwarr von Schienen, die silbern schimmerten und unter einer langen, gewundenen Straße herliefen, welche zu einer riesigen Hochstraße hinaufführte, auf der die Lichter in endlosen Strömen funkelten. Sie leitete einen Strom von Autos fort in eine unbekannte Welt: Einige fuhren in Kreisverkehren herum, andere schossen wie Fische davon. Und die ganze Zeit hörte man ein leises, fernes Dröhnen in der Luft. Als er wieder hochsah, entdeckte er ein Flugzeug, das auf den Mond zutrieb.

«Siehst du?», sagte die erste Katze. «Die Welt ist größer als das, was du kennst.»

«Das ist sie wirklich.»

«Wir sind ganz nah am Meer, wusstest du das?»

«Nein.»

«Wir könnten hinlaufen, jetzt gleich, wenn du willst. Sind wir verrückt, Spider?»

«Ich weiß nicht. Wer sind deine Freunde?»

«Oh, ich habe Anhänger», flüsterte die Katze. «Sie wollten dich sehen, denn ich habe ihnen so viel von dir erzählt. Willst du mich gar nicht nach meinem Namen fragen?»

Spider nickte. «Wie heißt du?»

«Rate mal.»

«Kann ich nicht.»

«Nein? Schau dir mein Fell an und denk dazu an Poesie –»

«Prinzessin vielleicht?»

Die Katzen miauten im Chor, den die erste Katze mit einem Fauchen zum Schweigen brachte.

«Nein», sagte sie. «Du bist so süß, weißt du das? Aber nein. Prinzessin ist falsch.» Sie zog die Augen zusammen. «Ich gebe dir einen Tipp, wenn du willst. Normalerweise würde ich meine Geheimnisse nicht preisgeben, aber hör zu: Hier ist mein

Rätsel. Ich bin ein Geschöpf der Dunkelheit, das nachts hervorkommt ...»

«Keine Ahnung – die Sterne?»

«Größer, Spider. Wie heißt das riesige leuchtend weiße Ding?»

«Ich musste daran denken, als ich dich das erste Mal sah. Mondschein? Ist das dein Name?»

Die Katze nickte, und die, die zuhörten, klackten mit ihren Krallen. Plötzlich hörte Spider das Klimpern einer kleinen Glocke und sah, dass seine neue Freundin ein hübsches rotes Halsband trug. Sie kam auf ihn zugetappt, und er dachte, wie schmucklos seines dagegen wirkte. Er versuchte, seinen vorstehenden Zahn zu verbergen, und plötzlich war sie neben ihm und drückte sich an die rauen Dachpfannen, sodass sie Schulter an Schulter standen. Spider lehnte sich an sie und spürte die Wärme ihres Fells. Zum ersten Mal nahm er den Duft seiner Gefährtin wahr und fühlte sich äußerst verwirrt.

«Du könntest tatsächlich recht haben», sagte er leise.

«Womit?»

«Es könnte tatsächlich eine Katze in mir stecken. Ich weiß nicht, was alles in mir ist, aus welcher Kreuzung ich entstanden bin ... Glaubst du, es wäre möglich?»

«Aber natürlich, Schätzchen», sagte Mondschein. «Das muss der Grund sein, wieso ich dich unbedingt finden musste: Du hast die Beine und den Kopf eines hässlichen Mischlingshundes, aber im Innern trägst du die Seele einer Katze. Und das genau habe ich gesehen. Wieso denn nicht?»

«Weiß nicht. Ich sollte bei Tom sein –»

«Wer ist Tom?»

«Tom. Mein Besitzer, mein Herrchen –»

«Ach, der Junge im Park! Aber niemand besitzt dich, Spider.»

«Tom schon.»

«Nein.»

Die Katze hob ihre Stimme, damit die andern sie hören konnten.

«Er *glaubt*, er besitzt dich», sagte sie. «Wegen der schrecklichen Leine. Doch wie kann ein freier Geist wie du von jemandem besessen oder gezähmt werden. Mach dich nicht selber klein!»

«Aber du gehörst doch auch dieser Frau, oder?»

«Welcher Frau?»

«An dem Ort, wo ich geboren wurde. Die alte Frau –»

«Spider, ich hab dir doch gesagt, wir sind Geschöpfe der Nacht.»

«Und wer kümmert sich um dich?»

«Ich selber, und ich streune frei umher.»

Die Katze schloss die Augen. Sie ließ den Schwanz über ihre Nase streichen und schob ihren Mund ganz nah an Spiders Ohr. Er spürte die Schnurrhaare an seiner Wange und musste sich zurückhalten, nicht mit den Pfoten nach ihr zu greifen.

«Hör zu», sagte sie leise. «Von jemand besessen zu werden heißt versklavt werden. Verschwende nicht dein Leben an einen herzlosen Jungen. Komm mit uns und erkunde die Welt!»

«O nein, das könnte ich nicht. Tom vertraut mir inzwischen. Er geht jetzt in eine Schule, Mondschein, aber ich glaube, er ist dort nicht glücklich. Er ist sie manchmal richtig leid – und weint.»

«Jungs halten zusammen, Spider. Sie sind wie Wölfe in einem Rudel. Sie sind grausam und laut – und auch faul. Der Junge da unten braucht dich vielleicht noch ein paar Wochen. Ein paar Monate womöglich – und was dann? Er wird dich vergessen und seinen eigenen üblen Weg gehen. Oh, so sollte ich nicht reden, ich weiß, das sollte ich nicht tun – ich habe kein Recht dazu. Ich bin ja nur eine dumme Katze. Aber ich habe gelernt, auf meinen Instinkt zu hören, Spider. Ich will kein edles tapferes Herz haben wie du und dann verletzt werden. Er wird dich verlassen, und dann stehst du plötzlich allein da.»

«Aber was würde ich ohne ihn machen? Wie würde ich ohne ihn leben?»

Die Katze drückte ihre Nase gegen Spiders und schnurrte.

«Mit mir», antwortete sie.

«Nein.»

«Wieso nicht?»

«Mondschein, du machst mir Angst. Wo sollten wir hingehen? Wie würden wir überleben?»

«Wir würden verwildern! Die Erde würde unser Kissen sein und die Sterne unsere Decke. Wir würden ein Leben auf der Straße leben und frei sein wie Vögel. Oh, ich nutze die Häuser – natürlich tue ich das. Doch an dem Tag, an dem mich jemand besitzt, werde ich Gift schlucken. Aber nein, hör nicht auf mich, Schätzchen – ich sollte jetzt lieber gehen.»

Spider schüttelte entsetzt den Kopf. «Das ist schrecklich», sagte er. «Ich weiß nicht, was ich tun soll.»

«Natürlich weißt du das nicht.»

«Was bin ich? Ich dachte, ich wär ein normaler Hund –»

«Du bist *du*, Spider. Und es ist falsch von mir – so schrecklich falsch. Ich kann es nur manchmal nicht ertragen, jemanden so voller Hoffnung zu sehen, der sein Leben vergeudet, obwohl er mit Katzen umherziehen könnte! Aber was soll's – ich hab dich getroffen. Ich hab dich den andern stolz präsentiert, aber jetzt muss ich dich deinem Schicksal überlassen.»

«Mondschein, wieso?»

«Doch versprich mir etwas, mein Engel! Versprich mir, dass du diesen Augenblick nie vergisst. Sag nichts! Lass uns einfach der Nacht lauschen.»

Spider saß ganz still, die Augen fest geschlossen. Die Katze drückte ihre Wange an seine, und eine Minute verstrich.

«Werde ich dich wiedersehen?», fragte Mondschein und stieß ihn leicht an.

«Das hoffe ich doch. Du weißt ja, wo ich wohne.»

«Dann ist das hier kein Abschied. Ich werde zurückkehren, Süßer – und vielleicht machen wir zwei dann ein bisschen Musik.»

Und damit drehte sich Mondschein um.

Spider sah ihr hinterher, wie sie zurück auf den Dachfirst sprang, wo sie die anderen Katzen umringten. Sie tappte leichtfüßig zwischen ihnen hindurch, und auch wenn Spider versuchte, ihr zu folgen, es war unmöglich. Sie drehte sich um, und die ganze Meute schaute zu ihm zurück. Ihre Augen funkelten in einer Mischung aus Drohung und Faszination. Mondschein führte sie fort, und sie verschwanden über die Dächer.

Spider winselte und zwang sich, ruhig zu bleiben. Er sah sie noch ein letztes Mal, mit Mondschein vorn – ein Silberstreifen, der über die Dachlinie hinwegjagte und dann in die Dunkelheit sprang. Er winselte in dem verzweifelten Wunsch zu folgen – aber diesmal blieb Mondschein endgültig verschwunden.

Der Hund drehte sich um und fuhr sich mit der Zunge über die Schnauze. Er fühlte seinen Zahn, der vorstand, und schaute auf seine schwarz-weiß gepunkteten Beine, die ausgestreckt auf den Dachpfannen lagen. Seine Ohren hingen ihm über die Augen, und er hatte sich noch nie so aus dem Gleichgewicht geworfen gefühlt. Doch was das Schlimmste war, er hatte keine Ahnung, wie er nach Hause finden sollte, ohne dabei zu Tode zu kommen. Er sah die Dachluke nicht mehr, und die Stadt unter ihm schien sich zu drehen. Er hatte jegliche Orientierung verloren.

Sechstes Kapitel

Tom wachte früh auf, weil ihm kalt war.

Als Erstes merkte er, dass das Gewicht unten am Bettende fehlte, das er inzwischen gewohnt war. Es war ein Gewicht, das er zu lieben gelernt hatte, denn es drückte Wärme in seine Kniekehlen, während es versuchte, sich breitzumachen. Ohne dieses Gewicht fühlte sich das Bett falsch an. Außerdem spürte er einen kalten Luftzug. Das Fenster über ihm stand sperrangelweit offen. Toms Zimmer hatte keine Heizung, deshalb zitterte er.

Er stand auf, um sich einen Pullover überzuziehen. Doch genau da merkte er, dass die Tür noch zu war. Wenn die Tür zu war, konnte Spider nicht rausgelaufen sein – und das hieß, sein bester Freund musste sich noch im Zimmer aufhalten. Tom sah aber gleich, dass das unmöglich war, denn es gab keine Verstecke. Die Vorstellung, er könnte irgendwie senkrecht nach oben gesprungen und durch die Dachluke entwischt sein, war lächerlich. Das bedeutete – nach allen Regeln der Logik –, dass sein Dad (oder Phil) nachts ins Zimmer gekommen sein musste, ohne ihn zu wecken, und Spider weggebracht hatte.

Er schlich die Treppe hinunter und horchte auf irgendeine Bewegung. Das Haus war still, und er hatte das äußerst starke Gefühl, dass es keinen Spider beherbergte. Er tappte in die Küche, und tatsächlich – der Korb war leer. Die Hintertür war verschlossen, deshalb war Tom gezwungen, sich an den Tisch zu setzen und der Tatsache ins Auge zu sehen: Es gab einfach keine Erklärung. Er war jetzt ernsthaft in Sorge. Im Idealfall hätte er seinen Vater geweckt und ihn gefragt, was passiert sei. Aber das wäre nicht klug gewesen, denn sein Vater war gerade erst schlafen gegangen und würde extrem ärgerlich werden, wenn ihn jemand störte. Phil würde auch noch eine Weile brauchen, bis er herunterkam. Also blieb Tom nichts anderes übrig, als voller Ungeduld zu warten.

Er ging unter die Dusche, um warm zu werden, und lief danach zum Anziehen wieder nach oben. Es war Schule, was bedeutete, die zu große Uniform anzuziehen: Er besaß zwei weiße Hemden, und beide waren schmutzig. Er zog das saubere von beiden an und steckte es fest in die Hose. Ohne Gürtel wäre ihm die Hose sofort auf die Fußknöchel gerutscht, und sein Blazer wirkte eher wie ein Mantel. Seine lächerliche Erscheinung amüsierte die anderen Jungs, die sich gnadenlos über ihn lustig machten. Selbst die Krawatte wirkte lächerlich. Tom zog wieder den Pullover an und ging langsam zurück in die Küche.

Das Haus hatte seine Seele verloren.

Um Viertel vor acht klingelte das Telefon, so wie fast jeden Morgen. Er horchte, als sich der AB einschaltete und den Anrufer aufforderte, eine Nachricht zu hinterlassen. Das Schweigen, das folgte, war lang, und Tom stand mit geschlossenen Augen da. Schließlich hörte er seine Mutter leise aufs Band sprechen, und nach drei Worten schaltete er das Gerät ab.

Um zehn nach acht ging die Tür auf.

«Phil», sagte Tom. «Hast du Spider gesehen?»

«Natürlich nicht. Was machst du überhaupt noch hier, Kumpel? Musst du nicht längst unterwegs sein?»

«Ich rede mit dir, über meinen Hund.»

«Aber du hast Schule –»

«Er ist weg, Phil. Jemand hat ihn geholt oder ... ich weiß nicht – er ist weggelaufen.»

Phil lachte.

«Hast du im Garten nachgeguckt?»

«Die Tür war verschlossen. Wie soll er da rauskommen?»

«Keine Ahnung. Hättest dir lieber einen Fisch kaufen und ihn schön im Glas lassen sollen, Kumpel. Der Hund macht doch nichts als Probleme.»

Tom biss sich auf die Zunge und unterdrückte einen Schrei. Er schaute zu, wie Phil den Kessel aufsetzte und seinen Toast zurechtmachte. Er redete über diesen Goldfisch, wann immer er konnte, und fand, das Tier hätte eine echte Persönlichkeit. Tom verachtete den Fisch.

«Hör zu», sagte Tom leise. «Du hast doch gestern Abend abgeschlossen – waren es auch wirklich alle Türen?»

«Natürlich.»

«Manchmal vergisst du eine.»

«Selten.»

«Wenn du also abgeschlossen hast, dann konnte er auch

nicht raus. Das heißt, jemand muss in mein Zimmer eingebrochen sein und ihn geholt haben.»

«Du meinst, dein Dad? Warum sollte dein Dad Spider klauen?»

«Was weiß ich. Weil er ihn nicht mag.»

«Tom, er ist zurzeit ziemlich müde und kaputt. Er hat Schichtdienst, verstehst du? Und seine Schicht hat gewechselt.»

«Das weiß ich. Er redet ja ständig davon.»

«Also schleicht er sicher nicht rum und klaut Hunde. Wieso schläft Spider überhaupt in deinem Zimmer?»

«Er ist einsam.»

«Echt? Du verstößt aber gegen die Regeln.»

«Er braucht Fürsorge, Phil. Er vermisst seine Familie.»

«Hat deine Mum angerufen?»

«Nein.»

Phil schaute zu dem Anrufbeantworter und dem blinkenden roten Licht.

«Ist da eine Nachricht gekommen? War sie das?»

«Vielleicht», sagte Tom. «Keine Ahnung, ist mir egal.»

«Sie will mit dir reden. Du kannst dem nicht ständig aus dem Weg gehen. Sei tapfer, okay?»

«Ich muss Spider finden, Phil. Daran denk ich – für was anderes hab ich keine Zeit.»

«Ich suche nach ihm. Du musst in die –»

«Wieso? Ich hasse die Schule – das weißt du genau. Ich will da nicht hin und ... ich seh nicht ein, wieso ich dahin *soll*.»

Phil seufzte und setzte sich. Einen Moment lang spielte er mit seinen Schlüsseln, und Tom starrte auf den Tisch.

«Ich dachte, es ist besser geworden», sagte er schließlich. «Du hast mir doch erzählt, dass es besser geworden ist.»

«Ach ja?»

Tom schnaubte und legte den Kopf in die Hände. Er spürte ein Kitzeln in der Nase, das Tränen ankündigte. Doch er wusste, er würde nicht weinen, denn er hatte sein Weinen absolut unter Kontrolle. Er presste die Zähne zusammen und blinzelte. Und tatsächlich, der Moment ging vorüber, und die Augen waren wieder trocken. Normalerweise wurde er in der eigenen Küche nicht weinerlich. Er war sauer auf sich.

«Was sagen sie denn so?», fragte Phil.

«Nichts. Das Übliche.»

«Dann musst du mit jemandem reden. Oder dein Dad macht das –»

«Und sagt was? Ich bin in der falschen Schule unter den falschen Leuten.»

«Und das Stipendium?»

«Vergiss es.»

«Nein. Du hast doch einen Verbindungslehrer, oder?»

«Die Frau ist nutzlos.»

«Dann gehen wir zu deinem Klassenlehrer oder zum Direktor. Auf jeden Fall solltest du nicht irgendwelchen Mist ertragen.»

«Wieso nicht?», fragte Tom. «Ich ertrage deinen doch auch.»

Er lief aus der Küche und ließ Phil erschrocken und stumm am Tisch zurück.

Er ging nach oben und packte den Ranzen, den er eigentlich am Abend schon hätte packen sollen. Er kontrollierte noch mal, ob er seine Hausarbeiten, sein Tagebuch und seine Stifte dabeihatte, und im letzten Moment fiel ihm noch ein, dass er Sport hatte, das hieß, er brauchte sein Turnzeug, das nicht gewaschen war – es steckte immer noch zusammengeknüllt in der Plastiktüte. Er zog den Pullover aus und den Blazer über, doch erst als er seinen Kuli in den Ranzen steckte, begriff er, dass er es wirklich ernst gemeint hatte.

Er würde nicht zur Schule gehen. Er konnte unmöglich in der Klasse rumsitzen, wenn Spider weg war. Er musste schwänzen. Er würde die Straßen in alle Richtungen ablaufen und so lange suchen, bis seine tollen neuen Schuhe auseinanderfielen. Irgendwann würde er seinen Freund schon finden und ihn nach Hause bringen.

Phil war immer noch in der Küche und hielt die Hände um einen Becher Tee.

«Rede ich Mist?», fragte er. «Wieso hast du das gesagt? Ich versuche, dir zu helfen, Tom. Ich sehe doch, dass du unglücklich bist, ich genauso wie dein Dad.»

«Danke, ich brauch keinen Ratgeber.»

«Du vermisst deine Mum, und das kann ich verstehen. Es lastet eine Menge Druck auf dir, aber es wird ganz bestimmt besser, du musst den Dingen nur Zeit lassen.»

«Ach ja?», sagte Tom. «Bist du jetzt Philosoph, oder was? Ich würd dir ja gern zuhören, aber im Moment suche ich erst mal meinen Hund.»

Er lief über den Flur und riss die Haustür auf. Ein Bündel

Fell jagte um seine Füße und verwandelte sich in eine Bell-, Jaul- und Leck-Maschine. Der Junge kippte nach hinten, landete auf dem Teppich und ließ den Hund sein Gesicht abschlecken. Er schloss die Augen, denn Spider lag in seinen Armen, und die Wärme war wieder da, und alles auf der Welt hatte sich von einem Moment zum anderen wieder zurechtgerückt. Er drückte den Hund eng an seine Brust und presste seine Nase in sein Fell. Dann brachte er ihn in die Küche und ging zur Schule.

Wie Spider den Weg von den Dächern nach Hause gefunden hatte?

Er würde es nie erklären können, einerseits weil er nicht Toms Sprache sprach, aber auch weil die Einzelheiten in seinem Kopf wirr durcheinandergingen: Eine rutschige Dachpfanne hatte ausgesehen wie die andere, und sein Weg über sie hinweg war der reinste Albtraum gewesen. Er erinnerte sich, dass er zu einem Dachlukenfenster gekommen war, doch es stellte sich als das falsche heraus: Er war auf einem völlig anderen Haus gelandet. Das versetzte ihn in Panik, und als er zum First zurückkletterte, war er verwirrter denn je. Er versuchte zu tun, was Mondschein getan hatte, doch für ihn war es, wie über ein Drahtseil zu laufen, und seine Pfoten waren einfach zu unförmig. Schließlich rutschte er Zentimeter um Zentimeter auf dem Bauch weiter, von Schornstein zu Schornstein. Irgendwann fand er endlich ein Haus mit einem Flachdachanbau, und auch wenn er sich fast an ein paar Eisendornen aufgespießt hätte, gelang es ihm, zu einer Feuertreppe zu kommen. Unten gab es ein Tor, und er riskierte es, sich selbst das Fell abzuziehen, als er sich durch eine Lücke zwängte, die so breit war wie seine Nase. Irgendwann steckte er fest und musste ein paar Minuten ausruhen, weil er an der Hüfte eingeklemmt war. Nach einigem Winden, bei dem er das Gefühl hatte, sich sämtliche Knochen zu brechen, kam er frei – endlich auf Bordsteinhöhe – und lief wieder und wieder um die Häuser auf der Suche nach irgendeinem Orientierungspunkt. Es war das Haus mit dem starken Gewürzgeruch, das ihm die Richtung zeigte. Er lief weiter, an dem zugenagelten Laden vorbei, und hatte plötzlich einen Benzingeruch in der Nase. Phils Moped stand am Bordstein, vor der vertrauten gelben Tür, und auch wenn er erst daran kratzte und jaulte, dämmerte ihm schließlich, dass es besser war, bis zum Morgen zu warten.

Er hatte Stunden dort gesessen und über Mondscheins Worte nachgegrübelt. Hatte er tatsächlich etwas von einer Katze im Blut? War es das, was ihn zu ihr hingezogen hatte, als er sie das erste Mal sah? Und war das der Grund, wieso er manchmal so unruhig wurde? Wie könnte er je Tom verlassen – er war kein Sklave. «Katzen sind egoistische, schreckliche Wesen», dachte er. Den Satz hatte Tom gesagt, aber er kannte Mondschein ja nicht. Tom wusste nicht, dass sie die beiden im Park beobachtet hatte und ihm dann gefolgt war. Wieso hatte sie überhaupt all diese Schwierigkeiten auf sich genommen?

Spider grübelte und grübelte und kam nicht weiter. Als endlich die Haustür aufging, tat es gut, nicht mehr länger grübeln zu müssen.

Siebtes Kapitel

«Also, was genau ist passiert?», fragte Faden. «Du hast mein Netz zerstört und dafür gesorgt, dass der Junge zu spät zur Schule kommt. Hundert Punkte – du machst dich.»

«Ist er wirklich zu spät zur Schule gekommen?»

«Natürlich. Ich höre alles: Die Schule hat zu Hause angerufen und seinen Dad geweckt. Du hast es wieder geschafft, weißt du.»

«Das hab ich nicht gewollt. Wieso mach ich bloß so viele Probleme? Ich will das gar nicht, es passiert einfach.»

«Weißt du, was ich glaube? Du steckst in einer sogenannten ‹unvorteilhaften Beziehung›. Ist dir klar, was der Ausdruck bedeutet?»

Spider schüttelte den Kopf.

«Er bedeutet, dass es für euch beide keine ernsthafte Zukunft gibt, denn die Flitterwochen sind vorbei. Ich hab dich gewarnt, also werd jetzt nicht sauer: Die Konstellation passt nicht. Du wirst von einer Spinne keine Lügen hören, Spider: Wir beobachten die Welt und sagen, wie es ist. Du wirst genügend sogenannte Freunde finden, die dir sagen, was für ein toller Kerl du bist, aber sie schmeicheln dir bloß. Lügen und Täuschungen höre ich jeden Tag.»

«Wer erzählt Lügen?»

«Meine Besucher. Hier oben, im Netz – sie stecken alle voller Lügen.»

«Ich versteh dich nicht, Faden – ich glaube, ich werde dich nie verstehen. Was hast *du* denn für Besucher?»

«Insekten. Ich rede von meinen Klienten, okay? Denen, die längerfristig einchecken. Du kannst sie treffen, wenn du willst – freuen sich bestimmt, ein freundliches Gesicht zu sehen, auch wenn es nur deins ist.»

Spider starrte ihn vollkommen verwirrt an.

«Streng deinen Kopf an», sagte Faden kichernd. «Wie fressen Spinnen? Und ganz nebenbei, wieso nennen dich überhaupt alle Spider?»

«Wegen meiner Beine.»

«Von denen du vier hast.»

«Ja, aber –»

«An jeder Ecke eins, wie es üblich ist. Du bist das am wenigsten spinnenhafte Tier, das ich je gesehen habe, doch sei's drum. Der Junge hat eine Menge Probleme, deshalb kannst du von ihm nicht erwarten, dass er logisch denkt. Aber um auf den Punkt zurückzukommen: Wie kriegt ein Wesen wie ich was zu fressen? Allgemeinbildung.»

«Du fängst was. In einem Netz.»

«In dem Netz, durch das du deine Pfote geschoben hast, genau. Wenn du die Besucher treffen willst, steig auf den Kleiderschrank.»

«Lieber nicht. Ich will nicht schon wieder ein Risiko eingehen.»

«Letzte Nacht hast du's doch auch geschafft. Du warst wie der Blitz hier oben, als die Katze mit ihren Schnurrhaaren gewackelt hat. Worum ging's eigentlich bei dem Ganzen?»

«Sie wollte reden.»

«Oh, ich hab gehört, was sie sagte.»

«Was sie gesagt hat, war privat, Faden – und sehr persönlich.»

«Sie spielt gern Spielchen. Du musst vorsichtig sein. Also, kommst du jetzt hoch oder nicht? Denn wenn nicht, mach ich jetzt mit der Reparatur weiter.»

Spider sprang vom Bett und schaute zu der Dachluke hoch. Faden war halb heruntergesegelt, und das Fenster über ihm wirkte sehr weit weg. Trotzdem kletterte Spider auf Toms Stuhl und von dort auf den Schreibtisch. Er machte den gleichen gefährlichen Sprung, stieß sich von dem praktischen Regalbrett ab und zog sich mit Pfoten und Ellenbogen oben auf die ebene Schrankfläche. Im Hellen sah er, wie schmutzig das Fenster tatsächlich war. Schlieren von Dreck und komplizierte Netze aus Schmutzfäden erstreckten sich über den Rahmen. Es gab sowohl alte als auch neue Netze, einige mit zerrissenen Rändern, die lose herabhingen und sich im Luftzug bewegten. Faden kroch bis in die Mitte.

«Wow», sagte Spider. «Du machst dir ja echt Arbeit.»

«Das kannst du wohl sagen.»

«Machst du die Netze allein? Das muss ja ewig dauern.»

«Tut es auch. Manche von uns müssen für ihre Mahlzeiten arbeiten, Spider. Hunde kriegen ihr Futter aus Dosen.

Sie bekommen hübsche Schüsseln mit fleischigem Inhalt hingestellt und fragen sich nie, wo das Ganze eigentlich herkommt. Andere müssen schwitzen und schuften und leben von ihrem Verstand.»

«Was fängst du?»

«Oh, alles Mögliche.»

«Fliegen?»

«Klar. Mücken, Schnaken, Asseln. Letzte Woche habe ich eine Motte erwischt, die herumflog – genau da, wo du jetzt stehst.»

«Eine Motte?»

«Kommt von dem Blazer, nehme ich an – reine Wolle wahrscheinlich. Deshalb dachte unser Freund, er wäre ein paar leckeren Fasern auf der Spur, und dabei ist er ein bisschen zu nah ans Glas gekommen. War leider etwas klebrig dort.»

«Wie, du hast die Motte gefangen?»

«Es ist ein Männchen. Er hat nicht aufgepasst. Ich habe keine großen Vorkehrungen gebraucht, und plötzlich gehörte er zu einem, wie ich es nenne, sehr exklusiven Club. Willst du dir Mr. Motte mal ansehen? Komm schon – er ist im Beichtstuhl.»

«Er lebt noch? Du hast doch gesagt, es war letzte Woche.»

«Oh, er wird eine Weile bei uns bleiben. Bereitet sich auf die Ewigkeit vor, Spider, und das geht nicht so schnell.»

Der Hund tapste an den Rand des Kleiderschranks und schob die Nase vor, um die Ecke zu untersuchen, wo Faden jetzt saß. Es dauerte einen Moment, bis sich seine Augen zurechtgefunden hatten, denn zunächst sah er nur Staub und das Chaos einer zweiten Lage Netz. Dann merkte er, dass es ein merkwürdiges System gab: Gänge und Tunnel. Die Netze besaßen eine unterschiedliche Dichte, und einige hingen wegen klumpiger Kokons durch.

Faden lief hinter den Vorhang und tauchte neben einem großen Knäuel straff gewickelter Seide wieder auf. Er hob ein Bein, stieß das Knäuel an und ließ es leicht hin und her schaukeln. Dann drehte er es um, und ein winziges schrumpeliges Gesicht tauchte auf und starrte aus dem Ende des Bündels. Spider erkannte die leuchtenden Augen, aber der Kopf war wie ein Totenschädel – und der Mund ein kleiner roter Kreis aus lauter Elend und Qual. Zwei dünne Antennen ragten aus der Stirn und bewegten sich schwach. Spider winselte. Er konnte die Schultern des armen Wesens erkennen und darunter die blassen elfenbeinfarbenen Flügel, die zusammengedrückt und fest verschnürt waren. Die Fäden liefen wieder und wieder herum, umständlich zusammengebunden, bis der Körper in einer festen, klebrigen Decke eingeschnürt war. Während er hinschaute, versuchte die Motte alles, um sich zu befreien – Spider konnte fühlen, wie sich das Tier mit jedem verbliebenen Kraftmolekül spannte – doch das Einzige, was sich bewegte, war der Mund, der sich noch weiter öffnete und ein leises Wort äußerte – so schwach, dass Spider es kaum verstehen konnte: «Bitte ...»

«Was war das?», sagte Faden. «Oje, habe ich da einen Hilfeschrei gehört?»

«Er hat ‹bitte› geflüstert», sagte Spider.

«Das tun sie alle.»

«Bitte!», sagte die Motte wieder. «Lass mich entweder frei ... oder ...»

«Oder was? Zwischen was kann ich wählen, Flattermann? Nenn mir die Alternativen, Motte.»

«Friss mich einfach.»

«Wieso?»

«Töte mich. Bring es zu Ende …»

«Ach, komm schon», sagte Faden und kicherte wieder. «Komm schon, Mr. Motte. Ich hätte gedacht, dass du mehr Ausdauer hast. Wir müssen noch etwas bereden, wie du nur zu gut weißt. Deine Therapie hat doch noch gar richtig angefangen.»

«Faden», sagte Spider. «Hör auf damit.»

«Womit?»

«Das ist grausam.»

«O nein, das ist notwendig. Sprich du nicht von Grausamkeit, mein Freund – ohne Fleiß kein Preis. Der kleine Kerl hier hat eine Chance, über sein Leben nachzudenken und zu begreifen, wie unbedeutend er ist. Wie viele Tiere bekommen so eine Chance?»

«Er ist gefangen. Er leidet!»

«Leiden wir nicht alle? Etwas hast du vergessen, Spider, nämlich dass er zu mir gekommen ist. Tief im Innern *wollte* er das hier.»

«Das glaube ich nicht», sagte Spider. «Er ist ins Netz geflogen, weil er es nicht gesehen hat – weil du es als Falle gebaut hast. Genau das tust du nämlich, und so etwas nennt man List – ich finde, du solltest ihn freilassen.»

«Und was fresse ich dann? Teilst du dein Hundefutter mit mir?»

«Ja!»

«Nein. Wie auch immer, am Ende wird er mir danken – das tun sie immer. Was ich diesen Typen gebe, ist *Zeit*, und das kennen sie nicht. Sie bekommen Zeit, um über ihre dummen Entscheidungen nachzudenken, die sie getroffen haben, und über ihre dämlichen, trostlosen Beziehungen. ‹Ich war so glücklich!›, behaupten sie, und ich helfe ihnen zu erkennen, was das Ganze in Wirklichkeit war. Eine Illusion, Kumpel – denn Leiden beginnt schon mit der Geburt.»

Faden schwang den Kokon herum und brachte ihn wieder zum Schaukeln.

«Verstehst du das, Motte?», rief er. «Natürlich nicht – noch nicht, aber ... Spider? Wo willst du hin?»

«Nach unten.»

«Wieso?»

«Weil mir das alles nicht gefällt, und ich glaube auch nicht, dass es richtig ist.»

«Oh, warte!», seufzte die Motte. «Verlass mich nicht!»

«Spider», sagte Faden. «Wir haben noch gar nicht über dich und deine eigene Krise geredet. Wann holen wir das nach?»

«Gar nicht. Ich will das alles nicht.»

«Nein? Du verschließt nur die Augen, mein Freund. Du weißt einfach nicht, wer du bist oder wo du hinsollst, und genauso wenig weiß es der Junge. Leben ist Arbeit und Schmerz, und danach bist du tot!»

«Ich glaub dir nicht!»

«Du denkst, du bist glücklich? Sieh dich doch mal an.»

Spider hatte genug. Bevor Faden weitersprechen konnte, sprang er wie wild hinunter und landete hart auf Toms Schreibtisch. Ein Becher mit Kulis und Bleistiften kippte um, und der Hund rutschte auf ihnen aus. Er wirbelte mit den Pfoten, und sein Schwanz peitschte den Computerbildschirm über die Kante, sodass er mit voller Wucht die Stuhlkante traf. Spider hörte das Knacken, aber er konnte nichts dagegen tun. Er sprang auf den Boden und schob sich leise aus Toms Zimmer und die Treppe hinab. Phil stand auf dem Absatz und tätschelte ihm den Kopf – seine Hände rochen nach Fisch, deshalb jagte der Hund weiter in Richtung Küche zu seinem eigenen Napf. Er schlang einen Hundekeks runter und lief hinaus in den Garten, wo er sich schüttelte und endlich wieder frische Luft atmete. Er konnte das Gesicht der Motte nicht mehr vergessen, genauso wenig wie dieses traurige Wort. «Bitte!» – er konnte es immer noch hören, sein Hirn wiederholte es wieder und wieder: «Bitte ... verlass mich nicht!»

Er schüttelte sich noch einmal: Er konnte nichts tun, um die Motte zu retten. Und über das Elend nachzudenken machte ihn nur selber elend.

Er entdeckte im Gras einen Ball und nahm ihn ins Maul. Und plötzlich, für einen schrecklichen Augenblick, sah er sich so, wie Mondschein ihn gesehen hatte: einen gedankenlosen Hund mit einem Ball im Maul. Was wollte er mit einem schmuddeligen weißen Ball? Wollte er ihn werfen, hinterherjagen und sich austoben? Ja, lautete die Antwort – ja. War das denn ein Verbrechen? Im Haus schlug eine Tür, und er drehte sich um. Es war später, als er gedacht hatte! Er hörte ein Rennen, hämmernde Schritte über den Flur. Dann ein Schrei, den er inzwischen nur allzu gut kannte, und plötzlich ertappte er sich dabei, wie er sich im Kreis drehte und bellte, während er über die eigenen Pfoten stolperte. Es war Toms Stimme, laut und aufgeregt:

«Spider? Spider!»

Sein Instinkt überwältigte ihn. Er ließ den Ball fallen, schoss zurück ins Haus und schlitterte über die Küchenfliesen. Sein Herrchen war wieder da und hatte Ranzen und Blazer abgeworfen. Sie stürzten aufeinander zu, und Tom fing ihn auf, als er wie üblich in einem Wirrwarr verschlungener Beine zu Boden ging.

«Spider!», rief Tom. «Neues Spiel, ja? Du bist der Spürhund! Komm schon – krieg mich! Fang mich!»

Es war eine andere Art von Jagd, und Spider begriff sofort. Er packte Toms Arm, als Tom ihn ausstreckte und über den Flur zurücklief. Tom stieß den Hund mit einem Schrei von sich und floh, und sein Hemdsärmel riss ein, während das Telefon klingelte. Sie liefen die Treppe hoch, und nach einem kurzen Kampf auf dem Absatz verkündete Tom, dass er durch irgendein Wunder keine Hausaufgaben machen musste, es also Zeit war für den Park.

Sie spielten bis zur Dämmerung und schauten danach fern. Phil kochte das Abendessen, und als Tom Spider nach oben brachte, regnete es leicht, und die Tropfen klatschten auf die Dachluke, die nicht richtig schloss. Der Junge schlief unter der Decke, der Hund zusammengerollt obendrauf. Sie drehten und wanden sich, und in Toms Traum klingelte das Telefon erneut – es klingelte wieder und wieder, bis er im Traum aufschrie und versuchte, den Hörer abzunehmen. Spider leckte seine Hand und spürte, wie die Finger seine Schnauze streichelten. Sie glitten spielerisch über den Zahn und schließlich lagen sie still.

«Ich bin ein Wachhund», dachte Spider glückselig. «Falls ich nicht irgendwo – irgendwie – eine Katze bin.»

Achtes Kapitel

Tom war sehr betrübt, als er seinen kaputten Bildschirm entdeckte.

Es bedeutete ein echtes Problem, denn das hieß, dass er sein Geschichtsprojekt nicht ausdrucken konnte, und er brauchte es schon am nächsten Tag. Er hatte drei anstrengende Wochen mit Recherche und Schreiben verbracht, doch ohne Bildschirm konnte er die Dateien noch nicht einmal sichern und überspielen. Er saß absolut in der Klemme.

«Und wie ist er kaputtgegangen?», fragte sein Dad.

«Er ist vom Schreibtisch gefallen.»

«Du meinst, *du* hast ihn fallen lassen?»

«Nein.»

«Dann ist er also von selbst vom Schreibtisch gehüpft?»

«Ich meine, kann sein, also vielleicht ... könnte ihn auch Spider umgestoßen haben.»

Toms Dad war müde. Seine Schicht hatte wieder gewechselt, das heißt, sein Schlafrhythmus war erneut vollkommen durcheinander.

Er gab sich alle Mühe, nicht gereizt zu sein. Als er den Hund anstarrte, ließ Spider den Kopf hängen und schaute auf den Teppich.

«Lass ihn nicht in dein Zimmer», sagte Toms Dad langsam – und als Tom gerade antworten wollte, hob er einfach nur die Hand.

«Ich diskutiere nicht mit dir», sagte er. «Der Hund kostet uns ein Vermögen. Hast du irgendeine Vorstellung, was wir noch für den Lieferwagen bezahlen müssen? Und für die beschädigten anderen Autos?»

«Nein.»

«Nein. Du hast ja auch nie mal gefragt.»

«Tut mir leid, Dad, aber er muss sich noch eingewöhnen. Er gibt sich echt Mühe.»

«Tun wir das nicht alle? Aber glaub ja nicht, dass ich einen neuen Computer bezahle, verstanden? Du kommst auch ohne aus.»

Tom fürchtete sich vor der nächsten Geschichtsstunde.

Es war in der dritten Stunde. Direkt vor der großen Pause. Alles fing gut an. Anstatt die Hausaufgaben einzusammeln, schien der Lehrer unbedingt die letzte Folge einer DVD zeigen zu wollen, die der Höhepunkt der ganzen Unterrichtseinheit sein sollte. Um fünf nach elf hatten die Nazis fast ganz Europa erstürmt und schienen nicht aufzuhalten. Die Schulglocke würde um Punkt Viertel nach läuten, und wenn sie das tat, war Tom in Sicherheit: Dann würde er bis zum nächsten Montag nichts abgeben müssen, einen Bildschirm erbetteln oder leihen, und sein Problem war gelöst.

Er wartete mit geschlossenen Augen und zählte die Minuten. Zwei Minuten vor Ende der Stunde spürte er, wie das Licht in der Klasse anging und die deutsche Wehrmacht seltsam erstarrt war. Dr. Vokes hatte die Pausentaste gedrückt. «Gut», sagte er. «Jetzt begreifen wir also den wahren Schrecken, der von den Nazis ausging. Was ist, Eleanor?»

Ein Mädchen ganz vorn hatte die Hand gehoben, und Tom wusste, was sie gleich sagen würde. Er sah ein dickes Bündel Papier auf ihrem Tisch liegen, und ihre Augen strahlten vor lauter Eifer.

«Wollen Sie nicht noch unsere Projektarbeiten haben?», fragte sie. «Die sind doch heute fällig.»

Ein Stöhnen und Murren brach aus, das der Lehrer mit einem scharfen Blick zum Schweigen brachte.

Tom saß still und starr da.

«Danke», sagte Dr. Vokes. «Ich hätte sie gleich zu Beginn der Stunde einsammeln sollen, aber wir haben ja noch ein paar Minuten. Danke, dass du mich dran erinnert hast. Gebt sie jetzt bitte ab – reicht sie nach vorn durch.»

Sofort ging ein Rascheln los. Dreiundzwanzig Kinder holten ihre Projektarbeiten heraus, alle den Regeln entsprechend fein säuberlich zusammengeheftet. Tom rührte sich nicht, und sein Tisch blieb schrecklich leer. Die Gedanken wirbelten in seinem Kopf, der Magen rotierte. Sollte er einen alten Stapel Blätter abgeben, um Zeit zu gewinnen? Sollte er aufzeigen und alles zugeben oder sagen, dass er die Arbeit vergessen hätte? Vor lauter Aufregung wurde er rot. Dr. Vokes drehte sich um, als ob er das Unwohlsein des Jungen spüren könnte, und sah ihn an. Die Sonne brach sich in seinen Brillengläsern, und das Einzige, was Tom erkannte, waren zwei erbarmungslose Lichtscheiben.

«Thomas», sagte er.

«Sir.»

«Dein Projekt bitte. Aparna, kannst du schon mal anfangen, die Arbeiten einzusammeln? Und seht zu, dass eure Namen auf dem Deckblatt stehen. Ihr hattet eine Ewigkeit Zeit. Tom, jetzt mach schon!»

«Sir, ja. Darüber wollte ich noch mit Ihnen reden.»

«Red jetzt mit mir.»

«Ich meine, am Ende der Stunde.»

«Oh.»

«Ja.»

«Wir brauchen nicht zu reden. Ich brauche nur deine Hausarbeit.»

«Das ist es ja, Sir – ich hatte ein kleines Problem. Im allerletzten Moment.»

Der Raum war jetzt schrecklich still. Aparna sammelte die Mappen ein, aber leise, und alle Mädchen und Jungs spürten die warmen Anzeichen von Angst und Erregung aufsteigen. Tom, das Opfer, schaute nur auf seine Hände.

«Oje», sagte Dr. Vokes. «Drei Wochen, um fertig zu werden. Jede Stunde wurde die Deadline wiederholt, und außerdem steht sie dick und fett in deinem Terminplan ... und du hast ausgerechnet am letzten Tag ein Problem? Wie bedauerlich.»

«Könnte ich vielleicht eine Verlängerung kriegen, Sir?»

«Nein, ich möchte die Arbeit bitte jetzt.»

«Kann ich sie nicht vielleicht morgen abgeben, vor Schulbeginn?»

«Nein, ich möchte sie jetzt.»

Tom sagte nichts.

«Wo ist sie?»

«Zu Hause, Sir.»

«Wieso?»

«Ich hatte ein Problem mit meinem ... Computer.»

Er wusste, er hatte das Falsche gesagt. Dr. Vokes hasste Technik und pries immer wieder den guten altmodischen Füllfederhalter.

Es läutete, schrill und lang – doch niemand rührte sich, niemand wollte gehen. Alle schauten zu, denn die Lunte brannte, und die Explosion war jetzt unausweichlich. Der Lehrer war seltsam ruhig, und obwohl draußen alles rannte und lachte, dehnte sich die Stille im Klassenzimmer immer weiter. Niemand rührte sich, denn alle genossen den Duft der reinen, ungetrübten Angst.

«Sieh dich doch nur mal an», sagte Dr. Vokes leise. «Was macht ein Junge wie du an einer Schule wie dieser? Steh auf.»

Tom stand auf.

«Zwei Punkte Abzug. Nachsitzen am Donnerstag. Und ich spreche mit deinem Vertrauenslehrer. Oh ... und noch was. Schau mich an.»

Tom sah hoch.

«Wieso bist du eigentlich so verlottert? Schau dir mal dein Hemd an.»

«Sir.»

«Wie oft wechselt du es?»

«Weiß ich nicht, Sir.»

«Du weißt es nicht?»

«Nein Sir.»

«Das Hemd ist grau vor Dreck, und es hat einen Riss. Überall sind Tintenflecke – besitzt du vielleicht noch mehr als nur dieses eine Hemd?»

Jemand kicherte.

«Du bist wirklich ein Schandfleck. Red mal mit deiner Mutter, sag ihr, sie soll eine neue Waschmaschine kaufen. Wenn du morgen Punkt acht zu mir kommst, dann will ich, dass du sauber bist. Ich will kein Gassenkind aus den Slums: Ich will jemanden mit ein bisschen Selbstachtung, der zum Friseur geht und weiß, wie man sich kleidet. Und jetzt raus mit dir!»

Tom starrte ihn an, zu wütend, um sich zu rühren. Das Gesicht des Lehrers war rot angelaufen, und der bösartige Mund zog sich zu einem verächtlichen Ausdruck von Hohn zusammen. «Raus!», brüllte er. «Geh! Los! Verschwinde!»

Tom wurde mit den anderen Kindern aus der Klasse gespült und merkte plötzlich, wie er rannte. Das Letzte, was er wollte, war ein Zusammentreffen mit den anderen Jungs – vor allem mit Robert Tayler – also rannte er nach rechts, dann nach links und hinein in die Bibliothek. Er lief auch dort weiter, weil er noch immer nicht in Sicherheit war. Er musste in den Präsenzbereich ganz hinten, wo die Bibliothekarin ihr Büro hatte, also lief er dorthin, schnappte sich das erstbeste Buch und warf sich auf einen Stuhl. Es war egal, worum es in dem Buch ging, denn er konnte die Wörter sowieso nicht lesen, selbst wenn er gewollt hätte: Er starrte nur auf das Schwarz und Weiß, und seine Hände zitterten, als er überlegte, was er tun sollte. Er dachte an Spider, der zu Hause auf ihn wartete, und das war das Einzige, was ihn ein kleines bisschen beruhigte. Noch drei

Stunden und die Mittagspause: Er würde es schaffen, die Zeit absitzen, denn danach konnte er ja mit seinem Freund zusammen sein, und sie würden in den Park gehen. Sie würden laufen, weiter als je zuvor – vielleicht bis rüber in die Heide, wo sie allein waren und niemand sie finden würde. Er atmete wieder ruhiger, doch in den Augen hatte er immer noch Tränen. Sie zitterten leicht auf seinen Wimpern.

«Alles in Ordnung mit dir?», fragte eine Stimme.

Es war Mrs. Gupta. Er hatte sie nicht gesehen, doch sie hatte beobachtet, wie er kam, und nun sah sie ihn direkt an.

«Ja, Miss.»

«Was liest du da?»

«Ach, nur ... was ich gerade gefunden hab.»

«Wie geht's deinem Dad?»

Tom blinzelte die Tränen weg.

«Danke, alles okay, Miss. Viel Arbeit.»

«Gut. Du würdest es mir doch sagen, wenn irgendwas wäre, oder?»

«Ja, Miss. Danke.»

Die Bibliothekarin war jetzt neben ihm und hockte sich zu ihm.

«Wie kommst du zurecht?», fragte sie. «Die ersten Monate sind immer die schlimmsten. Gefällt dir die Schule?»

Tom nickte verzweifelt. Er hielt die Luft an, weil er wusste, dass er jeden Moment zusammenbrechen würde. Seine Augen brannten, deshalb hielt er sie weit offen – und sie blieben zum Glück trocken.

«Super», sagte er und brachte sogar ein Lachen zustande. «Danke, Miss.»

Neuntes Kapitel

Währenddessen fand Spider keine Ruhe.

Vielleicht spürte er von weitem Toms Angst, denn er war mehrmals in das Zimmer des Jungen hochgelaufen und hatte dann dagestanden und sich gefragt, was er tun sollte. Phil war unten, also hatte er das Haus noch für sich. Spider kontrollierte den Garten, ließ sich in der Küche nieder und überlegte, wieso er sich so gefangen und unwohl fühlte. Er dachte an die kleine Motte und schüttelte sich: Es hatte keinen Sinn, sich über Dinge Gedanken zu machen, die er nicht lösen konnte – und er wollte auch nicht an Mondschein denken. Er schlich zurück in Toms Zimmer, und genau da hörte er Phil.

«Spider? Beeil dich, Junge …»

Er rief leise, um nicht Toms Vater zu wecken. Spider hörte ihn im Flur hin und her laufen, und er klang, als sei er in Eile. Die Gartentür ging auf und wieder zu, und Spider trottete zum Treppenabsatz. Die Haustür stand jetzt auch offen, und er wollte schon nachschauen, als er hörte, wie Phil sie leise wieder schloss. Er vernahm ein metallenes Scheppern und danach das Geräusch, mit dem das Moped vom Ständer gezogen wurde. Der Motor startete, und Spider konnte sein Glück nicht fassen: Er hörte, wie das Teil davonpötterte. Er hatte das Haus wieder für sich allein.

Er lief einmal schnell durch die Räume, um zu sehen, ob er auch wirklich allein war. Toms Dad hatte die Tür zum Schlafzimmer geschlossen, Spider trottete daran vorbei und überlegte, wo er sich niederlassen sollte. Er hatte keinen Hunger, doch es war immer sinnvoll nachzuschauen, ob es etwas zu fressen gab. Und er roch den verlockenden Duft von Schoko-Keksen. Er fand die Schachtel, die offen im Wohnzimmer lag, und obwohl er wusste, dass er es nicht durfte, war es einfach zu leicht, dranzukommen und sie vom Tisch zu holen. Noch leichter war es, die Kekse zu zerkauen und zu verschlingen, und als der Zucker im Blut wirkte, spürte er einen Energieschub, der ihn die Treppe wieder nach oben jagen ließ. Dabei fiel ihm die Tür zu Phils Zimmer auf. Sie stand weit offen und ließ diese vertraute Mischung aus Deo und Maschinenöl herausströmen. Spider hatte noch nie eine Pfote über die Schwelle gesetzt und war sich nicht sicher, ob er es tun sollte.

Er streckte die Nase hinein und schaute an den Wänden entlang.

Ringsherum war alles mit Motorradbildern beklebt. Es gab Bierflaschen und mindestens ein halbes Dutzend Aschenbecher, weshalb die Luft abgestanden roch. Spider wollte schon gerade zurückweichen, als er das kurze Zucken einer Bewegung bemerkte, wie ein Aufflackern eines Streichholzes. Es war ein leuchtend orangefarbener Blitz, und er kam aus dem Glas in der Ecke.

«Hallo?», sagte er.

Das Glas war ganz rund und voll Wasser. Spider hob seine Nase zum Glas.

«O wow», sagte eine Stimme. «Wie geht's dir?»

Es war Hilda, der Goldfisch, und Hilda schwamm im Kreis herum. Sie bewegte sich langsam, hielt sich dicht am Rand, und ihre Stimme hatte etwas Blubberndes: leise und freundlich.

«Danke, gut», sagte Spider.

«Alles okay?»

Der Fisch beendete seinen Kreis, hielt dann einen Moment inne und starrte aus großen Augen herüber.

«Alles gut», antwortete Spider höflich. Er trat etwas näher heran, und der Fisch schwamm jetzt in die entgegengesetzte Richtung. «Und bei dir?»

«Oh, bei mir ist auch alles gut», sagte der Fisch. «Danke der Nachfrage. Aber ein ziemlich komischer Tag, findest du nicht?»

«Glaub schon. Ich war noch nie hier in dem Zimmer. Ist ganz neu für mich.»

«Wirklich? Wieso sagst du das?»

Der Fisch hörte auf zu schwimmen, zuckte mit dem Schwanz und begann einen neuen Kreis.

«Weil es wahr ist», antwortete Spider. «Ich denke, ich sollte nach oben gehen – und auf Tom warten. Das hier ist nicht mein ... Territorium. Ich meine, Phil scheint ja ein netter Mensch zu sein, aber ich kenn ihn nicht so gut wie meinen Herrn, deshalb sollte ich hier nicht eindringen. Normalerweise wäre ich jetzt gar nicht im Haus.»

«Wieso sagst du das?»

«Was?»

«Hä?»

«Wieso ich das sage? Weil es wahr ist. Normalerweise bin ich im Garten. Ich weiß nicht, ob mich Toms Vater mag und ... *er* stellt nun mal die Regeln auf.»

«Wieso sagst du das?»

Spider schwieg einen Moment.

«Wieso sage ich was? Welchen Teil meinst du?»

«Hä?»

«Was?»

«Wie geht's dir?»

«Hör zu», antwortete Spider. «Mir geht's gut ... ich versuch nur nachzudenken. Ehrlich gesagt, ich hab eine paar Probleme verursacht – und Tom ist wirklich etwas Besonderes, daran habe ich gar keinen Zweifel. Aber ich mache mir immer Sorgen, weil ... ich bin nicht ausgesucht worden, verstehst du – am Anfang. Ich war einfach der letzte Hund, der noch übrig war. Die konnten mich nicht verkaufen, schon wegen dem Zahn – der eine Missbildung ist, wie alle sagen. Ich bin nicht toll anzuschauen, das ist ganz klar, was bedeutet: Als Toms Dad kam, haben sie ihm mich einfach so gegeben. Ich war ein kostenloses Geschenk – ich hatte keinen ... keinen Wert, wenn du verstehst, was ich meine. Das kümmert mich zwar nicht mehr, aber ich muss doch immer dran denken, wenn ich überlege, wie ich in die Familie passe, denn ... na ja, die Familie ist schon seltsam, wenn du so drüber nachdenkst. Irgendwas ist, was ich nicht richtig verstehe, aber ich liebe Tom. Ich hab ihn zum Fressen gern, doch sein Dad wollte eine Katze. Was ich gut verstehen kann. Katzen sind … sehr schön. Pflegeleicht, und sie machen nicht solche Probleme wie ich. Vielleicht sollte ich ja versuchen, mehr wie eine Katze zu sein.»

«Hmm», sagte der Fisch. Er drehte sich einmal um die eigene Achse und stieß eine Blase aus. «Wieso sagst du das?»

«Weil es wahr ist. Ich weiß über Katzen Bescheid. Ich kenn nämlich eine, und ich muss ständig an sie denken. Sie hat ein paar sehr seltsame Dinge gesagt.»

«Hä?»

«Sie hat gesagt, ich hätte die Seele einer Katze.»

«Wow.»

«Ich weiß. Doch was heißt das genau? Ich weiß es einfach nicht, aber was, wenn sie recht hat und ich mit *ihr* zusammen sein sollte? Du bist ein Fisch, stimmt's, also –»

«O ja. Jede Wette.

«Eben. Du weißt ganz genau, was du bist, und deshalb tust du, was du eben tust. Du machst Fischdinge, genau wie ich Hundedinge mache.»

«Wieso sagst du das?»

«Schau, ich versuche dir zu erklären – ich … versuche doch nur, in dem Ganzen einen Sinn zu finden. Fische schwimmen und fressen und … genau so hat es zu sein. Ich seh dich an und weiß, dass du dich fischhaft verhältst. Was mich beschäftigt, ist einfach: Ich weiß immer noch nicht, was *ich* bin, denn –»

«Wieso sagst du das?»

Spider bellte frustriert. «Ich erkläre dir etwas!», rief er. «Ich durchdenke es! Woher wissen wir, was wir sind? Ich liebe Tom, aber er ist kein Hund. Er ist ein Mensch! Er wirft mit

Stöckchen, und ich fange sie und bring sie zurück. Er tut, was er tut, also tu ich es auch, und wir kommen alle zurecht –»

«Wieso sagst du das?»

«Ach, du hörst mir ja gar nicht zu!»

«Hä?»

«Du wiederholst bloß immer dieselbe dämliche Frage – es ist aussichtslos. Ich rede mit einem Fisch – wieso tu ich das? Weil du nicht mit deinem Besitzer redest, ja? Mit Phil, meine ich. Liebt er dich? Vielleicht tut er es ja, auf irgendeine Weise. Aber ich schlafe am Ende von Toms Bett, und nachts, wenn ich aufwache und mich einsam fühle, merke ich, dass ich überhaupt nicht einsam bin. Ich spüre sein Herz, weißt du? Ich hör es. Ernsthaft, horch einfach mal – sag nichts. Hast du schon mal gehört, dass dein Herz in genau demselben Takt schlägt wie das eines andern? Genauso ist es bei uns. Tom riecht nach mir, und ich rieche nach ihm, aber was ich versuche herauszufinden, ist: Was, wenn es noch mehr gibt und wenn Mondschein recht hat? Tom könnte sich ändern, und was passiert dann? Faden genauso – ich hab dir noch gar nicht von Faden erzählt. Er glaubt, alles endet schlimm, deshalb lebe ich in so einer Art ständiger Angst. Verstehst du mich? Nicht die ganze Zeit, das mein ich nicht. Die meiste Zeit denk ich ja gar nicht – ich leb nur einfach mein Leben, aber ... man hat nur *ein* Leben, Hilda. Das will man doch nicht kaputt machen. Und ich hab gesehen, wie groß die Welt ist. Ich war auf dem Dach und hab es gesehen, die Welt erstreckt sich kilometerweit.»

Der Fisch blinzelte und stieß eine Reihe von Blasen aus.

«Sie ist so riesig groß», sagte Spider leise. «Und du denkst bestimmt, ich bin ein verwirrter Trottel, ich weiß schon.»

«Hä?»

«Was?»

«Wieso sagst du das?»

Spider jaulte. Er lief zu dem Tisch und stieß mit seiner Nase gegen das Glas – das Wasser schwappte und spritzte, und dann gab es ein Knacken, so laut wie ein Schuss. Erschrocken sah der Hund, wie sich unten um das Glas herum ein See bildete und der Wasserpegel zu sinken begann. Das Glas war gesprungen, und der Fisch zuckte verängstigt mit dem Schwanz. Hilda drehte zwei Kreise und stieß lauter Blasen aus vor Angst. Sie versuchte noch einen dritten Kreis zu schwimmen, aber dann verfing sie sich in den Wasserpflanzen, die sie auf einer Handvoll Kiesel am Boden festhielten. Sie kippte auf die Seite und schnappte nach Luft, denn das Wasser war in den Tisch gesickert und ganz ausgelaufen.

«O nein», winselte Spider.

«Hey», sagte der Fisch leise. «Wieso hast du das gemacht?»

Spider starrte auf die Zerstörung und fühlte sich hilfloser als je zuvor. Der Fisch klappte den Mund auf und zu, doch es kamen keine Worte mehr heraus, und Spider floh. Er jagte nach unten und von dort gleich wieder hoch. Er lief in Toms Zimmer, sprang aufs Bett und vergrub sich in der Decke. Er zitterte am ganzen Körper, entsetzt über das, was er getan hatte. Das Schlimme war, dass er nichts tun konnte, um es wieder in Ordnung zu bringen. Er wand sich aus der Decke, sprang zurück auf den Boden und von dort auf den Tisch. Die Kulis und Bleistifte rollten in alle Richtungen davon. Einen fing er mit seinem Maul und kaute wie wild darauf rum. Dann war er wieder unten und schnappte und biss um sich. Fünf Minuten lang zog er an allem, was er sah. In der Nähe lag ein Hausschuh mit loser Sohle. Er brauchte zehn Sekunden, um den Schuh auseinanderzureißen. Irgendwo standen Actionfiguren – er warf sie in die Luft. Tom hatte Brettspiele, die er nie wegräumte. Spider kippte sie um und zerriss die Kartons. Als Nächstes war der niedliche Drache dran, und danach fiel er über ein Kissen her. Schon bald war die Luft voller Federn und der Teppich nicht mehr zu erkennen unter dem Wirrwarr aus zerfetztem Stoff. Dann kam der Filzpinguin, den Tom immer unter seinem Kopfkissen aufbewahrte. Die Rollschuhe, die nach Leder stanken. Der Golfschläger, der kalt an seinem Zahn war. Und die Kiste mit den Comicheften, die durch die Luft flogen. Bald sah es so aus, als ob das ganze Zimmer explodiert wäre: In dem Kleiderschrank waren keine Sachen mehr, und Spider wälzte sich in dem Chaos, das er geschaffen hatte.

Er erinnerte sich an Mondscheins magische Krallen und probierte seine eigenen an einem Paar Turnschuhe aus. Er duckte sich wie eine Katze und jagte sie, dann kehrte er wieder zu dem Filzpinguin zurück und schüttelte ihn so fest, dass das Stofftier auseinanderfiel. Gegen drei Uhr am Nachmittag hatte er Toms Zimmer in ein Meer aus Fusseln, Federn und Papierfetzen verwandelt. Es gab Bereiche, in denen man sich wälzen und Tunnel graben konnte, und was das Beste war: Das ganze Nest hatte den berauschenden Geruch von ihm und seinem Herrn, beide zusammengemixt. Spider lag da und hechelte erleichtert – und genau in dem Moment bemerkte er Faden, der direkt unter der Dachluke hing.

Die Spinne lächelte.

«Alle Achtung», sagte sie. «Was für ein Hund.»

Spider starrte sie an.

«Hübsches Chaos, das du da angerichtet hast. Bist du jetzt zufrieden?»

«Ja. Tom wird vielleicht ein bisschen überrascht sein, aber –»

«Erfreut?»

«Ich finde, das ganze Zimmer sieht jetzt viel besser aus als vorher. Meinst du nicht?»

Faden sank herab, und wieder hörte Spider sein dürres, grausames Lachen.

«Ich glaube, er wird überwältigt sein», sagte Faden. «Ich kann seine Reaktion gar nicht erwarten, denn jetzt hast du's wirklich geschafft. Ganz sicher.»

Er brach ab, denn sie hörten beide, wie die Haustür aufging und dann erschöpfte Schritte auf dem Flur.

Zehntes Kapitel

Spider sprang mit schlappenden Ohren vom Bett.

Die Schritte kamen langsam und schwer die Treppe herauf. Auf dem Absatz ein Stockwerk tiefer blieben sie einen Augenblick stehen, und Spider fiel der Goldfisch ein. Er sah wieder das zerbrochene Glas vor sich und wie das Wasser auf den Teppich geflossen war. Dann hörte er Toms Stimme – doch leiser als üblich.

«O nein», sagte der Junge.

Spider trottete zur Tür und sah, wie Tom das untere Ende der Treppe erreichte. Die beiden Freunde blickten einander an.

«Spider», sagte Tom. «Was hast du getan?»

Spider setzte sich auf sein Hinterteil.

«Wieso bist du im Haus?», fragte der Junge und kam langsam die Treppe hoch.

Spider wedelte einmal mit dem Schwanz und hob eine Pfote. Er spürte eine schreckliche Müdigkeit an seinem Herrn, und plötzlich wusste er, dass alles wieder fürchterlich schieflaufen würde. Der Junge war jetzt ganz nah, und er sah irgendwie erschüttert aus. Seine Krawatte war verdreht und auf dem Blazer war Schlamm. Als er die Hand ausstreckte, um Spiders Kopf zu berühren, war die Oberseite aufgeschürft und blutig. Spider winselte und leckte sie – aber Tom schob sich an ihm vorbei ins Zimmer. Er blieb stehen und stand reglos da, als ob ihn ein Zauberstab an der Schulter berührt und zu Stein verwandelt hätte.

«Nein», sagte er leise. «O Gott, Spider. Was hast du getan?»

Der Hund sah erschrocken, wie Tom sich im Zimmer umschaute – fassungslos und entsetzt. Plötzlich sank er auf den Teppich, als hätten seine Beine unter ihm nachgegeben. Er legte den Kopf in die Hände, weshalb Spider das Naheliegende tat und ihm in die Arme sprang und an ihm schnüffelte. Er wurde weggeschoben, deshalb schob er sich umso fester wieder heran – ängstlicher als jemals zuvor. Er wand sich zwischen die Ellenbogen des Jungen, winselte und versuchte, das betrübte Gesicht abzuschlecken – doch auf einmal sah er erschrocken, dass das Gesicht voller Prellungen und blauer Flecke und das rechte Auge geschwollen war. Tom drehte ihm den Rücken zu und wälzte sich auf die Seite. «Nein!», sagte er – und er sagte es wieder und wieder. Nur dieses eine Wort, noch mal und noch mal: «Nein. Nein. Nein.»

«Was ist?», überlegte Spider. «Was brauchst du?»

Er drehte sich um, auf der Suche nach einer Lösung, und in seiner Verzweiflung dachte er an das Stöckchenspiel – würde das helfen? Das Nächste, was er fand, war ein Lineal aus Holz, an dem er schon seine Zähne erprobt, es dann aber doch verschmäht hatte, weil es so schnell splitterte. Er fand den Rest unter dem Meer von Federn, trug es hinüber zu seinem Herrn und drückte es ihm gegen die Brust. Tom betrachtete das Geschenk und stand schwankend auf.

«Spider», sagte er. «Du bist ein böser Hund. Hast du mich verstanden?»

Spider hatte ihn nicht verstanden.

«Schau dir das Chaos an. Schau, was du getan hast ... Das ist ...»

Tom fehlten die Worte. Er starrte auf das Desaster um ihn herum und stakste durch das Trümmerfeld zu den Überresten seines Pinguins hinüber. Der Pinguin war enthauptet, deshalb suchte er, bis er schließlich den Kopf fand. Der Schnabel fehlte. Spider machte sich bereit, noch immer unsicher, ob die Situation wirklich so schlimm war, wie es schien. Täuschte Tom ihn? Vielleicht würde er ihm ja den Pinguin zuwerfen, und alles wäre gut.

Aber Tom warf ihn nicht. Er sah den Pinguin an und fragte: «Wieso? Wieso heute? Als ob ich heute nicht schon genug durchgemacht hätte. Oh ...»

Der Junge schluckte und schloss die Augen.

«Weißt du, wie lange ich den hier hatte?» Er hielt die Überreste des Kuscheltiers in beiden Händen. «Spider, das hier ist Penny – das wusstest du nicht, oder? Er war das erste Geschenk, dass ich bekommen habe, aber das ... verstehst du nicht, was?» Seine Stimme machte komische Dinge und Spider winselte wieder. «Das allererste Spielzeug, das ich als Baby hatte – Mum hat ihn mir gemacht und gesagt ... sie hat gesagt ...»

Tom brach ab und schüttelte den Kopf – und Spider sah, wie ihm die Tränen übers Gesicht liefen. Der Hund winselte, denn jetzt merkte er, dass alles noch weit mehr außer Kontrolle war, als er geglaubt hatte. Es fühlte sich an, als wenn die Welt untergehen würde.

«Du kannst winseln, soviel du willst», flüsterte Tom. «Winsel nur ...»

Spider kläffte.

«O Gott, schau dir das an – das ist mein Englischbuch ... Das *war* mein Englischbuch, und das *war* mein Französisch-Wörterbuch! Mein Gott, Spider – du hast sie alle zerstört. Das ist eine Katastrophe ... Es ist vorbei.»

Er legte seine Hände wieder über den Kopf und stöhnte.

«Dad bringt dich um. Und mich auch. Da können wir auch gleich zusammen weglaufen, denn ... wir sind erledigt, tot – beide! Du bist ein böser Hund! Hörst du, Spider? Ein böser Hund – du hast überhaupt nichts gelernt. Du bist ... o Gott – du bist echt ein Monster.»

Und damit drehte sich Tom um und verließ das Zimmer.

«Super», sagte Faden.

Spider antwortete nicht. Er stand da und war unfähig, die Woge des Elends zu begreifen, die durch das Zimmer gerollt war. Er hatte Toms lange Sätze natürlich nicht verstanden, doch er hatte die Worte «umbringen» und «böser Hund» gehört – und er kannte den Ton in der Stimme. Am schlimmsten aber war die Zurückweisung jedweden Schleckens und Schnüffelns gewesen: Er war weggeschoben worden, nicht einmal oder zweimal – und nicht wie im Spiel –, sondern fünfzehn- oder zwanzigmal. Jeder Versuch, den Spider gemacht hatte, war gescheitert, als ob Tom ein Fremder geworden wäre. Tom hatte es absolut deutlich gemacht: Die Beziehung war vorbei – genau wie es Mondschein vorhergesagt hatte.

«Was soll ich tun?», fragte er zaghaft.

«Frag nicht mich. Ich weiß bloß, du hast es vergeigt. Für immer und ewig.»

«Sag das nicht, Faden. Ich brauch einen Rat!»

«Du musst den Tatsachen ins Auge sehen. Der Junge ist ein schlimmeres Fiasko, als wir geglaubt haben. Gerade hast du es wieder erlebt: mal heiß, mal kalt, kein Funken Stabilität – ein emotionales Wrack. Das ist das Problem hier: Im einen Moment ist er total von dir begeistert, und im nächsten plärrt er wegen einem Spielzeug-Pinguin, den seine Mami ihm geschenkt hat. Er hat dich beschimpft.»

«Das ist nicht fair –»

«Natürlich ist das nicht fair!»

«Ich meine, was du gesagt hast, ist nicht fair. Ich hab ihn schließlich schon wieder enttäuscht.»

«Was ich gesagt habe, ist *wahr*, Hund. Und nein, das Leben ist nicht fair – was willst du eigentlich, du dummer Köter? Er hat dich beleidigt, und er hat dir gedroht.»

«Ich muss mich bei ihm entschuldigen.»

«Wofür? Dass du ein Hund bist?»

«Nein –»

«Wie soll das denn gehen? ‹Tut mir leid, Herr ... ich habe mich benommen wie ein Hund, denn genau das bin ich›? Der ist ein Psycho, dieser Junge – hast du das Blut an seinen Händen gesehen?»

«Er war verletzt. Er hat schlimmen Ärger gehabt, und ich hab alles noch schlimmer gemacht –»

«Spider, hör auf! Er hat Freunde an dieser verrückten Schule, und sie haben gerauft, Spaß gehabt. Das Einzige, was er nicht braucht, ist ein Hund wie du: Er ist dich leid, hast du das nicht gesehen? Und das ist typisch. Am besten kommst du immer noch allein klar, genau wie ich. Bleib allein – so läuft das mit Beziehungen. Es ist jedes Mal das Gleiche. Und wenn du einen Funken Mumm hast, dann steigst du jetzt aus. Hör zu ... psst! Warte.»

Faden und Spider spürten die Vibrationen gleichzeitig.

«Es kommt jemand. Und es klingt gar nicht gut.»

«Was soll ich tun?»

«Angreifen.»

«Wen angreifen?»

«Alle. Das ist die beste Option, Kumpel – seit jeher.»

Die Schritte auf der Treppe klangen schwer, schwerer als Toms. Spider winselte und wich zurück. Als er sah, wer es war, begann er zu zittern. Es war natürlich Toms Dad, und es schien, als sei er gerade aus dem Bett aufgestanden. Er kam allein ins Zimmer und warf schweigend einen Blick über die ganze Zerstörung. Dann nahm er die Kunststoffsohle einer zerfetzten Sandale hoch. Er schlug sie gegen die Handfläche.

«Hund», sagte er. «Du hast uns ruiniert.»

Spider verhielt sich ganz still.

«Man hat mir gesagt, du hättest ein bisschen Retriever im Blut. Aber Retriever tun so was nicht, oder? Was zum Teufel soll das alles? Was bist du? Komm her, los, komm schon ...»

Spider versuchte zurückzuweichen, doch er saß in der Falle zwischen Bett und Wand.

«Beiß ihn!», zischte Faden.

Spider schüttelte den Kopf.

«Mach schon, Hund!», rief die Spinne. «Geh ihm an die Gurgel!»

Aber alles ging jetzt viel zu schnell. Toms Dad sprang nach vorn und erwischte Spider am Halsband. Der Hund wurde hochgerissen, und obwohl er sich wand wie ein Aal, hatte er der Kraft und Entschlossenheit des Mannes nichts entgegenzusetzen. Halb erwürgt wurde er aus dem Zimmer gezerrt und danach die Treppe hinunter. Die Stufen schlugen ihm in den Rücken. Er jaulte und bellte, doch er wurde nur umso härter am Halsband gezogen und konnte bloß noch krächzen. Dann hörte er plötzlich Tom. Auch der Junge schrie, und sein Dad brüllte, während Spider versuchte loszuheulen. Tom rannte zu seinem Vater, wurde aber zurückgestoßen. Er kam erneut, packte seinen Dad am Arm – und genau da setzte Spiders Instinkt ein. Er biss mit voller Wucht nach den Fingern, die ihn festhielten, doch er erreichte sie nicht. Er spürte die andere Hand des Mannes und wurde zum zweiten Mal in die Luft gerissen. Er schlug mit den Pfoten, knurrte, und auf einmal war er in der Küche, und die Tür wurde hinter ihm geschlossen und verriegelt. Tom hämmerte dagegen, und Spider spürte einen kalten Windstoß, als er in den Garten geschleift wurde. Seine Luftröhre war jetzt vollkommen zu, und er wusste, er würde ohnmächtig werden, wenn er sich nicht befreite. Er trat wie wild um sich und schlug mit den Krallen der Hinterpfoten – und dann sah er den Schuppen, auf dem Kopf, und wurde hineingeschleudert.

«Ich hab die Schnauze voll!», schrie der Mann.

Die Tür schlug zu, und Spider lag in völliger Dunkelheit. Er hörte Schritte, die sich entfernten, und Toms Stimme wurde abrupt zum Schweigen gebracht.

«Autsch», sagte jemand.

Spider lag still da. Er konnte noch nicht mal wimmern, denn er konzentrierte sich ganz aufs Luftholen. Er hatte nicht das Gefühl, dass etwas gebrochen war, aber er wusste nicht, ob er sich aufrichten konnte. Er leckte sich die Schnauze und schüttelte vorsichtig den Kopf, um ihn freizubekommen. Dann wälzte er sich herum und schaffte es, sich umzuschauen. Die Fenster waren zugenagelt, und der ganze Schuppen wirkte eng, furchtbar eng und finster. Es gab keinen Weg hinaus.

«Alles okay mit dir?»

Spider antwortete nicht. Er war viel zu erschüttert, um auch nur denken zu können. Die Rippen taten ihm weh. Er wartete, und sein Herzschlag beruhigte sich allmählich, sodass er wieder schlucken konnte.

«Mach dir keine Sorgen», sagte die Stimme. Es war eine kleine, nervöse Stimme, die aus einer Ecke des Dachs kam, ganz leise und flüsternd. «Wenn du hier einziehen willst, einverstanden – ich werde dir nicht im Weg sein. Du kannst mich nicht sehen, schwerlich – und ich bin nicht hier, um Schwierigkeiten zu machen.»

Dann war wieder alles still.

«Du bist verletzt, nicht wahr?»

«Nein», sagte Spider.

«Du solltest eine Weile stillliegen. Vielleicht hast du eine Gehirnerschütterung oder so was, deshalb ... ich würde mir Zeit lassen, wenn ich du wäre. Wie heißt du?»

Spider wollte antworten, doch er kriegte keinen Laut heraus.

«Mach dir keine Sorgen», sagte die Stimme. «Ich bin nur eine Motte – wir müssen nicht reden, wenn du nicht willst. Aber ich mag Hunde – schon immer.»

Die Motte lachte, und es war ein sanfter, flatteriger Laut.

«Nur eine Motte», wiederholte sie. «Ha! Ich schäme mich nicht dafür, ich will bloß sagen, na ja ... du weißt schon, genau das bin ich eben. Ich mach mich nicht wichtig, das heißt, wenn du eine Weile bleiben willst, können wir gern hier zusammen wohnen, ohne dass wir ein – du weißt schon, ein Gebietsproblem kriegen. Ich bin beschäftigt und kümmere mich um meine Dinge. Versuche nur – na ja –, mit meinem eigenen Leben klarzukommen. Woher kommst du?»

Spider hatte es geschafft aufzustehen und humpelte zur Tür. Er schnüffelte an dem Spalt darunter und horchte. Er hörte und roch nichts mehr von Toms Dad, trotzdem zitterte er noch.

«Ich bin hier schon den größten Teil meines Lebens», sagte die Motte. «In mancher Hinsicht ist das ein einsames altes Leben. Ich war nie besonders gesellig, bis ich meinen Partner traf. Das passierte erst sehr spät – aber so ist das oft. Du findest dein Glück erst, wenn du schon aufgegeben hast. Dann plötzlich kommt es, wie aus dem Nichts.»

Die Motte lachte.

«Jetzt sind wir unzertrennlich, und wir haben diesen Schuppen genau so, wie wir ihn wollen. Du wirst uns ein willkommener Gast sein. Rede ich zu viel?»

«Nein.»

«Gut. Ich kann nämlich manchmal ein ganz schönes Plappermaul sein, vor allem, wenn ich mir Sorgen mache.»

Spider spürte Flügel an seinem linken Ohr und erspähte einen Schatten, der über seinem Kopf schwebte. Er schloss die Augen.

«Du bist aus dem großen Haus, nicht?», sagte die Motte.

«Ja, aber ich fürchte, ich bin gerade rausgeworfen worden.»

«Das ist schlimm.»

«Ich kann hier nicht bleiben. Es ist ... eine Katastrophe.»

«Darf ich dich schnell noch was fragen? Wo ich jetzt gerade die Möglichkeit habe.»

Spider nickte.

«Vielleicht ist es nicht der richtige Zeitpunkt, schließlich sehe ich ja, dass du aufgebracht bist. Aber ich muss das einfach fragen: «Warst du jemals in dem Zimmer ganz oben? Es gibt da nur eins, und es ist ganz oben unterm Dach. Es hat eine kaputte Dachluke.»

Spider nickte wieder. «Da hab ich gewohnt», sagte er.

«Du kennst das Zimmer also gut? Und du hast da oben keine andere Motte getroffen – so eine wie mich? Denn mein Partner, die ... Motte, von der ich dir erzählt habe – er hat sich da oben umgeschaut, mit der Absicht umzuziehen. Er hatte einen sicheren Weg rein und raus gefunden, und es gab etwas ziemlich Tolles in dem Kleiderschrank – so eine Jacke, aus Wolle. Er hat mir ein paar Fäden mitgebracht, richtig gute Qualität. Aber jetzt ist er verschwunden – länger als üblich und ... na ja, um ehrlich zu sein ... so lange war er noch nie weg, deshalb fürchte ich einfach das Schlimmste.»

Spider sagte nichts.

«Er ist ein dürrer alter Kerl», sagte die Motte. «Kleiner als ich und mehr oder weniger grauweiß. Zarte Züge. Nicht jung – nicht mehr, aber ... auf seine Art sehr schön.»

«Ich habe niemanden gesehen», sagte Spider.

«Ach so! Du würdest dich dran erinnern, wenn du ihn gesehen hättest – seine Augen sind blass und hervorstehend. Geradezu magnetisch. Aber er redet nicht viel – nicht so wie ich. Ich glaube, ich muss einfach nur Geduld haben. Es aussitzen, was? Was soll ich auch sonst machen? Wenn du jemanden liebst, wartest du ein Leben lang – ohne ihn bist du nicht vollständig.» Die Motte lachte wieder. «Ich stell mir vor, dass er mit ein paar spannenden Geschichten zurückkehren wird, aber ich wünschte einfach, er ... du weißt schon ... er würde mit mir Kontakt aufnehmen. Vielleicht hat er ja jemand Jüngeren getroffen, kann ja sein – ich war nie der große Hingucker, aber wir zwei waren ein Paar. Da macht man sich einfach Sorgen, verstehst du, und wir hatten unseren Ruhestand hier in diesem Schuppen schon komplett geplant. Es war etwas Besonderes zwischen uns, würde ich sagen, aber ich fürchte, ich habe ihm nie gesagt, wie besonders er für mich ist. Vielleicht ja doch, aber es fühlt sich so komisch an, wenn du plötzlich allein bist, und ich denke immer, ich hör seine Flügel, und ich muss ... ich muss ihn einfach sehen. Ha!»

«Was ist das für ein Geräusch?», fragte Spider.

«Weiß nicht? Wo denn?»

«Über uns.»

Die Motte horchte.

«Oh, das ist er nicht. Das ist bloß eine Katze. Ich höre auch Menschen schimpfen, drüben im Haus. Hier oben ist ein Loch, von da kannst du den ganzen Garten überschauen. Ja, da sind mehrere Katzen auf dem Dach, wie es aussieht. Ich sehe Schwänze.»

«Welche Farbe?»

«Schwer zu sagen. Schwarz, glaube ich.»

Spider presste seine Nase an den Spalt unter der Tür und atmete ein. Der Geruch wehte zu ihm hinab und war unverkennbar. Er hatte das Gefühl, wieder ohnmächtig zu werden.

«Mondschein?», flüsterte er. «Mondschein, bist du das?»

Schweigen. Dann hörte er Krallen, die über das Schuppendach gescharrt kamen. Etwas sprang nach unten, dann hörte er ein Kichern, das mit einem schnellen «Psst» gestoppt wurde.

«Mondschein?», zischte Spider.

«Ja.»

«Mondschein. Du musst mir helfen.»

«Wie denn?»

«Keine Ahnung. Aber ich brauch dich.»

«Bist du das wirklich?», fragte die Katze sanft. «Schätzchen, wie schlimm bist du verletzt?»

«Ich bin okay. Aber ich bin eingesperrt – hör zu. Das ist vielleicht mein Ende, wenn du mir nicht hilfst. Ist eine lange Geschichte, aber –»

«Ich habe alles gesehen. Hab dich beobachtet – hast du mich gar nicht bemerkt?»

«Nein. Wann?»

«Ich hab dich den ganzen Nachmittag beobachtet. Ich war wieder da oben, auf dem Dach. Du hast mich nicht gesehen? Oh, du hast mich bestimmt vergessen!»

«Nein, das ist nicht fair – sag so was nicht, Mondschein.

Ich hatte nur den seltsamsten Tag, und ich verliere langsam den Verstand. Ich scheine einfach nie das Richtige tun zu können. Ich war böse ...»

«Das ist nicht wahr. Was kannst du anderes sein als du selbst? Ich hab gesehen, wie du das Zimmer des Jungen auseinandergenommen hast. Du warst so mutig!»

«War ich nicht. Und ich hab einen Fisch getötet!»

«Das ist gut.»

«Nein – Hilda war harmlos.»

«Oh, so tun sie immer, aber sie sind glitschige Wesen. Du bist innerlich wild, verstehst du, Spider – ich wär so gern bei dir gewesen.»

«Jetzt bekomm ich die Strafe. Ich weiß nicht, was über mich gekommen ist, denn ich hätte nicht so ... so zerstörerisch sein dürfen. Jetzt schicken sie mich fort.»

«Wohin?»

«Keine Ahnung. Ins Tierheim wahrscheinlich. Ich muss raus aus dem Schuppen hier. Such nach einem Riegel, machst du das? Wenn du einen Bolzen siehst, vielleicht kannst du ihn dann ja aufziehen.»

«Wenn das nur möglich wäre. Ich hab nicht die Kraft, Spider.»

«Ich bin sicher, du musst es nur versuchen.»

«Nein, nein – du musst die Tür einreißen. Wenn der böse Mann zurückkommt ... oder der Junge, dann kennen sie keine Gnade. Ich kann sie noch immer hören, sie schreien wie die Wilden! Sie wollen dich töten.»

«Das glaub ich dir nicht. Tom würde mir nie wehtun –»

«Und ob er das würde – du musst dich beeilen! Befrei dich,

Spider, bevor es zu spät ist. Wenn ich nicht so schwach wäre, würde ich ja die Tür selber einreißen! Du solltest mit Katzen herumlaufen, nicht dich im Gefängnis verzehren.»

Mondscheins Stimme verwandelte sich zu einem gequälten Jaulen, und Spider spürte, wie sich die Haare auf seinem Rücken aufstellten, bis er am ganzen Körper bebte. Ein weiterer Schrei stieg als Antwort auf – und die Luft war erfüllt von wildem Jaulen. Spider drehte sich in Panik um und trat gegen die Tür. Sie war fest geschlossen, doch er spürte ein leichtes Nachgeben einer der Holzlatten. Er wirbelte herum und griff sie mit seiner Nase an.

«Beeil dich, Spider!», schrie Mondschein. «Du hast recht. Du bist hier nicht sicher.»

Er drückte fester und spürte, wie ihm Holzsplitter ins Fleisch stachen. Doch es entstand eine Lücke, und er stieß mit der einen Pfote voll durch. Er hörte jetzt einen ganzen Chor von Katzen, die alle zusammen schrien, und von ihrem Schreien beflügelt, rammte er seine Zähne mit aller Kraft in den Rand des Holzes und nagte dran rum.

«Gleich hast du's!», fauchte Mondschein. «Komm zu mir, Spider! Jag mich!»

Spider schloss die Ohren, denn das Geräusch um ihn herum war eine Qual. Er trat und nagte – und plötzlich drehte sich das Holz zur Seite und gab nach. Er hatte ein Loch, das groß genug für seinen Kopf war; er stieß fest zu und ignorierte die Schnitte und Kratzer, bis er halb durch war.

«Mondschein, benutz deine Krallen!»

«Oh, du bist wie Samson!», schnurrte Mondschein und wich zurück. «Drück, Spider – kämpf um die Liebe!»

«Ich kann für gar nichts kämpfen. Ich stecke fest.»

«Nein ...»

«Verdammt, das ist das Halsband. Das Halsband hat sich verfangen, kannst du es lösen?»

«Nein, Spider – unmöglich.»

«Wenn du das Holz festhältst, kann ich den Kopf zurückziehen. Warte – es geht. Ich spür's!»

Spider warf sich auf den Rücken und stieß mit den Hinterbeinen. Das Halsband war jetzt schon stark gedehnt, und das ausgefranste Leder hielt der Spannung nicht länger stand: Es riss, und Spider war frei. Eine zweite Latte splitterte an einem Astknoten, und auch wenn sich ein Span in seine Schulter bohrte, roch er doch fast schon die Freiheit. Er sprang nach vorn, ignorierte den Schmerz und fiel mit dem Bauch in den Schlamm. Genau da hörte er Geräusche aus dem Haus – die Gartentür sprang auf, und ein Taschenlampenstrahl tanzte, grell wie ein Suchscheinwerfer. Er blitzte Spider voll in die Augen und blendete ihn einen Moment lang.

«Spider!», rief Tom.

«Wir sind verloren!», fauchte Mondschein. «Sie sind hinter uns her, aber was haben wir denn getan? Lauf weg, mein Engel!»

«Wohin?», fragte Spider.

«Ich weiß! Die Welt ist nicht groß genug!»

Er hörte wieder Toms Stimme – schrill und verzweifelt. «Spider! Bleib da!» Dann hörte er die Schritte, wie sie durch den Garten gerannt kamen, und erhaschte ein Aufblitzen von Silber, als Mondschein unter dem Zaun hindurch verschwand. Überall waren Katzen – sie jagten hierhin und dorthin. Spider sprang zur Seite, und der Strahl erfasste ihn von neuem. Auch Toms Vater rief, aber die Stimme des Jungen war am lautesten. «Spider! Lauf nicht weg!» Der Hund wirbelte herum, innerlich zerrissen. Er sah die Augen des Jungen, doch Mondschein schrie wieder, und der Instinkt des Hundes siegte.

Er kletterte über den Zaun in einen schmalen Durchgang und jagte der Katze hinterher. Die kalte Luft gab ihm den Kraftstoß, den er brauchte, und er lief schneller als je in seinem Leben. Tom rief noch immer, doch seine Stimme wurde leiser. Mondschein war jetzt über ihm und lief auf einer Mauer entlang – und plötzlich war Spider niemandes Haustier mehr. Er spürte einen Rausch erschreckender, betäubender Unabhängigkeit, und er jagte zwischen den Gärten her, schlitterte nach rechts, dann nach links. Er folgte der Katze, die jetzt vorauslief, und fand sich auf einmal in einer offenen, weiten Welt wieder, endlich frei.

Tom erreichte den Zaun und schwang sich hinüber. Er rief noch einmal, ein gedehntes Heulen voller Kummer, das in einem Schluchzen endete und dann verstummte.

Sein Hund war fort.

TEIL II

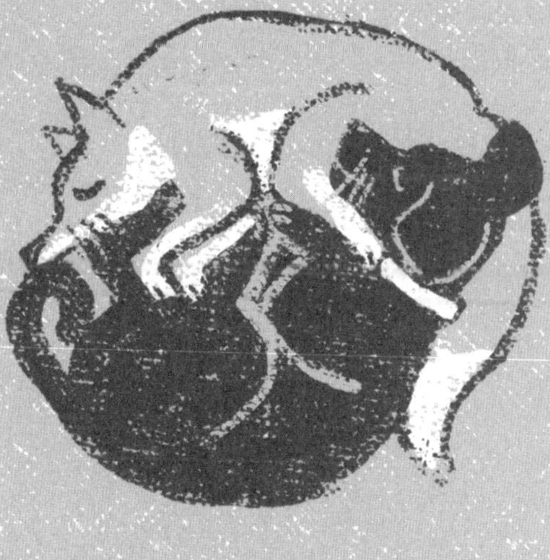

Jessie war eine Füchsin.

Sie war zwei Jahre alt und hatte eine kräftige kupferrote Färbung. Ihr momentanes Zuhause war der Denham-Landsitz, doch das war nur eine vorübergehende Unterkunft. Sie hatte dort ein ganzes Netz gut gebauter Tunnel entdeckt, in denen es schön warm, bequem und sicher schien. Da sie von Natur aus rastlos war, wusste sie, dass sie bald weiterziehen würde. Wieso irgendwo bleiben, wenn die Welt so groß war? Veränderung war nicht bloß unvermeidlich, sondern auch spannend – und Jessie liebte es, immer wieder neue Geschöpfe zu beobachten. Deshalb hatte sie sich auch für diesen Neuling interessiert: einen schwarz-weißen Hund, der offenbar Spider hieß.

War er das Haustier von jemandem? Eindeutig nicht. Er hatte ein mageres, hungriges Aussehen und schien immer ängstlich. Andererseits war er nicht böse oder wild, und er hatte auch nicht diese fieberhafte Energie eines Streuners. Was Jessie aber am meisten wunderte, war die Gesellschaft, in der das arme Tier sich bewegte. Die meiste Zeit verbrachte er mit einer Katzen-Gang, die Jessie zu hassen gelernt hatte. Auch jetzt sah sie ein paar von ihnen, wie sie um die Mülltonnen neben der Hauptküche schlichen. Deshalb lief sie ein Stück weiter den Hang hinunter und versteckte sich in einem Rhododendron. Genau da überquerte der Hund den Rasen, um sich seinen Freunden anzuschließen. Es war offensichtlich, dass er Hunger hatte.

Auch Mondschein machte sich Sorgen.

Das Denham-Herrenhaus war eines von einem Dutzend Orten, die sie als ihr Zuhause betrachtete, und wahrscheinlich das schönste. Es lag eindeutig am weitesten von der Stadt entfernt und war insofern perfekt für gelegentliche Wochenendaufenthalte, wenn sie sich ausruhen musste. Es gab noch drei andere Katzen, die sie bewunderten, und sie hatte überlegt, dass es lustig wäre, ihnen Spider vorzustellen. Er war so eine einfache Eroberung gewesen.

Doch die Dinge gestalteten sich schwierig, und sie saß mit Lady Denham im Salon und überlegte, was sie als Nächstes tun sollte. Die alte Dame war gebrechlich und schwach. Zwei Vollzeit-Hausangestellte sorgten für sie, und beide hatten strikte Anweisung, Mondschein alles zu geben, wonach die Katze verlangte. Ein einziges Jaulen in der Küche förderte nicht einfach Milch zutage, sondern eine herrlich warme Milch, außerdem gab es immer eine Schüssel mit etwas zu fressen. Am Montag hatte es geschmorte Leber gegeben, am Dienstag allerdings dann etwas Schwerverdauliches – irgendwelches gewürztes Hühnerfleisch, das sie lieber roh gefressen hätte. Das heute aber war die absolute Krönung gewesen: gemischter Fischteller ohne jede Gräten. Erlesenste Stücke in sahniger weißer Soße: Die Katze hatte sich geradezu überfressen und fühlte sich dick und fett. Als sie sich auf dem Schoß der alten Frau ausstreckte, musste sie sich sehr beherrschen, damit ihr nicht übel wurde. Sie schnurrte und spürte die sanften Finger hinter ihren Ohren.

«Also», sagte Lady Denham leise. «Wer ist denn so ein böses Mädchen? Einfach derart lange wegzubleiben und Dummheiten anzustellen.»

Mondschein gähnte.

Lady Denham war wirklich langweilig. Die Katze hatte den Verdacht, dass sie bald sterben würde, weil sie ständig bei laut plärrendem Fernseher auf dem Sofa einschlief. Und immer tränten ihre Augen, und in den Mundwinkeln bildete sich Speichel. Mondschein sah sie an und fragte sich, ob sie noch einen Winter überstehen würde. Ihr Tod käme wirklich ungelegen, denn das Herrenhaus besaß so eine Gemütlichkeit der traditionellen Art, und die wollte die Katze nicht verlieren.

«Und?», fragte die alte Frau. «Was ist das für ein schrecklicher alter Hund?»

Mondschein machte einen Buckel und zwang sich zu einem dankbaren Kopfreiben – sie besaß eine große Anzahl an angemessenen Reaktionen, die so gut wie immer wirkten. Sie schloss die Augen und streckte sich. Sie öffnete die Augen wieder und drückte behutsam mit der Stirn gegen die Hand. Manchmal legte sie sich auf die Seite und wedelte wie hilflos mit den Pfoten: Diese drei Bewegungen veranlassten Lady Denham zum Gurren wie ein kleines Kind. In neun von zehn

Fällen endete das Ganze mit einem süßen Teilchen, so wie jetzt: ein Windbeutel, den sie eigentlich gar nicht wollte, aber doch nicht zurückweisen konnte. Sie leckte an dem Stück und war überrascht, dass die alte Frau Spider überhaupt wahrgenommen hatte.

«Ist er dein kleiner Freund?», fragte sie.

Nein, dachte Mondschein. So kann man das nicht nennen.

«Er ist dein kleiner Freund, nicht wahr? Was machen wir denn mit ihm?»

Mondschein fragte sich genau dasselbe. Sie wusste, sie sollte besser aufstehen und nach ihm schauen, um sicher zu sein, dass er noch da war und keine Dummheiten anstellte. Das bedeutete aber, raus in die Kälte zu gehen, wo die anderen Katzen warteten, doch eigentlich verlor sie bereits ihr Interesse an dem albernen Spiel. Sie hatte in ihrem Leben schon etliche Hunde ausgetrickst, aber die meisten waren Streuner gewesen, die schnell aufgegeben und sich verzogen hatten. Spider dagegen schien eine ungewöhnliche Loyalität zu besitzen, und sie wusste nicht mehr, was sie mit ihm anfangen sollte.

«Du solltest ihn vielleicht mal mit zur Küche bringen», sagte Lady Denham. «Ihn ein bisschen aufpäppeln, nein?»

Nein, dachte Mondschein. Die Küche gehört mir.

Sie sprang hinunter auf den Teppich. Lady Denham rief sie zurück, doch Mondschein zeigte ihr nur den Rücken und lief schnell in den Flur. Die Spiegel dort zeigten ihr, dass sie immer noch schön war. Einer hing weiter vorn, deshalb fiel sie in einen entschlossenen Gang. Ein anderer hing rechts von ihr, und sie überprüfte darin ihre ganze stromlinienförmige

Form, richtete den Schwanz auf und hob die Hüften. Sie hörte einen Diener herumklappern, deshalb rannte sie schnell in die Stiefelkammer, wo es eine Klappe gab, die sie hinaus auf die Terrasse ließ. Dort atmete sie einen Moment lang den Duft der Hyazinthen ein, bevor sie zum Teich lief. Bei den Schuppen und Mülleimern würde Spider auf sie warten. Dort schlief er, und sie entdeckte ihn sofort, wie er verlegen dastand. Er siechte förmlich dahin, und sein Fell sah schrecklich aus.

«Wo warst du so lange?», fragte er.

«O Schätzchen», sagte Mondschein. «Fang nicht schon wieder an.»

«Ich hab nur Hunger. Hast du was gefunden?»

«Nichts.»

«Gar nichts?»

«Die Leute sind so gemein. Ich hab's immer wieder versucht – gebettelt. Was sollte ich machen?»

«Keine Ahnung. Können Hunde Kartoffeln fressen? Auf der Rückseite ist ein Lager, aber ... aber ich weiß nicht, ob mein Magen Kartoffeln verdauen kann, außerdem sind sie ganz voller Erde.»

«Spider, probier's einfach aus. Hast du die Mülleimer durchsucht?»

«Zweimal. Ich hab was in einer Schachtel gefunden, aber es schmeckt schrecklich. Mir ist davon ganz schlecht geworden, Mondschein.»

«Was denn, Schätzchen? Zeig's mir. Wer arm ist, darf nicht wählerisch sein, verstehst du?»

«Ich glaube, das Zeug ist verdorben.»

Spider nahm eine zerknüllte Pappschachtel hoch. Vorne

drauf war ein Bild, und auch wenn die Schachtel eingerissen und von Teeblättern verschmiert war, war das Bild doch eindeutig. Eine Frau trug eine Schüssel mit prächtigem Futter aus fleischgefüllten Crackern zu ein paar aufgeregt herumspringenden Katzen. Das Einzige, was von dem echten Futter noch existierte, war ein Rest bräunlicher, klebriger Schmier, wo die Schachtel geöffnet und ausgeleert worden war. Spider ließ sie angewidert fallen.

«Das sind McKinley's Katzensnacks», sagte Mondschein. «Die Frau kauft sie für mich, aber ich kann sie nicht fressen.»

«Die riechen schrecklich», sagte Spider. «Du hast auch nichts gefangen, oder? Irgendwas Frisches, mein ich.»

«Nichts. Oh, es ist wirklich eine Qual! Sie wollen dich nicht im Haus haben, mein Engel. Ich habe ihnen gesagt: ‹Er ist nicht, für was ihr ihn haltet! Er sieht vielleicht aus wie ein ungeliebter, aasfressender Mischling … aber schaut noch mal genauer hin. In seinem Herzen ist er eine Katze – oder könnte zumindest eine sein.›»

«Ich werde ganz mager.»

«Ja, Schätzchen – aber du wolltest es doch so, nicht?»

«Nein. *Du* wolltest es. Ich finde nicht, dass ich noch mehr Gewicht verlieren sollte. Es macht mich ganz schwach und …»

Mondschein schüttelte den Kopf. «Bist du geklettert?», fragte sie. «Das musst du unbedingt tun, Spider. Nicht wahr, Butter. Da kommt Butter, schau! Butter, mein Schatz, sag du ihm, was er tun muss. Er ist so stur …»

Eine weitere Katze war auf dem Schuppendach aufgetaucht. Sie war jung und hatte ein kaputtes Ohr. Das Tier hatte keinen Zutritt zum Haus, lebte aber bequem in einem der verlassenen

Nebengebäude. Hugo war direkt hinter ihr, zusammen mit Täubchen. Die zwei wohnten bei einem der Dienstboten. Sie kannten ihre Stellung, hielten sich stets im Schatten und standen bereit, Mondschein zu helfen, wann immer sie die beiden brauchte.

«Hund», sagte Butter. «Mondschein hat absolut recht: Du solltest Klettern üben. Das ist absolut wichtig zum Überleben.»

«Du musst auf uns hören», sagte Täubchen.

«Das mach ich ja», antwortete Spider. «Ich hab getan, was ich konnte, aber ich seh jetzt den Tatsachen ins Auge – oder versuch es zumindest. Ich bin einfach kein großer Kletterer.»

«O Süßer!», jammerte Mondschein. «Wenn du jetzt aufgibst, dann war alles umsonst – tu uns das bitte nicht an. Wir haben es so weit gebracht zusammen, und hier bist du, unter denen, die dich am meisten lieben. Hör zu, morgen brechen wir ein und verschaffen dir etwas Richtiges zu fressen.»

«Aber das hast du schon vor Tagen gesagt», widersprach Spider. «Das ist mindestens schon eine halbe Woche her, wenn nicht noch länger –»

«Ich tu, was ich kann!»

«Das weiß ich, aber ich hab solchen Hunger.»

«Du willst mich verlassen, das spür ich.»

«Das hab ich nicht gesagt.»

«Geh, wenn du musst.»

«Aber wo sollte ich denn hin? Wo ist die Stadt geblieben, Mondschein? Ich weiß ja überhaupt nicht, wo ich bin.»

«Folge einfach deinem Herzen!»

«Hör zu», sagte Hugo plötzlich. «Wie wär's mit einem

hübschen fetten Eichhörnchen? Die können gut schmecken, wenn dir Knorpel nichts ausmachen. Und sie sind sehr nahrhaft.»

Mondschein drehte sich um. «Das ist eine wunderbare Idee, Hugo. Wieso hast du das nicht schon viel früher gesagt.»

«Ich dachte, du hättest sie gesehen. Es gibt jede Menge davon, hier oben in den Zedern.»

«Ich kann mich ja schließlich nicht an alles erinnern, oder? Und die Verantwortung für jede Kleinigkeit tragen.»

«Natürlich nicht.»

«Wir dachten, du magst keine Nagetiere», sagte Täubchen.

«Ist ja auch nicht für mich!», schimpfte Mondschein. «Manchmal müssen wir auch an andere und *deren* Bedürfnisse denken. Also, wo genau sind sie? In welchem Baum?»

«Gleich auf der anderen Seite der Brücke. Es gibt ein paar alte, die nicht mehr schnell laufen können. Die sind nicht so schwierig zu fangen. Wir könnten gleich los, uns ein Eichhörnchen schnappen, da bin ich ganz sicher.»

«Spider, das ist deine Chance, etwas zu jagen.»

«Wär echt lustig», sagte Hugo und sprang auf einen der Mülleimer. «Eichhörnchen sind leicht zu töten. Ich weiß noch, wie du das eine Junge erwischt hast, Mondschein – du hast es den ganzen Tag über am Leben gelassen!»

«Es hat versucht, mich zu kratzen.»

Hugo nickte. «Das stimmt», sagte er. «Du hast ihm die Beine abgebissen, erinnerst du dich? Das Junge war wirklich kein Gegner für dich.»

«Kleine Tiere sind nie richtige Gegner für sie», ergänzte Butter.

«Ich weiß nicht», sagte Mondschein. «Manchmal glaube ich, meine Killertage sind vorbei. Gibt es nicht schon zu viele Konflikte auf der Welt, Hugo? Wieso schaffen wir es nicht, uns besser zu verstehen? Das war einer der vielen Punkte, die mich zu Spider hingezogen haben: Er ist freundlich, versteht ihr – nicht grausam. Und wer will denn schon wirklich kämpfen?»

«Da geb ich dir recht», sagte Täubchen. «Also, vergessen wir's.»

«Vergessen wir was?»

«Das Eichhörnchen.»

«Nein, Täubchen – wie könnten wir? Wenn Spider wahre Unabhängigkeit erlernen will, muss er die Fähigkeiten dazu entwickeln. Auf jeden Fall sind Eichhörnchen schmutzige Tiere. Sie haben es verdient zu sterben.»

Zweites Kapitel

Die Gruppe lief zusammen los, und die Füchsin folgte ihnen in einigem Abstand. Sie trotteten durch ein Tor auf die zweite Rasenfläche und weiter über eine Zierbrücke zu dem größten der Teiche. Die Bäume dahinter waren riesig, und die Äste hingen bis tief hinab. Die Katzen hockten sich um Spider herum. Jessie prüfte, ob sie immer noch auf der windabgewandten Seite war, und schlich sich ein bisschen näher heran. Bald befand sie sich in Hörweite – und die Katzen waren so in ihre Unterhaltung vertieft, dass sie sich kein einziges Mal umschauten.

«Es geht nicht um Krallen, Spider», sagte Mondschein. «Es geht um Entschlossenheit.»

Die anderen Katzen nickten.

«Ich versteh das ja», antwortete der Hund. «Ich bin sicher, Entschlossenheit ist äußerst wichtig, aber trotzdem kann ich nicht zupacken, das lässt sich doch nicht leugnen. Meine Krallen sind einfach nicht lang genug.»

«Nein?», sagte Täubchen. «Lass mich mal sehen.»

«Sie sind auch nicht scharf genug.»

Täubchen schnüffelte an einer von Spiders Pfoten.

«Hmm», sagte sie. «Die sind wirklich ziemlich stumpf.»

«O Schätzchen, versuch's wenigstens», sagte Mondschein. «Versuch es für mich. Ich bin sicher, du wirst es schaffen. Butter, wieso gehst du nicht voraus und führst ihn?»

«Sehr gern», antwortete Butter und sprang auf einen Ast. «Das erste Stück ist ganz leicht, also schau genau hin und präg dir alles ein.»

«Es ist vielleicht leicht für dich», sagte Spider.

«Selbst ein Katzenjunges würde das schaffen.»

Spider biss die Zähne zusammen und legte seine Pfoten an den Stamm. Doch es war unmöglich für ihn, sich nach oben zu hieven, und er spürte die Ungeduld der Katzen.

«Ich schaff das nicht», sagte er.

«Dann schau da drüben», rief Mondschein. Sie reckte ihr Kinn in eine Richtung. «Siehst du den langen Ast und wie er bis auf den Boden reicht? Komm hier rum, Spider – du hast Glück. Selbst du schaffst es da rauf.»

Alle liefen wieder zusammen los, und Spider sah, dass es vielleicht tatsächlich möglich war. Dichtes Blattwerk hatte einen der unteren Äste tief Richtung Boden gezogen, und Spider sprang und kletterte und schaffte es, sich hinaufzuziehen. Der Ast schwankte unter Spiders Last, und der Hund knickte die Beine ein. Er zitterte bereits, aber das mochte auch von seiner Schwäche herrühren.

Mondschein zog sich inzwischen schwungvoll am Baumstamm hoch, hockte bald darauf hübsch oben und schaute zu ihm hinab. Die anderen Katzen folgten ihr in respektvollem Abstand.

«Komm schon, du Mischling», sagte Hugo. «Jetzt lauf auf uns zu.»

«Hugo, Herzchen – nenn ihn nicht so», entgegnete Mondschein. Sie sah zu Spider. «Du machst das großartig», sagte sie zu ihm. «Versuch die Beine zu strecken – und schau immer nach oben.»

«Nie nach unten», ergänzte Täubchen.

«Benutz deinen Schwanz», sagte Butter. «Stell ihn aufrecht.»

Für Spider war es, als wäre er wieder auf dem Dach und balancierte oben auf dem First. Er traute sich gar nichts aufrecht zu stellen: Die einzige Chance vorwärtszukommen, war die, sich eng an den Ast zu klammern und sich mit den Ellenbogen Zentimeter um Zentimeter weiterzuschieben. Jeder Knoten, jeder Huckel musste mit Vorsicht angegangen werden: Ein Zweig an der falschen Stelle verlangte ein äußerst vorsichtiges Manöver, und jedes Blätterbüschel war der reinste Albtraum, denn dann musste er die Augen schließen und sich mit dem Kopf voraus durchschieben. Immer noch hatte er von seinem Ausbruch aus dem Hühnerschuppen ein paar Holzsplitter in der Schulter stecken: Jetzt wurden sie noch um zahllose Stücke der harten und tückischen Baumrinde ergänzt, die sich ihren Weg in seine Schnauze suchten.

«Versuch zu springen», sagte Mondschein, und Spider gelang es mit Mühe, ein frustriertes Knurren zu unterdrücken.

Schließlich erreichte er den Stamm und stellte fest, dass er es gute vier Meter über den Boden geschafft hatte. In seinem Kopf drehte sich alles. Zumindest erkannte er, was der nächste Schritt sein musste: Ein weiterer Ast verlief nach oben, gleich über seiner Schulter, und dort, wo er sich teilte, gab es eine Reihe von anderen Ästen, die ineinandergriffen wie eine Treppe. Auch die Katzen hatten das gesehen und sich alle darauf verteilt.

«Den schwierigsten Teil hast du hinter dir, Kleiner», sagte Täubchen.

«Und wo ist das Eichhörnchen?», fragte Spider.

«Ich fürchte, ganz oben.»

«Die Schufte verstecken sich immer ganz oben.»

«Feiglinge.»

Spider seufzte. «Hört mal», sagte er. «Wäre es nicht besser, wenn ihr da hochklettern und sie suchen würdet? Ich glaube, viel höher komm ich nicht, und selbst wenn –»

«Sag so was nicht!», rief Mondschein.

«Wieso nicht?»

«Weil Selbstzweifel nun mal der ärgste Feind des Erfolgs ist, Schätzchen. Du musst ihn durch kühnes Streben überwinden.»

«Nein – Mondschein, bitte. Ich weiß nicht mal, was solche Worte bedeuten, aber es wird auf jeden Fall nicht funktionieren.»

«*Versuch's*, Spider!»

«Hab ich ja!»

«Dann tu's aus Liebe! Du brauchst einen festen Glauben, der dir Flügel verleiht – und wenn du bei dem Versuch stirbst, dann ist es eben so! Auf jeden Fall hast du ganz hell gestrahlt und uns Hoffnung gelehrt. Mach weiter, mein Engel! Und du, Hugo, hilf ihm!»

Hugo sprang herunter und lief die nächsten paar Schritte,

die Spider machen sollte. Die anderen ermutigten ihn mit ihrem Gesang, und der Hund merkte, dass ihm keine andere Wahl blieb. Er legte die Ohren zurück und stieß sich entschlossen auf den nächsten Ast. Seine Pfoten berührten etwas Festes, und er schwankte hin und her. Bevor er zurückfallen konnte, schob er sich weiter und hievte sich nach oben. Er griff mit dem Maul nach Blättern, und als sich sein Schwanz verfing, riss er ihn lautlos wimmernd wieder frei. Plötzlich befand er sich in der Mitte des Baums, festgekeilt auf einem V-förmigen Ast, den er mit den Vorderpfoten umfassen konnte. Er drückte ihn an sich und wartete, dass ihm schlecht würde. Die ganze Welt schwankte wie wild.

«O Spider!», rief Mondschein. «Du bist so lustig! Seht ihn euch an ...»

Der Hund schloss die Augen. Er hechelte wieder und zitterte am ganzen Körper. Seine Ohren waren voll Dreck, und er hatte jede Menge Asseln im Mund, die ihm am Zahnfleisch entlanghuschten – er spürte, wie eine von ihnen seine Kehle erforschte. Ein Nasenloch war eingerissen, und er hatte überall Blut im Gesicht, das ihm am Kinn hinablief. Spider blinzelte, und die Tränen klärten seinen Blick: Mondschein schaute von oben herab, den Kopf zur Seite gelegt. Sie stieß sich elegant von einem Ast und landete auf einem anderen weiter unten. Mit erhobenem Schwanz sprang sie auf den nächsten darunter und dann spazierte sie anmutig auf Spider zu.

«Du bist ein Kämpfer», flüsterte sie. «Wirst du mich immer jagen? Sag nichts! Ruh dich jetzt aus. Du hast es schon halb geschafft.»

Spider knurrte: «Ich fürchte, ich bin fertig.»

«Inwiefern, tapferes Herz?»

«Ich bin so weit gekommen, wie ich kann, und ich bin dabei Tode gestorben – viele Tode. Ich bin keine Katze, und ich will auch gar keine sein und ... o Gott, wo ist das verdammte Eichhörnchen?»

Mondschein drehte sich um und schaute nach oben in die Blätter.

«Wo ist das Nest, Täubchen? Kannst du es sehen?»

«Es ist leer», antwortete Täubchen.

«Oh.»

«Sie haben uns wahrscheinlich kommen hören», meinte Butter. «Unser Freund war wohl ein bisschen zu laut, fürchte ich, deshalb sind sie bestimmt weitergezogen. Oder es ist einfach der falsche Baum.»

«Sieh nach», sagte Mondschein. «Lauf hoch und kontrollier das. Wäre doch eine Schande, jetzt aufzugeben.»

«Ich bin oben», rief Hugo. «Butter hat recht, sie sind weg.»

Ein Windstoß bewegte die Blätter, und Spider musste husten.

«Friert jemand?», sagte Täubchen. «Wie fühlst *du* dich, Mondschein? Es ist spät für dich, nicht?»

«Oh, mach dir meinetwegen keine Sorgen», antwortete Mondschein.

«Du darfst nicht krank werden», sagte Butter. «Du solltest im Haus sein.»

«Ich weiß – genau das hat der Tierarzt auch gesagt, als er mit der alten Frau sprach. ‹Kein Risiko›, hat er gesagt. Und hier steh ich, leichtsinnig wie eh und je. Die Liebe ist so, so gefährlich ...»

Sie säuberte eine Pfote und schaute zu Spider.

«Lass uns nachdenken», sagte sie. «Vielleicht solltest du am besten bis morgen hierbleiben. Wenn du dich still verhältst, kommen sie womöglich zurück, und du erwischst eins von den Eichhörnchen zum Frühstück. Du bist doch hier sicher, Spider, oder?»

«Wo?»

«Na, hier.»

«Nein», antwortete der Hund.

«Wieso nicht?»

«Weil ich auf halber Höhe von einem Baum bin, Mondschein. Ich werde erfrieren, und dann werde ich runterfallen.»

«Aber ich betrachte es von der logischen Seite. Wenn die Eichhörnchen zurückkommen, bist du perfekt positioniert und kannst –»

«Mondschein ... nein. Wie soll ich hier oben ausharren? Sieh mich doch an.»

Die Katze kam näher und betrachtete seine gekrümmte und verdrehte Gestalt.

«Schätzchen, vielleicht hast du recht. Ich will doch nur das Beste für dich, deshalb denke ich, *du* solltest entscheiden. Ich muss jetzt eindeutig gehen, doch wenn du das Ganze abbrechen und zu dem kleinen Jungen zurückwillst ... Tja, vielleicht solltest du es dann tun.»

«Mondschein, ich bin verloren.»

«Sind wir das nicht alle? Vielleicht ist das das Einzige, was wir je sicher wissen.»

Spider fühlte, wie sein Kopf zu schwimmen begann.

Der Wind blies jetzt stärker, und der Baum neigte sich, sodass Spider ganz schlecht wurde. Die Äste stöhnten. Der Hund verlor den Halt unter den Pfoten, und die Assel in seiner Kehle erzeugte einen gewaltigen Niesreiz. Er drückte sich mit dem rechten Bein hoch, ein Stück Rinde löste sich, und er rutschte fast ab. Mondschein starrte ihn an, und Spider gelang es, den Ast zwischen Kinn und Brust festzuhalten.

«Verlass mich nicht», sagte er leise.

«Ich fürchte, ich muss», antwortete Mondschein. «Doch ich werde dich vorher küssen, denn ein Kuss wird dich über Nacht warm halten.»

«Ich will keinen Kuss!»

«Nein?»

«Nein.»

«Wir haben getan, was wir konnten, nicht wahr? Ich werde dich nie vergessen, Spider, und ich spüre, dass auch du mich nicht vergessen wirst, deshalb –»

«Mondschein», sagte Täubchen. «Tut mir leid, dich zu unterbrechen, aber –»

«Warte einen Moment. Ich verabschiede mich gerade von einem ganz besonderen Hund. Er hat es so sehr versucht, deshalb schweig kurz. Wir merken langsam alle, dass wir als Team leider nicht weiterkommen und unser Experiment gescheitert ist.»

«Wir haben Besuch, Mondschein –»

«Täubchen, bitte!»

«Sie steht direkt unter uns.»

«Psst!»

Mondschein legte Spider eine Pfote auf die Schulter und schloss die Augen. Sie schob ihre Nase an seine Stirn und wollte ihn gerade ablecken, als seine Hinterbeine wegrutschten. Sein Körper schwang zur Seite, und dem Hund blieb nichts anderes übrig, als wild um sich zu treten. Irgendwie fanden seine Pfoten einen Ast, und er zog sich wieder nach oben in die Blätter. Sein Schädel stieß mit voller Wucht gegen den von Mondschein, und der Stoß schleuderte sie nach hinten. Spider jaulte vor Schreck auf und merkte, wie er ihr mit rudernden Beinen folgte.

Keiner von beiden hatte Zeit zu schreien, auch wenn Butter, Täubchen und Hugo vor Angst aufjaulten. Natürlich bestand keine echte Gefahr, denn die Katze war es gewohnt zu springen, und ihre Pfoten erwarteten das Gras. Unglücklicherweise landete Spider jedoch genau auf ihr, und auch wenn das seinen eigenen Sturz abfederte, presste es Mondschein die Luft aus der Lunge, als sie mit dem Kopf voraus gegen eine knorrige Wurzel gedrückt wurde. Der Hund rollte sich zur Seite und lag verdutzt da – und genau in dem Moment sah Jessie ihre Chance gekommen und nutzte sie. Spider bemerkte nur einen feuerroten Schatten und registrierte von dem Angriff einen heftigen Geruch. Die Zähne der Füchsin schlossen sich um Mondscheins Hals, und sie wurde geschüttelt wie ein Putzlumpen. Die Glocke an ihrem Halsband klingelte wie verrückt, und die Katze versuchte, sich zu befreien. Sie fuhr mit den Krallen durch die Luft. Jessie warf sie hoch und machte sich bereit, um sie für den letzten Biss wieder aufzufangen. Wie die Katze dem Tod trotzdem entrann, würde Spider nie erfahren.

Sie vollführte einen kompletten Salto und drehte sich dabei irgendwie in der Luft zur Seite. Doch sie war nicht schnell genug. Jessie erwischte sie wieder, aber nur am Schwanz. Sie krümmte sich, und Jessie schleuderte sie in zwei schwindelerregenden Saltos in die andere Richtung: Mondschein konnte nur um ihr Leben springen. Genau in diesem Moment biss Jessie so fest zu, dass der Schwanz abfiel. Spider sah Mondscheins verstümmelte Rückseite über den Rasen verschwinden. Ihre Schreie wurden im Fliehen immer lauter. Er antwortete jaulend und versuchte, hinter ihr herzujagen – doch Mondschein war weg, und das Einzige, was von ihr blieb, war eine feucht schimmernde Blutspur.

Jessie spie die pelzigen Überreste ins Gras und sah den Hund an.

«Das war knapp», sagte sie und leckte sich die Lippen.

Dann grinste sie und stieß ein lautes, kehliges Lachen aus. Spider konnte sich natürlich kaum rühren. Er starrte auf den Schwanzstummel und versuchte Worte zu finden, doch sie wollten nicht kommen.

«Erzähl mir nicht, dass ihr Freunde wart», sagte die Füchsin.

Spider blinzelte. «Waren wir», antwortete er schwach.

«Nun, in dem Fall tut es mir leid. Aber sie hat es herausgefordert. Wieso hängt ein Hund wie du überhaupt mit solchem Gesindel rum? Wie heißt du?»

«Spider.»

«Du bist wirklich in ganz schön schlechter Verfassung, alter Knabe. Du brauchst was zu fressen und einen Unterschlupf. Wonach schnüffelst du? Was ist los?»

Spider blinzelte und schaute hoch.

«Nach ihrem Halsband», sagte er leise. «Sie war so stolz drauf.»

«Ach, vergiss es.»

«Ist aber trotzdem schrecklich. Wird sie sterben, was meinst du?»

Die Füchsin bellte. «Wovon soll sie sterben?»

«Sie ist verletzt. Schau doch ...»

«Ach, das ist doch nur eine Fleischwunde, Spider. Sie ist bald wieder auf den Beinen, leider. Das war nicht ihr Ende.»

«Dann sollte ich vielleicht nach ihrem Schwanz suchen. Wir könnten ihn doch irgendwie wieder reparieren. Wieder anbringen oder –»

«Nein, können wir nicht.»

«Nein?»

«Spider», sagte die Füchsin. «Hör zu. Willst du mir wirklich sagen, du hast dieses Biest gerngehabt? Denn wenn ja, bist du wirklich weich in der Birne. Sie hat mit dir gespielt!»

«Sie hat mich gemocht. Ich fühlte mich irgendwie zu ihr hingezogen. Sie war ...»

«Sie war was?»

«Oh, das ist schwer zu erklären. Sie war immer so sicher. Sie meinte, ich wär vielleicht halb Katze, verstehst du? Deshalb –»

«Halb verhungert bist du, sonst nichts», sagte Jessie. «Was du brauchst, ist Fleisch, denn du funktionierst nicht richtig, mein Freund – wahrscheinlich sagst du deshalb so alberne Dinge. Vergiss ihren Schwanz und vergiss auch das Halsband. Jetzt komm schon – komm mit.»

Drittes Kapitel

«Ich glaube, ich war noch nie so verloren», sagte Spider.

Die zwei Tiere waren inzwischen mindestens zwanzig Minuten unter der Erde, und der Hund war erschöpft. Jessie blieb stehen und wartete, dass er wieder zu Atem kam.

«Das hier ist ein Seitentunnel», sagte sie. «Er läuft auf die Hauptröhre zu und führt uns zum Zentrum des Baus. Weißt du, was ein Bau ist?»

«Eine Art Zuhause.»

«Also gut, das hier gehört alles mir – und du bist herzlich willkommen. Nichts ist sicherer als so ein Tunnel …»

Spider sah nicht viel, doch langsam gewöhnten sich seine Augen an die Dunkelheit. Er konnte die Wände erkennen, die aus harter Erde bestanden, und er wusste, dass sie schon eine ganze Weile abwärtsliefen. Ein Gang hatte in den nächsten geführt, aber dann schien Jessie wieder nach oben zu laufen. Plötzlich roch es nach frischer, sauberer Luft, und Spider trat in eine gut belüftete Kammer, die mit weichen, trockenen Blättern ausgelegt war.

«Na, wie findest du's?», fragte die Füchsin.

«Hübsch.»

«Ich hab's nicht selber gebaut, aber ich sage gern, dass ich ein paar Verbesserungen gemacht habe. Zum einen gibt es jetzt eine Vorratskammer. Wie wär's mit Fasan? Hab ich erst gestern erlegt. Und ist noch genug für zwei übrig.»

«Ich glaube, ich könnte jetzt alles fressen», sagte Spider.

«Dann setz dich. Es gibt auch eine Quelle in der Nähe. Wenn wir mit Essen fertig sind, gehen wir etwas trinken. Morgen verschwinde ich von hier – weiß noch nicht, wohin. Will einfach etwas Neues kennenlernen. Du bist aus der Stadt?»

Spider nickte. «Da hab ich gewohnt», sagte er.

«Willkommen auf dem Land. Wieso hast du dein Zuhause verlassen?»

Spider seufzte und erzählte ihr dann die ganze Geschichte. Die Füchsin war derweil damit beschäftigt, den Vogel aufzuteilen. Sie achtete darauf, dass ihr Gast mehrere gute, zarte Stücke Brustfleisch bekam, und der Hund fraß schon bald mit einer überbordenden Erleichterung. Nie hatte etwas so gut geschmeckt, und er spürte, wie langsam ein wenig Kraft in ihn zurückkehrte.

«Danke», sagte er schließlich.

«Es ist mir eine Freude, helfen zu können.»

«Teilst du dein Fressen immer so?»

«Nein. Aber ich war mehr als einmal auf der Flucht und weiß, was Hunger ist.»

Spider nickte wieder, und die Füchsin setzte sich.

«Dann hattest du also ein Herrchen», sagte sie. «Wie hieß er?»

«Tom.»

«War er ein Junge?»

Spider nickte.

«Und du hattest das Gefühl, verschwinden zu müssen? Du musstest einfach raus?»

«Inzwischen weiß ich das nicht mehr genau», antwortete Spider. «Ich kriege die Abfolge nicht mehr so richtig zusammen, aber Mondschein hat gesagt, dass Tom kommen würde, um mich zu töten – und er hat auch tatsächlich sehr laut gebrüllt. Ganz wie der Vater – und ich hab einfach Panik gekriegt, Jessie. Eine Taschenlampe hat mir in die Augen geleuchtet, dass ich halb blind war.»

«Klingt schlimm.»

«Ich dachte auch an Faden. Er hat immer gesagt, alles würde übel enden, und er hatte absolut recht.»

«Und Faden ist wer?»

«Eine Spinne.»

«Eine Spinne? Du hörst doch nicht etwa auf Spinnen, oder?»

«Ich hör auf jeden. Ich bin nicht so klug, weißt du, und Faden hat gesagt, ich würde in etwas stecken, was er eine ‹unhaltbare Beziehung› nannte –»

«Moment», unterbrach ihn Jessie. «Was heißt das denn überhaupt?»

«Eine Freundschaft, die nicht länger bestehen kann.»

«Und wieso konnte sie das nicht?»

«Weil ich böse war.»

«Inwiefern, Spider? Was hattest du getan?»

«Oh, ich bin durchgedreht. Ich hab ein paar von Toms Sachen in Fetzen gerissen und zerstört. Einschließlich seinem Pinguin.»

«Du hast einen Pinguin getötet?» Die Füchsin zog die Nase kraus. «Wo soll das denn gewesen sein?»

«In seinem Zimmer.»

«Tom hat einen Pinguin in seinem Zimmer gehalten?»

«Nein – das war doch kein echter. Das war ein Spielzeug, aber Tom war am Boden zerstört. Er hat gesagt ...»

Spider zögerte und senkte den Blick.

«Was ist?», fragte Jessie.

«Das Ganze ist einfach schrecklich. Tom hat gesagt, es war das erste Spielzeug, das er geschenkt bekommen hat. Von seiner Mutter.»

«Kann sie ihm keinen neuen besorgen?»

«Sie ist nicht da, Jessie. Und das, was jetzt kommt, ist ein Geheimnis, hast du verstanden? Ich weiß, dass er von ihr träumt. Ich hab's selber gehört, und ... irgendwas läuft da, aber ich weiß nicht, was – auf jeden Fall ruft sie jeden Tag an oder versucht es zumindest. Jeden Tag.»

«Das ist hart.»

«Aber er spricht nicht mit ihr. Manchmal träum ich ja auch von meiner Mutter, aber Tom weint nachts und ... o Gott, das ist noch so was, das wir gemeinsam hatten.»

«Dann musst du zu ihm zurück, Spider. Er hat dich erzogen, und so wie es sich für mich anhört, war er total im Recht. Wir brauchen alle Erziehung.»

«Das stimmt.»

«Klingt nach einem guten, netten, sensiblen Jungen.»

Spider winselte. «Das ist er. Aber weißt du, es gibt da noch was. Der Vater wollte mich nie, und ich hab sie ein Vermögen gekostet, weil ich so viel zerstört hab, und als ich das Zimmer verwüstet hab … na ja, das war der letzte Tropfen.»

«Das heißt, sie haben dich bestraft. Es tut mir leid, Spider, aber du hättest es ertragen müssen – das weißt du doch, oder? Vergiss den Vater. Dein Herrchen ist dein Herrchen, und ich hab in meinem Leben schon eine Reihe von Hunden getroffen – sie wissen einfach nicht, was für ein Glück sie haben, weil sie das, was sie bekommen, nicht wertschätzen. Wenn ich uns beide vergleiche, dann werde ich ganz neidisch.»

«Wieso? Neidisch worauf?»

Der Fuchs schaute hinter sich und überprüfte einen der Tunnel.

«Das ist absolut vertraulich, hoffe ich. Kann ich ganz offen reden?»

«Bitte.»

«Nun …»

«Was?»

«Anders als du habe ich nie jemandem gehört. Niemandem.»

«Weil du ein Fuchs bist. Niemand hält sich einen Fuchs, Jessie – niemand will einen Fuchs.»

«Das stimmt.»

«Tut mir leid. Ich wollte dich nicht beleidigen –»

«Ach, sei nicht albern – stimmt doch, was du sagst. Es ist eine bekannte Tatsache, die man nicht wegdiskutieren kann. Füchse sind eine Plage. Man betrachtet uns als Schädlinge. Und ich kann es sogar verstehen. Gerade deshalb habe ich mich immer gefragt, wie das wohl ist, gebraucht und versorgt zu werden … das muss eine ganz besondere Beziehung sein, stell ich mir vor. Wart ihr auch nachts zusammen?»

«Jede Nacht», antwortete Spider.

«Ihr habt euch also gegenseitig beschützt?»

«Natürlich. Wir waren … unzertrennlich. Und ich hätte nicht weglaufen dürfen.»

«Ja, aber wir folgen nun mal unserem Instinkt, was sollen wir da machen?»

«Ich weiß nicht. Ich wollte einfach nur weg, aus Scham. Weißt du, was Scham ist?»

«Natürlich weiß ich das, Spider. Wir machen doch alle manchmal Fehler. Ich erzähl dir mal ein Beispiel. Übrigens, lass uns doch was zu trinken holen. Bist du hier fertig?»

«Ja, danke.»

«Dann folg mir.»

Jessie ging voraus durch einen Seitentunnel, den Spider gar nicht bemerkt hatte. Er führte sie schnell wieder an die Oberfläche, und sie standen erneut in dem Waldstück. Die Luft war kalt, aber frisch, und die nahe Quelle sprudelte selig vor sich hin. Die beiden Tiere planschten und tranken, und schließlich sprang Jessie auf einen Felssockel. Spider folgte ihr, und sie ruhten wieder Schulter an Schulter.

«Du hast mich wegen Scham gefragt», sagte die Füchsin leise. «Nun, ich weiß nicht, worum es geht, aber wo immer ich hingehe, folgt mir die Scham. Es ist, als wäre ich verrückt, als wäre ich süchtig nach bösem Verhalten.»

«Wie ich.»

«O nein. Viel schlimmer als du.»

«Was tust du denn?»

«Hör bloß auf. Also vorgestern, ja? Ich habe das noch niemandem erzählt ... ich bin auf der Farm gewesen. Ein Ort, wo ich schon öfter war – normalerweise findet man da immer irgendwas zu fressen. Aber diesmal waren die ganzen Hühner draußen. Ich weiß nicht, vielleicht hatte der Bauer sie vergessen, oder es gab irgendein Missverständnis, keine Ahnung. Man weiß ja nie, was es für Gründe gibt. Das Einzige, was ich wusste, war: Sonst waren die Hühner schön brav eingesperrt. Wenn du plötzlich mit so einer Versuchung konfrontiert bist, also – ist echt schwer, dich da zu zügeln. Findest du nicht?»

Spider nickte. «Hast du eines der Hühner getötet?»

«Ich konnte einfach nicht widerstehen.»

Jessie schüttelte den Kopf und lachte.

«Ich bin in den Hühnerhof eingebrochen, Spider – und alle Hühner gackerten wie verrückt und haben versucht, sich zu verstecken. Ich dachte: ‹Komm, Jess, tu, was getan werden muss. Wähl dir das Huhn, das du willst, und dann ab nach Hause.› In der Ecke hockte so ein fetter alter Vogel. Ich glaub, so richtig schnell konnte der sich nicht mehr bewegen – also war er das eindeutige Opfer, und ich hab ihn zur Strecke gebracht. Ruck, zuck.»

«Wenn du ‹zur Strecke gebracht› sagst, meinst du dann –?»

«Kopf abgebissen. Ja. Und ich hätte es dabei belassen sollen.»

«Du hättest den Kopf dalassen sollen?»

«Nein, ich hätte den Hof verlassen sollen. Ich hätte diesen einen Vogel nehmen sollen, und dann ab, zurück in meine Höhle. Aber ich weiß nicht, wieso, jedenfalls hab ich das nicht gemacht. Gewohnheit, denke ich – oder Zwang. Ich bin eine

Füchsin, Spider – ich bin keine Philosophin. Ich weiß nur, dass ich einfach nicht wegkonnte, weil, dieser Geschmack von Blut – er berauscht einen. Genau wie der Geruch – er führt dich in eine Art höheres Bewusstsein. Es ist, als wenn sich die Zeit plötzlich verlangsamt, die Farben werden unwirklich – genau wie die Geräusche, und du fühlst in dir eine unglaubliche Kraft. Ich bin also durch den ganzen Hühnerstall, verstehst du? Und hab alle Hühner getötet, eins nach dem andern. Es gab auch Eier – ich hab sie zerstört. Und Küken – ich hab sie zerfetzt. Und wenn du erst einmal angefangen hast, dann machst du weiter. Zum einen willst du ja keine Zeugen ... du willst aber auch die Arbeit nicht halb erledigt zurücklassen und dieses Schreien hören! Wow, es klingt echt wie das Ende der Welt. Also hab ich alle Vögel aus ihren Boxen gezerrt und ... oh, einige haben um ihr Leben gebettelt: ‹Wieso tust du das? Lass uns reden! Nimm mich, aber nicht meine Jungen!› Ich bin einfach durchgedreht, fürchte ich – gnadenlos. In dem ganzen Stall regnete es Federn, und überall war Blut. Ehrlich, Spider, ich war in Blut getränkt ... Irgendwann war ich wieder in meiner Höhle – und das ist der Punkt: Ich hatte nicht einen der armen Vögel mitgebracht. Ich hatte nicht mal Hunger gehabt. Zu was macht mich so eine Tat also? Hab ich das Ganze nur aus Spaß getan?»

Spider seufzte. «Ich weiß nicht», sagte er. «Hast du Probleme gekriegt?»

«Nein, natürlich nicht.»

«Aber du würdest es doch nicht wieder tun, oder? Du hast deine Lektion gelernt.»

«Ich lerne gar nichts, nie. Es ist meine Natur, nehme ich an. Ich könnte mir vornehmen, es nicht zu tun, aber wenn ich einen Haufen Hühner sehe und die Tür steht offen – ich garantier dir, ich bin ruck, zuck wieder drin. Ich wär dumm, wenn es nicht so wäre, und ... Spider. Irgendwann wird es übel enden – nicht wahr?»

«Was wird übel enden?»

«Blut führt zu neuem Blutvergießen. Das hat meine Mutter immer gesagt. Und es ist ein Fuchsgesetz, denke ich. Bald werde auch ich übel enden – das heißt, was ich brauche, Spider ... was ich mir von Herzen wünsche, ist jemand wie dein Tom. Einen guten, sympathischen Jungen, der sagt: ‹Hey, lass das. Hör auf mit dem Quatsch! – *Hör auf mit dem, was du treibst.*›»

Die Füchsin winselte leise.

«Was ich brauche», sagte sie, «ist jemand, der mich in den Park führt und Stöckchen wirft.»

«Tom hat das gemacht.»

«Da wette ich drauf. Und, hast du sie zurückgeholt?»

Spider nickte.

«Wow», sagte Jessie. «Ich würde das lieben, so ein Stöckchen zu schnappen und wieder zurückzubringen. Kannst du dir etwas Beglückenderes vorstellen? Es ist so ein simples Zeichen von ... Zuneigung. Von echter Zusammengehörigkeit.»

Sie unterbrach sich und schüttelte den Kopf.

«Was ist?», fragte Spider.

«Aber *würde* ich ihn zurückbringen? Den Stock, meine ich. Ich bin mir nicht sicher, ob ich das könnte.»

Der Hund schwieg. Die Füchsin rückte ein wenig näher, damit sie sich gegenseitig wärmten.

«Tom war verletzt», flüsterte Spider. «Ich glaube, jemand hatte ihn angegriffen.»

«Wer?»

«Ein anderer Junge. Toms Gesicht war geschwollen und voller blauer Flecke, als wenn er sich geprügelt hätte. Er trägt immer diese rot-schwarze Jacke. Die Tasche der Jacke war eingerissen – genau wie sein Hemd. Ich weiß, dass er auch einsam ist – das hab ich dir ja schon erzählt. Nachts hör ich ihn und er ... er weint manchmal. Im Schlaf.»

Jessie runzelte die Stirn.

«Das ist schlimm», sagte sie. «Klingt, als wenn er den Schutz braucht, den du ihm gegeben hast. Und das heißt, du solltest nicht hier sein.»

«Du hast recht – denn ...»

«Was?»

«Der Gedanke ist mir erst gerade gekommen, Jess. Ich weiß zwar nicht, was ich bin, aber was, wenn ich ein bisschen von einem Rettungshund in mir hätte? Was, wenn ich ein Stück weit ein Rettungshund wäre? Denn wenn ja, dann bin ich jetzt nicht für ihn da, und das wär das Allerschlimmste auf der Welt.»

Er erhob sich und kläffte.»

«Wie bin ich hier gelandet?», klagte er leise. «Wieso habe ich alles so falsch verstanden? Ich sollte nicht hier auf dem Land sein. Ich bin nicht wild, so wie du – ich sollte in der Stadt sein, bei meinem Herrchen – in seinem Zimmer. Jetzt sofort!»

«Dann geh zu ihm zurück.»

«Aber ich hab mich verirrt. Wie komme ich denn zurück? – Ich weiß ja gar nicht den Weg!»

Jessie drehte sich um und biss ihm leicht ins Ohr.

«Hör zu», sagte sie, «kein Grund zur Panik. Diese Nacht

bleibst du noch hier, okay? Wichtig ist, dass du dich die Nacht über richtig ausschläfst, das hab ich dir ja schon gesagt –»

«Aber wie soll ich Tom finden?»

«Ich werde dir helfen. Sobald es hell wird, machen wir uns auf den Weg – welche Stadt ist es?»

«Keine Ahnung. Es gibt so viele Straßen und Bahnstrecken.»

«Wir werden es zusammen rausfinden.»

«Wirklich?»

«Wirklich. Vielleicht wird es ein langer Weg, Spider, aber wir werden den Jungen finden und auf ihn aufpassen.»

Spider merkte, dass sein Schwanz wedelte. Der Schwanz hatte so lange nicht mehr gewedelt, dass er ein komisches Gefühl im Rücken spürte. Und er bellte tatsächlich.

«Meinst du das wirklich?», fragte er. «Du willst mir helfen, nach Hause zu kommen?»

«Ich würde den Jungen gern kennenlernen», sagte Jessie. «Ich könnte doch in den Garten kommen, oder? Einen Blick auf ihn werfen.»

«Klar.»

«Was er wohl von mir denken würde?»

«O Jessie ... er würde dich lieben! Das weiß ich genau – du bist ... du bist schön.»

Die Füchsin schnaubte. «Ach, komm», sagte sie.

«Nein, du bist wirklich perfekt.»

«Meine Nase ist viel zu spitz und –»

«Deine Nase ist genau richtig.»

«Ich bin viel zu gelblich. Füchse müssen rötlich braun sein, nicht grellrot –»

«Für mich hast du genau die richtige Farbe. Ehrlich. Und ich wette, für Tom auch.»

«O danke.»

Jessie spürte, dass sie Tränen in den Augen hatte. Sie zwickte Spider ein bisschen, und Spider zwickte sie liebevoll zurück.

«Morgen», sagte die Füchsin. «Morgen finden wir eine Lösung. Gleich in der Früh, als Allererstes.»

Viertes Kapitel

In jener Nacht hatte Spider einen Traum.

Er sank in den tiefsten Schlaf, den er je erlebt hatte, und träumte von einem Huhn, das auf einen Baum klettern konnte und eine Katze auf einem Moped jagte, die genau in ein Spinnennetz fuhr. Plötzlich tauchte Tom auf – mit blutigem Gesicht. Und Spider erwachte mit einem wütenden Bellen. Knurrend stand er in der Höhle und sah, dass niemand mehr da war. Er war ganz allein. Als er ängstlich nach oben an die Luft rannte, wartete Jessie schon auf ihn mit einem weiteren Fasan, und Spider fraß dankbar seinen Anteil.

«Rot-schwarz», sagte Jessie.

Spider sah sie an. «Was ist damit?»

«Du hast gesagt, Tom trägt rot-schwarze Sachen. Ich hab darüber nachgedacht, und ich weiß, ich hab die Farben schon mal in einer Stadt ganz in der Nähe gesehen – ist so eine Art Uniform.»

«Ja», sagte Spider. «Für die Schule. Er muss da ordentlich aussehen.»

«Ich hab Leute gesehen, die diese Farben trugen. Die Stadt liegt genau in Richtung der Eisenbahngleise – es gab ganz viele dort mit diesen zwei Farben. Ich bin eine Zeitlang manchmal unter den Zügen rumgestreunt, und da war es meistens ziemlich voll.»

«Waren da auch Kinder?»

«Jeden Tag», sagte die Füchsin.

«Das sind wirklich gute Nachrichten», sagte Spider. «Wie weit ist es dahin?»

«Es ist schon ein Stück, aber die Sonne scheint. Wir können uns erst auf offenem Gelände halten und die Gleise nach dem Dunkelwerden suchen. Na, wie klingt das?»

«Perfekt.»

Spider schob die Ohren zurück und spürte, dass er glücklich war.

«Weißt du was?», sagte er. «Du bist eine echte Freundin.»

Die Füchsin stieß ihn an. «Ach, komm, lass das. Bedank dich nicht zu früh. Erst mal müssen wir hinkommen.»

«Aber du kommst mit? Die ganze Strecke?»

«Du kannst ja mal versuchen, mich dran zu hindern.»

Die beiden Tiere machten sich umgehend auf.

Jessie gab das Tempo vor und hielt Spider davon ab zu rennen. Sie liefen Seite an Seite, mit zügigem Schritt. Bald stießen sie auf einen Reitweg und erklommen eine sanfte Anhöhe. Sie durchquerten zwei Bäche, erfrischten sich im Wasser und versteckten sich, als ein Jogger vorbeikam. Am späten Vormittag brannte die Sonne vom Himmel, und die Bäume hatten großen Weideflächen Platz gemacht. Sie strichen durch eine der Wiesen. Die Landschaft erstreckte sich unter einem klaren blauen Himmel bis weit in die Ferne.

«Das hier ist das beste Bauernland, das ich kenne», sagte Jessie. «Aber der Hühnerstall, von dem ich dir erzählt habe, liegt dort die Straße entlang, deshalb ist es vielleicht besser, wir machen einen kleinen Umweg.»

«Du willst da nicht hin?»

«Ich brauche die Abwechslung.»

Spider biss der Füchsin wieder sanft ins Ohr, und sie spielten einen Moment miteinander.

«Jessie», sagte Spider schließlich.

Sie strichen jetzt durch ein Rübenfeld.

«Darf ich dich etwas Persönliches fragen? Würdest du dich als schlau bezeichnen?»

«Nein.»

«Aber Füchse haben doch diesen Ruf, oder? Dass sie schlau sind, meine ich.»

«Kann sein», antwortete Jessie. «Ich hab nie groß drüber nachgedacht. Ich meine, klar, ich denke voraus – natürlich. Ich plane Dinge, aber ich würde nie sagen, dass ich schlau bin. Schläue klingt so nach Täuschen und Lügenerzählen. Ich habe niemals Lügen erzählt, und ich habe auch noch nie jemanden getäuscht.»

«Dann bist du also ziemlich ehrlich?»

«Ich hoffe.»

Sie traten durch eine Hecke, und Jessie blieb stehen. Spider lief zunächst weiter, dann drehte er sich um. Die Füchsin war auf eine Anhöhe gerannt und stand mit dem Rücken zu ihm.

Sie hatte das eine Vorderbein angehoben und rührte sich nicht.

«Was ist los?», fragte Spider. «Haben wir uns verlaufen?»

«Nein. Ist nichts. Wahrscheinlich hab ich's mir nur eingebildet, aber hast du auch gerade was gehört? Wie ist dein Gehör?»

«Gut.»

«Und du hast kein ganz hohes Fiepen oder so was gehört?»

«Glaub nicht.»

«Ich schon. Ich hör es jetzt auch.»

Spider trottete zu seiner Freundin hinüber und sah, dass sie ganz starr war – von der Schwanzspitze bis zur Nase. Das Rückenfell stand senkrecht, und sie reckte den Kopf vor und schnupperte den Wind. Spider stand dicht neben ihr und spürte mit Sorge, dass sie nervös war.

«Was ist los?», fragte er. «War es ein Tier?»

«Nein.»

«Was dann?»

«Keine Ahnung. Spider, vielleicht waren wir ein bisschen zu ... wie nennt man das? Ein bisschen zu selbstsicher.»

«Was soll das heißen?»

«Wir sind gerade durch offene Wiesen gelaufen, und das war nicht klug.»

«Wieso nicht? Was ist los?»

«Na ja, normalerweise bleiben Füchse immer in Deckung – das ist ein Instinkt, und ein äußerst vernünftiger, denn ... klar, wir wissen alle, dass die Fuchsjagd inzwischen verboten ist, aber man zeigt sich trotzdem besser nicht. Hörst du es jetzt?»

«Ich hör was, aber –»

«Das ist ein Horn. Ich muss dich vielleicht verlassen, Spider – ich werde vielleicht um mein Leben rennen müssen.»

«Jessie, was du sagst, ergibt keinen Sinn.»

«Ich weiß. Aber ich kann dir jetzt nicht erklären, von wo sie kommen. Spürst du was? Es kommt nicht von hinten, oder? Das ist wirklich sehr, sehr unglücklich.»

«Jessie, du machst mir Angst …»

Spider sah, dass sich die Füchsin wieder umgedreht hatte und ihre Augen vor Angst weit vortraten. Er winselte, und genau in diesem Moment spürte er, wie der Boden erzitterte. Jessie schluckte, und jetzt roch Spider die Angst. Die Erde vibrierte ganz leicht, und dann hörten sie – weit in der Ferne – das unverkennbare Geräusch einer Hundemeute. Es war ein aufgeregtes, hungriges Heulen, und über das Jaulen hinweg hörte man den scharfen Ton eines Jagdhorns aufsteigen. Jessie war wie gelähmt.

«Die sind doch nicht hinter uns her, oder?», fragte Spider.

Die Füchsin brachte ein Blinzeln zustande. «Ich fürchte doch», sagte sie. Ihre Stimme klang krächzend.

«Wieso?»

«Blut führt zu weiterem Blutvergießen. Sie haben mich gesichtet.»

«Wer?»

«Oje, oje. Das ist Selbstmord.»

«Hör zu, wenn es nur Hunde sind, kann ich sicher mit ihnen reden. Ich kann sie überzeugen –»

«Sie sind nicht hinter dir her, Spider! Sie wollen mich. Und ich weiß genau, was sie denken! Sie können ihr Glück gar nicht fassen. Wir sind völlig ungeschützt, schau uns doch an! Da – da sind sie, sie haben meinen Geruch aufgenommen ...»

Ihre Augen waren jetzt größer als je zuvor, und sie trat einen Schritt zurück. Sie starrte über die Wiese, die sie mit Spider durchquert hatte, bis zu den anschließenden Bäumen. Ein junger Beagle war zwischen den Bäumen herausgetreten, und sofort trat ein zweiter dazu: beide braun mit weißen Flecken. Sie schnupperten den Boden ab und zitterten vor Erregung. Hinter ihnen erschien jetzt ein Pferd mit einem Reiter, dessen Jacke in ihrem leuchtenden Scharlachrot beinahe blendete und im Sonnenlicht zu funkeln schien. Weitere Hunde kamen, und sie schauten alle gemeinsam hoch. Sie starrten zu Jessie, und Jessie starrte zu ihnen zurück. Einen Augenblick lang stand die Zeit still.

«Was sollen wir tun?», zischte Spider.

«Ich bin erledigt. Tot.»

«Das kann nicht sein.»

«Davon habe ich geträumt. Ich hab keine Chance.»

Sie sahen, wie der Jäger das Horn wieder an die Lippen setzte. Es ertönte erneut, doch diesmal klangen die Töne energisch und drängend. Die Meute schien förmlich zu explodieren und schoss mit Freudengeheul über die Wiese. Ein weiteres Dutzend Hunde brach jetzt zwischen den Bäumen hervor, und Jessie musste keine Entscheidung mehr treffen, denn sie konnte bloß eines noch tun: um ihr Leben rennen. Spider sah nur den roten Schatten, wie er im wilden Zickzack über die nächste Wiese schoss. Die Hunde kamen hinter ihr her, und Spider sah voller Entsetzen, dass sie genauso schnell waren wie seine Freundin. Er duckte sich ängstlich, denn in

Sekundenschnelle war der Leithund über die Hecke gesprungen, unter der sich Spider versteckte. Und das erste Pferd kam dicht hinterher. Der Boden bebte, und er sah, wie die schrecklichen Hufe den Boden aufwühlten, als die Riesenbestien über seinen Kopf hinwegsprangen. Immer mehr Hunde kamen und strömten in einer gefährlichen Lawine an ihm vorbei. Er roch ihre Erregung.

«Nein!», rief er. «Stehen bleiben!»

Sie waren alle von derselben Rasse, mit weit aufgerissenen Augen und voller Begeisterung. Ihre Ohren flatterten, und sie schienen ihn weder zu sehen noch zu hören. Er lief ihnen hinterher, so schnell er konnte. Die Jagd ging zwar bergab, doch er konnte trotzdem kaum mithalten – schon bald pochte sein Herz in der Burst.

Jessie war immer noch deutlich voraus, und sie hatte sogar Boden gutgemacht. Sie war ein roter Fleck, der durch die offenen Wiesen jagte, aber selbst Spider konnte erkennen, wie gefährlich das war. Er sah, wie seine Freundin über die Weidenflächen dahinschoss, und er sah, dass die Hunde an der Spitze näher waren, als er geglaubt hatte. Die Füchsin täuschte einen Sprung nach rechts vor und sprang dann nach links weg – aber es war kein geschicktes Manöver, und niemand ließ sich davon täuschen. Genau genommen lasen die hinteren Hunde Jessies Gedanken und wussten genau, wo sie hinwollte. Mit wildem Gebell lösten sie sich aus der Meute, um ihr den Weg vor dem nahen Wald abzuschneiden: Jessie musste auf die nächste Weide wechseln, und schon bald waren die, die sie verfolgten, fast an ihr dran. Spider ging bis an seine Grenzen und lief schneller als jemals in seinem Leben. Er setzte zu einem letzten Spurt an, bei dem ihm die Lunge zu zerreißen drohte, und versuchte zu heulen. «Halt!», schrie er – doch es war sinnlos. Die Hunde, die ihn hörten, warfen ihm einen Blick aus irren, funkelnden Augen zu, und er merkte entsetzt, dass sie im Laufen immer noch stärker wurden. Was sollte er tun? Sein Herz platzte beinahe, doch das war ihm egal, und plötzlich fand er tatsächlich noch einmal Hoffnung! Ein kleines Gehölz war aufgetaucht, und auch wenn es nur aus höchstens ein paar hundert Bäumen bestand, bedeutete es doch Schutz. Jessie flog auf das Wäldchen zu und gewann wieder an Boden. Das Gehölz war eine Insel der Sicherheit, und sie jagte mitten hinein in das Dickicht. Die vordersten Hunde folgten ihr, während sich die weiter hinten erneut teilten und um das Gehölz herumliefen, um alle Ausgänge zu versperren.

Die Leute auf ihren Pferden hatten natürlich keine Chance, und Spider sah erleichtert, dass sie am Rand stehen blieben und einige sogar abstiegen. Das Jagdhorn blies erneut, genauso drängend und triumphierend.

Bestimmt gibt es da Tunnel, dachte Spider, während er in den Wald hineindrängte. Ein ganzes Netzwerk von Röhren, wie die von letzter Nacht. Sie reichen kilometerweit, in einem davon wird Jessie jetzt sein. Sie ist in Sicherheit!

«Alles okay?», fragte ein junger Beagle. «Wir haben einen Fuchs erwischt.»

«Nein, habt ihr nicht!», antwortete Spider.

«Bleib in der Nähe», sagte ein anderer. «Viel Zeit hat sie nicht mehr. Bald wird sie auf einen Baum klettern oder es zumindest versuchen ...»

Die Hunde waren jetzt überall, schnüffelten durch das

Brombeergestrüpp und schnaubten erregt. Das Schreckliche war, dass Spider Jessies Geruch erkennen konnte, er roch nach schierer, konzentrierter Angst. Er roch auch ihren Urin, das Wäldchen war voll von dem Geruch, und die Hunde versuchten herauszufinden, wo er am stärksten wurde. Plötzlich sah Spider etwas Rotes aufblitzen. Es war tief im Unterholz versteckt, und er winselte frustriert! Wieso war Jessie immer noch zu sehen? Sie konnte sich doch bestimmt nach unten graben und in der Erde verschwinden.

Die Hunde mussten jetzt nur noch in die Mitte vordringen. Sie hatten einen engen Kreis gebildet und hechelten vor Erwartung. Das Schreckliche war, dass sie es überhaupt nicht mehr eilig hatten. Sie verhielten sich so, als sei die Jagd vorüber und nun müsse der Höhepunkt ausgekostet werden.

Spider versuchte es noch einmal. Seine Stimme war heiser, aber er rief so laut, wie er nur konnte.

«Hallo?», rief er. «Hört mir mal zu – bitte!»

Die Meute ignorierte ihn, und ein Hund fing an zu heulen.

«Die Füchsin ist eine Freundin von mir!», rief Spider. «Versucht doch zu verstehen – ihr wisst nicht, was ihr da tut. Sie ist ein ganz harmloses Wesen, das einem verirrten Welpen hilft ...»

Ein großer Beagle trottete schwanzwedelnd an ihm vorbei.

«Alles okay, Junge?», fragte er.

«Nein! Ihr müsst mir zuhören!»

«Ich denke, diesmal haben wir sie. Seid ihr bereit? Wartet noch ...»

Spider schob sich weiter nach vorn und versuchte es noch einmal. «Bitte!», heulte er. «Das ist nicht fair! Schaut uns doch an ... Sie ist total in der Unterzahl, und wozu das Ganze? Lasst uns doch mal drüber nachdenken, Brüder! Schwestern?» Er zwängte sich ganz bis nach vorn. «Hört zu», sagte er keuchend. «Wir hatten alle eine phantastische Jagd – war ein herrlicher Auslauf, aber ... hört doch mal!»

Die Hunde drängten an ihm vorbei.

«Lasst uns doch etwas Mitgefühl zeigen ...»

Wieder roch er den übelkeiterregenden Angstgeruch von Jessie. Die ganze Meute begann jetzt zu bellen, und Spiders Rufe gingen im Lärm unter. Ein junger Hund zwickte ihn liebevoll. «Bist du bereit?», fragte er.

«Bitte», hechelte Spider. «Bitte, hört auf!»

«Endlich in echt. Ist das erste Mal für mich!»

Während der Beagle das sagte, kamen zwei Jäger – ein Mann und eine Frau. Beide hatten Spaten dabei und stiegen an den Hunden vorbei, um in das Dickicht zu schlagen. Sie machten einen Weg in die Mitte frei. Spider heulte wieder – aus schierer Hilflosigkeit, denn die ganze Meute fixierte sich jetzt auf ein Buschwerk, und das rote Fell war deutlich zu sehen, wo Jessie zu graben versuchte.

«Sie ist weg!», jaulte Spider. «Sie ist entkommen!»

Die Hunde hörten ihn nicht.

Sie waren so voller Freude, dass sie ihre Ohren zugesperrt hatten, und saugten den berauschenden Geruch der Verzweiflung ein, den die Füchsin versprühte. Ein seltsames Knurren erfüllte die Luft, denn die Jäger waren jetzt beinahe durch mit ihren Spaten – sie hackten gerade das letzte Hindernis weg, und die Füchsin hatte absolut keine Chance. Es war alles überdeutlich: Wenn Jessie überhaupt noch eine Möglichkeit hatte, musste sie sich zu der Meute umdrehen und mitten durch sie hindurch. Spider heulte wieder, und vielleicht hörte seine Freundin ihn rufen, denn genau in dem Moment sprang sie um ihr Leben und schoss direkt auf ihn zu. Spider sah sie nur flüchtig – einen roten Pfeil, der vorbeisauste und dann von einem umgestürzten Baum absprang. Sie kam wieder hoch und flog über die Köpfe der verdutzten Hunde hinweg. Spider starrte hinter ihr her und ersehnte ein Wunder, das sie retten würde, denn jetzt hätte sie Flügel gebraucht. Mit Flügeln hätte sie weiter emporsteigen können und wäre nie mehr heruntergekommen!

Aber es sollte nicht sein. Die Schwerkraft zog sie zurück auf die Erde, und die Hunde jagten ihr hinterher. Der Anführer warf sie aus dem Gleichgewicht und seine Zähne schnappten nach ihrem Schwanz. Sie hätte es vielleicht trotzdem geschafft, denn sie war schon wieder auf den Beinen und jagte davon. Doch einer der jungen Hunde war zu schnell für sie und erwischte ihre Pfote mit den Zähnen. Das brachte sie zu Fall, und auch wenn sie versuchte, sich umzudrehen und anzugreifen, ergoss sich jetzt der Rest der Meute über sie, und sie verschwand unter den Mäulern der Hunde. Spider schloss die Ohren, aber Jessies Schreie bohrten sich dennoch in sein Gehör – mit schrillem, hoffnungslosem Ton. Einmal sah er sie noch. Sie war in der Mitte, die Hunde hatten ihre Kiefer in die Läufe, den Schwanz und den Hals verbissen. Sie wurde zerfetzt, und der Geruch der Angst verwandelte sich in einen Gestank, der so widerlich und entsetzlich war, dass Spider mit offenem Maul dastand und keuchte. Er wich zurück. Er kroch fort in den Lehm und schloss die Augen. Doch das reichte nicht: Der Schrecken dauerte fort, bis Spider keine Luft mehr bekam und weit zurück in das Brombeerdickicht kriechen musste, wo er sich zu einer festen, zitternden Kugel zusammenrollte – er legte die Pfoten über die Nase, rührte sich nicht und hechelte nach Luft, bis es ruhig um ihn herum wurde.

Niemand schaute nach ihm.

Er lag eine ganze Stunde alleine so da, unfähig zu glauben, was er gerade gesehen hatte, und unfähig zu glauben, dass das Licht seiner neuen Freundin verloschen war wie die Flamme einer Kerze. Die Jagd ging jetzt anderswo weiter unter großem Triumph, und er hörte nur noch Vögel singen – es war, als ob Jessie nie existiert und er sich den Horror nur eingebildet hätte: Die Welt war unverändert. Die Sonne schien weiter, und der Himmel war blau. Er erhob sich mit zitternden Beinen und trottete auf einen Fußweg. Bald erreichte er eine Straße, die er überquerte. Auf der anderen Seite verschwand er im hohen Gras. Langsam lief er hindurch und versuchte, sich zu verlieren. Die Trauer in ihm war so groß, dass sie ihm Schmerzen bereitete, und als er nicht mehr laufen konnte – als er verlorener und einsamer war als je in seinem Leben –, setzte er sich und starrte auf seine Pfoten. Das Gras ragte wogend bis weit über seinen Kopf, sodass er keinen Horizont sehen konnte. Tom war weg, und jetzt war auch Jessie fort – die weise, großherzige Freundin, die ihm das Leben gerettet hatte und ihm in all seinem Schmerz und seiner Verwirrung zugehört hatte. Wie lange kannte er sie? Kaum einen Tag, und jetzt war ihr Leben ausgelöscht worden.

«Blut führt zu weiterem Blutvergießen!», hatte sie gesagt,

als ob ihr klar gewesen wäre, dass ihre Tage gezählt waren. Und doch hatte sie eine Zukunft gesehen. Sie hatte Tom kennenlernen und in seinem Garten sitzen wollen. «Der Junge braucht Schutz!» – das waren ihre Worte gewesen, als Spider und sie zusammengesessen hatten, Schulter an Schulter.

Die Sonne ging unter, Spider saß immer noch da. Er konnte sich nicht rühren.

«Der Junge braucht Schutz.»

Die Worte klangen in seinen Ohren, und Spider wiederholte sie leise. «Komm schon», sagte er schließlich. «Steh auf, Hund, und lauf! Wer schützt Tom jetzt, Spider? Niemand. Und er braucht dich mehr denn je, denn die Welt …»

Er schüttelte den Kopf.

«Die Welt ist einfach zu grausam.»

Langsam erhob er sich wieder, und irgendwie schaffte er es – trotz allen Schmerzes – weiterzulaufen.

Fünftes Kapitel

An jenem Abend sah er sich selbst.

Er hatte keine Ahnung, wie weit er gekommen war, doch irgendwann stieß er auf ein Dorf und lief die Hauptstraße entlang. Eher zufällig entschied er sich für eine Abzweigung, die ihn zwischen zwei Häuserreihen hindurchführte. Seine Pfoten brannten, deshalb blieb er schließlich an einem Laternenpfahl stehen, um auszuruhen. Als er hochschaute, sah er ein weißes Papier mit einem Foto in der Mitte. Zwei Gesichter starrten ihn an: das eine gehörte einem Jungen. Und der Junge schlang seine Arme um einen schwarz-weißen Welpen. Dem Welpen ragte ein Zahn über die Unterlippe, und die Augen waren so sanft, dass Spider zu winseln begann. Der Junge war eindeutig Tom, und er hatte ein Stöckchen in der Hand: Als Spider das Glück und den Stolz in seinem Gesicht sah, schloss er wieder die Augen. Er wusste nicht, wer das Foto gemacht hatte oder wann – und er konnte sich auch nicht mal ansatzweise erklären, wer das Foto an den Laternenpfahl geklebt hatte. Es war eine Farbkopie, und über und unter dem Foto standen

Wörter und eine Zahlenreihe – doch weil Spider nicht lesen konnte, blieben sie für ihn ein Rätsel. Er sah, dass das Foto in einer Plastikfolie steckte, die an den Rändern mit Tesafilm zugeklebt war, damit das Blatt nicht nass werden konnte.

Spider saß eine ganze Stunde da, während es langsam dunkel wurde. Er überlegte, wo er die Nacht verbringen sollte, denn er wusste nicht, in welcher Richtung die Stadt lag und ob er sich auf sie zu oder von ihr weg bewegt hatte. Irgendwo musste die rot-schwarze Schule sein, aber wo?

Tom würde zweifellos morgen hingehen. Spider wollte Tom unbedingt finden – doch wie? Er lief eine Gasse entlang und versuchte, nicht weiter nachzudenken. Vor einem Müllsack, der in der Mitte aufgerissen war, blieb er stehen. Verschiedene Tiere hatten den Inhalt schon untersucht, doch der Hund schnupperte dennoch daran und entdeckte ein bisschen feuchtes Gemüse. Ein Stück weiter kam er zu einer Reihe Garagen, und dahinter sah er eine Wiese. Niemand war in der Nähe, deshalb lief er durchs Gras bis zu einem Ententeich. Drei Stück Brot lagen, verschmäht von den Enten, am Ufer. Er zerkaute sie dankbar, dann trat er in das seichte Wasser, um zu trinken.

Ein trauriges Gesicht schaute zu ihm hoch.

«Du bist ein böser Hund», sagte Spider leise. Das Gesicht schaute noch trauriger. «Überall, wo du hinkommst, verursachst du Katastrophen. Alle, denen du begegnest, leiden.»

Zwei kleine Mädchen tauchten mit einem Terrier auf, der gar nicht mehr aufhören konnte zu kläffen. Sie stellten sich unter eine Straßenlaterne und warfen einen Ball hin und her, und zwar immer so, dass der Terrier nicht an ihn drankam.

Der Hund lief von dem einen Kind zum andern, hin und her, glücklich, wie nur ein Hund sein konnte. Er war nicht frustriert und ängstlich, sondern wirkte einfach nur hoffnungsfroh. Das jüngere der beiden Mädchen ließ den Ball fallen, und der Hund fiel mit einem Freudensprung über ihn her und knurrte selig. Fünf Sekunden später hatte er den Ball zurückgegeben, und die Mädchen warfen ihn sich wieder zu. Alle drei waren miteinander verbunden: Sie brauchten sich. Und das Spiel schien gar nicht mehr aufhören zu wollen. Spider seufzte und nahm noch einen Schluck.

Eine Ente hatte sich genähert und starrte ihn mit dem rechten Auge an, ohne zu blinzeln.

«Ich suche eine Stadt», erklärte Spider.

Die Ente sagte nichts.

«Ich bin fremd hier. Kennst du einen Ort, wo die Eisenbahngleise enden? Könnte eine Tagesreise von hier entfernt sein oder so, aber allzu fern auch wieder nicht. Die Stadt hat eine Kirche und liegt am Meer.»

Die Ente schwieg weiter.

«Ich hab mich verirrt», sagte Spider. «Ich hab jede Orientierung verloren, aber ich muss die Stadt unbedingt finden, denn ich suche nach einer Schule, wo die Kinder was Rot-Schwarzes tragen. Schwarze Jacken mit roten Rändern. Und einem Löwen auf der Tasche. Und weiße Hemden – es kann nicht viele solche Orte geben. Ich will nicht behaupten, dass du die Schule kennst, aber kommt dir vielleicht wenigstens die Stadt bekannt vor?»

Die Ente drehte ihren Kopf und starrte ihn jetzt aus dem linken Auge an.

Spider seufzte wieder. «Vielleicht bist du ja auch fremd hier», sagte er. «Ich kenn mich mit Enten nicht so gut aus. Bist du eine von denen, die um die halbe Welt fliegen und dabei immer so eine V-Form bilden? Tut mir leid – ich schätze, du sprichst gar nicht meine Sprache, oder? Es muss einfach bloß irgendein Geräusch für dich sein, all diese bedeutungslosen Worte. Aber denkst du über mich nach? Denkst du: Wow, wieso redet der Hund so viel Unsinn? Wo kommt der her? Wo will er hin?»

Die Ente gab einen kurzen, hässlichen Laut von sich. «Du bist gar kein Hund», sagte sie.

Spider blinzelte.

«Oder?», fragte die Ente.

«Was meinst du damit?», antwortete Spider.

«Du bist kein Hund. Siehst jedenfalls nicht aus wie einer.»

«Nein?»

«Deshalb bin ich rübergekommen. Wir haben uns da drüben unterhalten – unsere ganze Truppe – und uns gefragt, was zum Teufel du wohl bist. Ich hab gesagt, ich schwimm rüber und finde es raus.»

«Ich *bin* ein Hund.»

«O nein. Dein Kopf sieht total verkehrt aus.»

«Du meinst meinen Zahn?»

«Ich mein deinen Kopf. Er hat die falsche Form.»

«Wieso das?»

«Sieht aus wie ein Kuhschädel. Du wirkst wie ... wie nennt man noch ein Kuhkind?»

«Kalb.»

«Genau. Ich glaube, du bist ein Kalb. Du hast genau die

gleiche Färbung wie eine Kuh, und dein Kopf hat absolut Kuhform. Wieso tust du so, als wenn du ein Hund wärst?»

«Hör zu», sagte Spider. «Ich weiß nicht, wieso du das alles sagst –»

«Kannst du Kuhlaute machen?»

«Nein.»

«Wieso nicht?»

«Weil ich ein Hund bin. Wenn ich eine Kuh wäre, würd ich's dir sagen – und dir ein bisschen Milch geben.»

«Du kannst doch bestimmt muhen, oder?»

«Nein.»

«Komm, du Muh-Kuh. Mach muh.»

Spider erhob sich und schüttelte sich.

«Du machst dich über mich lustig, was?», fragte er. «Sieh dir mal meinen Körper an. Wieso bedeckt wohl dieses ganze Fell meine Beine? Wie viele pelzige Kühe hast du gesehen? Und ... aber das ist lächerlich ... ich dachte, du kommst aus einem anderen Land, aber jetzt verstehe ich, dass du mich bloß beleidigen willst.»

«Was ist er denn jetzt?», sagte eine Stimme. «Hatte ich recht?»

Spider schwang herum. Eine zweite Ente, die der ersten absolut glich, trat von hinten näher und starrte ihn mit ihrem linken Auge an.

«Er ist ein großer Schwindler», sagte die erste. «Er behauptet, er ist ein Hund.»

«Wieso?»

«Was weiß ich? Vielleicht wär er gern einer.»

«Der ist doch total verwirrt.»

«Der ist krank im Kopf.»

«Der hat den Verstand verloren.»

«Wow.»

Die zweite Ente schob ihren Schnabel dicht an Spiders Nase. «Weiß du, was ich dir rate, Kumpel? Bring deinen dürren Kuhhintern weg von unserem Teich – was immer du bist. Das hier ist eine nette Gegend, kapiert? Eine Dorfwiese, und die einzigen Hunde, die hier aufkreuzen, kommen angeleint, mit ihren Besitzern.»

«Genau das suche ich», rief Spider. «Ich suche meinen Besitzer –»

«Das heißt, du hast keinen?», fragte die erste Ente.

«Doch.»

«Wo? Du bist herrenlos, Kuhschädel! Du bist aus dem Nest gestoßen worden, so viel ist sicher. Ich frage mich bloß, wieso?»

Spider wusste nicht mehr, was er sagen sollte. Die Enten gackerten böse. Dann drehte sich eine herum und zeigte ihr Hinterteil. Und auf einmal machte sie das obszönste Geräusch, das der Hund je gehört hatte – so unangenehm, dass Spider nach den Schwanzfedern schnappte. Beide Enten schreckten hoch und flatterten mit ihren Flügeln.

«Wir stehen unter Schutz!», kreischte die erste, und Spider wich zurück.

«Du Monster!», zischte die zweite. «Wir stehen unter Schutz, man kümmert sich um uns – und was bist du? Allein und ohne Zuhause. Unerwünscht und unbeschützt!»

«Pick ihm die Augen aus, Morris! Los!»

Sie kamen gemeinsam auf ihn zu und quakten weitere

Beleidigungen. Spider drehte und wand sich, um ihnen auszuweichen, doch sie stießen ihn mit voller Wucht in die Rippen – und danach auch in ein privateres Körperteil. Jaulend drehte er sich um und jagte zurück zur Straße. Als er sich noch einmal umschaute, quakten die beiden Enten leise miteinander und berührten sich triumphierend mit den Flügelspitzen.

Spider humpelte davon, aufgewühlt und mit etlichen Prellungen. Er folgte einem Fußweg in die Dunkelheit, und nach einer Weile mündete der schmale Pfad in einer Kleingartenanlage. Der Hund konnte nicht mehr. Er suchte nur noch einen sicheren Unterschlupf zum Ausruhen und Schlafen. Zum Glück fand er tatsächlich einen Schuppen ohne Tür, kroch dankbar hinein und rollte sich auf einem alten Leinensack zusammen.

Er versuchte, seinen Kopf von allem zu leeren außer von Tom. Und wie er so dalag, wünschte er sich, dass ihm der Junge im Traum erschiene. Er erinnerte sich an das alte Bett und wie er sich in Toms Kniekehlen gekuschelt hatte – wie der Junge ihn zärtlich streichelte, bis er einschlief und Spider über ihn wachte. Wo war Tom jetzt? Was, wenn er überredet worden war, sich für eine Katze zu entscheiden? Was, wenn ihm sein Vater ein Kätzchen besorgt hatte, das er lieben konnte? Was, wenn das Kätzchen genau in diesem Moment auf der Bettdecke lag und selig schnurrte, weil Tom sich zu ihm beugte und ihm den einfachen, anspruchslosen Kopf kraulte? Spider schloss die Augen und winselte.

Der Traum, den er sich gewünscht hatte, kam nicht. Es war eine stockfinstere Nacht. Als endlich die Sonne aufging, hatte er Durst und Schmerzen. Seine Haut kribbelte, und sämtliche Glieder waren steif.

Er schüttelte sich wach und hob ein Bein, um sich zu kratzen. Er spürte ein Stechen, als wenn ihm ganz langsam eine Nadel in die Lende gedrückt würde. Er drehte sich um, und es gelang ihm, mit der Nase zu der gereizten Stelle zu kommen, und als er die Pfote noch weiter hob, entdeckte er das winzigste Insekt, das er je gesehen hatte. Es hatte sich tief in sein Fell gewunden, trotzdem konnte er die graue Farbe gut erkennen. Das Tier schien seinen Kopf tief vergraben zu haben, doch selbst während Spider schaute, schob sich das kleine Wesen umher und blickte plötzlich schuldbewusst auf. In seinem Gesicht war ein kleiner Blutfleck, und Spider wusste sofort, dass es sein Blut war.

«Entschuldigung», sagte das Wesen.

Der Hund war viel zu erstaunt, um zu antworten. Er schaute in die blassen, wässrigen Augen, und sie schauten unter zwei schwankenden Antennen zurück. Langsam wurde der Körper rosa und zitterte vor Freude.

«Ich füll mich nur wieder auf», sagte das kleine Insekt entschuldigend. «Wir müssen alle leben, Spider – das ist meine Meinung, und ich versuche wirklich, diskret zu sein. Rein und gleich wieder raus, so geht das bei mir – aber es war eine empfindliche Stelle, das ist mir bewusst.»

Das Wesen kroch ein Stück höher und stieß sich ab. Es sprang in die Luft und landete sehr elegant auf Spiders Nase. Wieder grub es sich ein Stück vor in sein Fell und starrte ihn danach an, ohne zu blinzeln.

«Tut mir leid», sagte es. «Ich wollte mich längst vorstellen. So richtig, meine ich. Ich bin ein Freund von Jessie, deshalb freue ich mich sehr, dich kennenzulernen.»

Sechstes Kapitel

«Du bist ein Floh», sagte Spider.

Das Insekt nickte.

«Durch und durch», sagte es. «Und du musst dich deswegen nicht schlecht fühlen. Manche Tiere glauben, wir sind ein Zeichen für ihre schlechte Hygiene, aber das stimmt nicht. Ich suche bloß nach guter Gesellschaft, und die Füchsin – Gott hab sie selig – war so sauber, wie jemand nur sein kann.»

«Du kanntest sie wirklich?»

«O ja, absolut. Wir waren sehr lange zusammen, Spider, und sie hat getan, was sie konnte. Man mag von ihrem Töten halten, was man will, aber niemand verdient so ein Ende wie sie. Niemand.»

Spider schluckte und setzte sich hin. Der Floh hatte sich offenbar richtig vollgesogen und reinigte jetzt seinen Kiefer.

«Du hast auch getan, was du konntest», sagte er. «Du hast sie zu retten versucht, und das war sehr tapfer.»

«Und wo warst du? Hast du die Hunde gesehen, die sie gejagt haben?»

«Ich war direkt auf deiner Schulter, hatte erst kurz zuvor gewechselt, als ihr euch unterhieltet. Ich hörte die ganze Geschichte über den kleinen Jungen und bin dann zu dem wärmeren Herzen übergesiedelt. So mache ich das immer, wenn du verstehst, was ich meine. Und wenigstens ging es schnell.»

«Was ging schnell?»

«Jessies Ende.»

«Schnell? Es hat ewig gedauert, fand ich –»

«Das sehe ich nicht so. Sie hat nicht allzu sehr gelitten, und sie hat bis zum Ende gekämpft. Es hat dich hart getroffen, mein Freund, das seh ich dir an. Du konntest sie verstehen, und für dich war sie eine Verbündete. Und sie hatte auch recht wegen Tom – absolut. Du hättest ihn nicht verlassen dürfen, das weißt du.»

«Ich frage mich, was er jetzt macht.»

«Nach dir suchen.

«Das bezweifle ich. Ich weiß nicht, bestimmt ist er froh, dass ich weg bin.»

Der Floh seufzte. «Du bist deprimiert. Außerdem fühlst du dich noch verlorener als vorher. Du musst unbedingt diese Stadt finden und alles in Ordnung bringen.»

«Ich muss diese Schule finden. Wenn ich die weiß, geh ich einfach rein und finde Tom.»

«Das nenn ich doch einen Plan. Was wir also dringend finden müssen, ist eine Karte oder ein Wegweiser.»

Spider schüttelte den Kopf.

«Ich kann nicht lesen. Du?»

«Nicht richtig. Ich hab mal eine Weile in einer Bibliothek gewohnt, deshalb kann ich ein paar Buchstaben erkennen –

aber belesen würde ich mich deshalb nicht nennen. Ich schlage also vor, wir gehen in die Richtung, aus der du gekommen bist, und suchen nach einer Kreuzung. Irgendwo wird schon eine Hauptstraße kommen, und der folgst du dann.»

«Ist aber ein langer Weg», sagte der Hund. «Wenn ich auch sonst nichts weiß, aber da bin ich mir sicher.»

Der Floh zwickte ihn leicht. «Dann sollten wir besser aufbrechen.»

«Hast du gerade ‹wir› gesagt?»

«Wieso nicht?»

«Du willst mich begleiten? Wie heißt du überhaupt?»

«Ich hatte noch nie einen Namen. Bin nicht so der soziale Typ, Spider, deshalb war ein Name nie wichtig. Aber wir sollten zusammenarbeiten, zu Ehren der alten Jessie.»

«Sie wollte Tom kennenlernen.»

«Das will ich auch.»

«Er hätte sie geliebt. Ich *hab* sie geliebt.»

«Wir beide haben das. Doch was du jetzt als Erstes brauchst, ist ein Frühstück. Ich will ja nicht persönlich werden, aber dein Blut war gerade ein bisschen dünn, und das bedeutet niedriger Zucker. Ich komm jetzt hoch zu deinem Ohr, in Ordnung? Und wenn du dich kratzen willst, sag mir vorher Bescheid.»

«Ich hatte noch nie einen Floh. Wie lästig bist du denn so?»

«Ich bin ziemlich diskret. Doch wenn du willst, das ich gehe, sag's einfach. Ich nehm so was nie persönlich.»

«Also los, gehen wir.»

In der Kleingartenanlage herrschte noch Ruhe.

Spider trottete die Wege entlang und spürte, wie sich sein

neuer Freund auf ihm schnell bewegte. Er wechselte hinunter auf die Augenbraue und dann wieder hoch auf den Schädel – Spider spürte von neuem das leichte Stechen.

Es dauerte nicht lange, bis sie beide einen Komposthaufen entdeckten, und nachdem Spider etwas Grasabfall zur Seite geräumt hatte, konnte er einige Stück Speckschwarte und Reste von Eiern bergen. Er spülte sie mit frischem Regenwasser hinunter und fühlte sich sofort kräftiger. Um die beiden herum stieg ein leichter Dunst auf, und der Himmel hatte eine rosige Färbung.

«Hast du das Foto gestern Abend gesehen?», fragte der Hund. «Das waren ich und Tom an dem Laternenpfahl.»

«Wo?»

«Keine Ahnung. Irgendwo hier in der Gegend, aber ich weiß nicht mehr, wo. Ich bin verwirrt.»

«Du und Tom an einem Laternenpfahl? Das klingt ungewöhnlich, aber da muss ich wohl gerade geschlafen haben.»

«Es war ein Plakat. Mit Buchstaben und Zahlen drauf, das heißt, wenn wir es wiederfinden würden, könntest du vielleicht rauskriegen, was die ganzen Wörter bedeuten.»

«Ich könnt es zumindest versuchen.»

«Wieso habe ich überhaupt keinen Orientierungssinn? Keine Ahnung, wo das gewesen ist.»

«Mach dir keine Gedanken. Manche Hunde haben einen inneren Kompass, Spider, und manche Hunde nicht. Das Wichtigste ist jetzt, Geduld zu haben und methodisch vorzugehen.»

Zwei Stunden später waren sie jedoch immer noch auf der Suche. Inzwischen war das Dorf um sie herum aufgewacht, und Autos fuhren langsam aus ihren Garagen. Die beiden kamen an vielen Pfählen und Masten vorbei, aber an keinem hing etwas, und Spider merkte bald, dass er im Kreis lief. Er nahm keine Gerüche wahr, und das Einzige, was er wirklich wiederkannte, war der Ententeich. Auf Vorschlag des Flohs gingen sie noch mal hin und setzten sich an den Rand der Wiese. Eine der Enten machte eine obszöne Geste, und Spider drehte sich weg.

«Wir waren eindeutig hier», sagte der Floh. «Doch du hast nicht zufällig dein Revier markiert, oder? Ist vielleicht ein bisschen persönlich, die Frage, ich weiß, aber –»

«Ich war nicht in der Stimmung.»

«Natürlich.»

«Um ehrlich zu sein, ich stand unter Schock – steh ich immer noch. Und wir kommen nicht weiter.»

«Ach, du bist zu ungeduldig, hörst du? Außerdem bist du zu emotional – du wirst heiß. Das hilft nicht weiter, Spider. Ich versteh's ja, aber ich schlage vor, wir beruhigen uns erst mal, und dann gehen wir ein bisschen systematischer vor. Also, auf welcher Seite lag der Teich beim ersten Mal?»

«Links von mir.»

«Das heißt, du bist von dort oben gekommen, aus Richtung der Tankstelle.»

«Aber da waren wir doch schon, oder?»

«Wir waren überall, aber nicht dort. Lass es uns langsam angehen – es gibt absolut keinen Grund zur Eile.»

Spider stand auf und versuchte, ruhig zu bleiben. Der Floh saß jetzt an der Spitze seines Ohrs und hielt ganz still, weshalb sie beide einen guten Blick auf die Umgebung hatten. Sie überquerten die Straße und landeten bald am Rand einer Wohnsiedlung.

«Vertraut?», fragte der Floh.

«Ja.»

«Gut, aber mach langsamer. Lass uns *gehen*, nicht rennen, okay? Und was ist das da links vor uns? Ein Laternenpfahl.»

«Ist aber nicht der richtige.»

«Dann geh weiter und schau dir den nächsten an. Da drüben, bei dem blauen Auto – siehst du ihn, auf der anderen Seite? An dem hängt was. Aber mach dir nicht zu große Hoffnungen –»

«Das ist er! Du hast es geschafft», rief Spider. «Das Foto hängt noch, ich seh's!»

Der Hund konnte sich nicht mehr zurückhalten. Er schoss über die Straße und jagte auf den anderen Bordstein. Es war tatsächlich das Blatt, schön sicher in einer Plastikhülle verpackt. Der Klebestreifen hatte sich etwas gelöst, weshalb die obere Ecke ein bisschen flatterte – doch das da auf dem Bild war eindeutig Tom, der zu ihm herunterlächelte und seinen linken Arm um Spiders höchsteigenen Hals geschlungen hatte. Der Hund sprang hoch und hielt die Pfoten unter das Bild. Der Floh krabbelte in die Mitte von seiner Stirn und warf einen bedächtigen Blick auf das Foto.

«Und du glaubst wirklich, das bist du?»

«Natürlich.»

«Bist du sicher? Dann musst du da jünger gewesen sein.»

«Vielleicht bin ich ja gewachsen. Vielleicht hab ich mich auch verändert, aber ich sag's dir: Das da bin ich, und der andere, das ist Tom, und wir sind zusammen im Garten. Ich hätte niemals gehen dürfen! Und was bedeuten jetzt die Wörter?»

«Nun, da steht erst mal eine lange Zahlenreihe, die alles Mögliche bedeuten kann. Und die Wörter, also ... ich buchstabier sie mal, einen Moment. Da ist ein ‹V›, so wie in ‹Vogel›, dann so ein ‹E› wie in ‹Ei›, ein ‹R› wie in ‹Ruhe›, danach ein ‹M› wie in ‹Mutter› und ein ‹I› für ... ach, was weiß ich. Als Nächstes kommen diese Geschlängelten, wie heißen die noch?»

«Keine Ahnung.»

«Gleich zwei davon. Und dann so ein komisches Kreuz mit so einem nach oben verschobenen Querstrich ...»

«Und wie spricht sich das?

«Alphabete sind echt schwierig. Irgendwas, das mit ‹V› anfängt. Könnte ein Name sein oder irgendein Code ... oder einfach ein Zeichen – wie alt ist Tom?»

«Elf.»

«Zeichnet er gern?»

«Und ob.»

«Könnte auch bloß irgendwelche Verzierung sein. Aber wieso ein Foto verzieren und dann an einen Laternenpfahl kleben?»

Spider hörte nicht mehr zu. Er hatte etwas bemerkt, und der Floh spürte auf einmal, wie die Temperatur des Hundes nach oben schoss.

«Ich glaub's nicht», sagte Spider.

«Was glaubst du nicht?»

«Wir haben Glück. Du hast mir Glück gebracht, Floh. Schau mal, da drüben, auf der anderen Straßenseite.»

Er fing an zu winseln. Er konnte nicht anders, und als er seine Vorderpfoten von dem Laternenpfahl wegnahm und wieder mit allen vieren auf dem Gehweg stand, machte er ein paar Schritte nach vorn, und die Haare an der Wirbelsäule stellten sich senkrecht.

«Der Junge», sagte er leise. «Ich kenn ihn.»

«Wo?»

«Der da gerade aus dem Haus getreten ist und jetzt auf uns zukommt. Ich erkenn ihn, und schau mal, was der anhat ...»

«Seine Uniform. Er geht zur Schule und –»

«Aber schau sie doch mal genau an. Sie ist rot und schwarz. Und sie hat das goldene Abzeichen. Das ist der Junge mit dem Fahrrad. Er heißt Rob ...»

«Und wo ist dann sein Rad?»

«Ist doch egal. Er ist genauso alt wie Tom, das weiß ich – und manchmal ist er in den Park gekommen. Was macht der denn hier?»

«Wohnt wahrscheinlich da, denk ich mir, und jetzt geht er zur Schule.»

«Dann führt er uns doch direkt hin, oder? Wenn wir ihm einfach folgen, bringt er uns genau an den richtigen Ort – das nenne ich Fügung! O Floh ... du hast das Problem gelöst!»

«Spider, warte. Er wird es merkwürdig finden, wenn ein streunender Hund hinter ihm hertrottet. Bist du ganz sicher, dass du ihn kennst?»

«Das ist Rob Tayler, und er geht in dieselbe Schule.»

Spider hatte recht.

Der Junge hatte sich von seiner Mutter verabschiedet und lief jetzt mit schnellen Schritten den Gehweg entlang – den Ranzen auf seinem Rücken.

Plötzlich fiel er in einen Laufschritt, und einen wunderbaren Moment lang glaubte Spider, er käme, um ihn zu begrüßen. Spider bellte einmal, doch der Junge überquerte nur die

Straße, rannte auf der anderen Seite weiter und hob im Laufen den Arm. Spider drehte sich um und sah, auf wen er zujagte: Ein Bus kam die Straße entlang und blinkte, als er in eine Haltebucht einbog. Der Junge rannte zu dem Bus.

Spider nahm sofort die Verfolgung auf und preschte auf den Gehweg an der anderen Straßenseite hinüber. Gerade als er den Bus erreichte, sprangen die Türen weit auf für ein Mädchen, das die gleichen Sachen anhatte wie Rob. Spider rannte hinten um den Bus herum und sah, dass er rappelvoll war mit Kindern in den gleichen rot-weißen Sachen – Erwachsene gab es überhaupt keine. Einige der Kinder waren klein, andere groß. Die meisten hatten Kopfhörer auf und starrten vor sich hin – doch einer schaute plötzlich hoch und fing an zu winken, als er Spider entdeckte. Auch ein zweiter Junge sah ihn und grinste. Spider fiel nichts anderes ein, als zu bellen. Er bellte und sprang in die Luft – denn irgendwo unter den Schülern musste auch Tom sein. Der Hund lief nach vorn, und jetzt jubelten einige der Kinder. Er rannte zu der vorderen Tür, doch sie schloss sich genau vor seiner Nase, und dann bewegten sich auch schon die Räder. Der Bus fuhr los, und Spiders Bellen ging in ein gequältes Heulen über. Er nahm die Verfolgung auf und lief die Straße entlang, während der Bus beschleunigte. Im Rückfenster waren jetzt lauter Köpfe zu sehen, die lachten und johlten. Hände winkten, doch der Bus wurde immer schneller, und bald raste Spider ihm in einem halsbrecherischen Tempo hinterher, das er nicht lange würde durchhalten können.

Sekunden vergingen, und die Häuserreihen endeten. Der Bus war weit voraus und bog auf eine breitere Straße ab, die in einem weiten Bogen verlief. Wieder blitzte ein Licht auf, und Spider befand sich plötzlich inmitten von hupendem Verkehr – ein Wagen schlingerte gerade so eben an ihm vorbei, und es blieb ihm nichts übrig, als an den Straßenrand zu hechten. Er sah, wie der Bus dem Verkehrsstrom folgte und langsam verschwand. Wütend schlug Spider mit den Pfoten gegen den Boden, stieß ein letztes Heulen aus und schüttelte ungläubig den Kopf. Er hatte Schaum um den Mund und zitterte.

«Wow», sagte der Floh. «Das war ja ein Ritt.»

«Wir haben ihn verloren.»

«Stimmt.»

«Wir waren so nah dran. So nah! – Was ist, geht es dir nicht gut?»

«Ich fürchte, mir ist schlecht geworden. Das war furchterregend, Spider. Das kannst du doch mit mir nicht machen. Tut mir leid ... ich brauch einen kleinen Moment.»

Spider spürte ein winziges Stechen im Ohr und wartete, bis der Floh einen kräftigen Schluck genommen hatte. Er stand auf und merkte, wie ihm die Pfoten brannten.

«Tut mir leid», sagte der Floh. «Ab und zu muss ich einfach nachfüllen.»

«Nur zu.»

«Das Blut geht bei mir manchmal sofort in den Kopf. Warum setzt du dich nicht? Wir müssen uns erst mal beruhigen und überlegen.»

Der Floh sprang auf Spiders Nase, und die beiden starrten die Straße entlang.

«Ich hab eine Idee», sagte Spider.

«Gut. Bleib ganz ruhig – bitte. Ein Schritt nach dem andern.»

«Ich versuche ja, methodisch vorzugehen», antwortete Spider. «Ich erinnere mich an etwas: Tom hat morgens gar keinen Bus genommen, deshalb kann er überhaupt nicht im Bus gewesen sein. Er ist immer zur Schule gelaufen, verstehst du? Das heißt, wir müssen ganz in der Nähe gewohnt haben. In der Nähe der Schule, mein ich, weil er den Weg zu Fuß gegangen ist.»

«Das macht Sinn. Aber wer ist hier gewesen, um das Foto an den Laternenpfahl zu kleben?»

«Keine Ahnung. Glaubst du, es ist möglich, dass er nach mir sucht?»

«Natürlich sucht er nach dir, Spider. Wieso denn nicht?»

«Weil er wütend war! Er kann doch immer noch wütend sein. Vielleicht ... Was, wenn er will, dass ich gefangen und bestraft werde? Ich meine, was, wenn sich Jessie geirrt und Tom mir gar nicht vergeben hat? Das könnte ja auf dem Zettel stehen: ‹Vermisster Hund! Muss dringend geschnappt werden!›»

«Um ihn zu bestrafen?»

«Um ihn fortzuschicken. Um ihn in ein Heim für böse Hunde zu stecken.»

«Nein», sagte der Floh. «Das klingt nicht nach dem Tom, den du beschrieben hast, Spider, und ich finde, du solltest keine voreiligen Schlüsse ziehen. In Situationen wie dieser müssen wir unserem Instinkt vertrauen. Das bedeutet, wir müssen die Schule finden, so wie du es vorhattest. Wenn wir Glück haben, laufen wir deinem Herrchen direkt vor die Füße und können alles klären. So lautet unsere Mission, einverstanden? Und wir gehen ganz einfach vor.»

«Wir folgen also dem Bus?»

Der Floh nickte. «Ja, er hat uns den Weg gezeigt. Aber ich muss dir noch etwas sagen, Spider, und ich meine das wirklich nicht respektlos, schließlich tust du ja die ganze Arbeit. Ich bin nur Mitreisender, verstehst du? Aber du bringst dich um.»

«Wieso das?»

«Du wirst noch irgendwann überfahren werden! Auf der Straße hast du einfach nicht den Überblick, den du brauchst – und ich habe wirklich Angst. Ich hab mal auf einem Dachs gelebt, der ist genauso rumgejagt wie du, und dann hat ihn ein Lastwagen erwischt. Kein schöner Anblick.»

Spider setzte sich hin.

«Du musst ruhig bleiben, mein Freund», sagte der Floh. «Du musst deinen Verstand gebrauchen.»

«Ich will einfach nur Tom finden», sagte Spider leise. Er stand wieder auf und schüttelte sich. «Das ist das Einzige, was ich will, denn ich hätte ihn nie verlassen dürfen. Selbst wenn er mich jetzt hasst und will, dass ich tot bin – selbst wenn er mich längst ersetzt und vergessen hat ... ich will ihn noch einmal sehen, und wenn nur, um mich bei ihm zu entschuldigen. Ich will noch ein einziges Mal diese Hand lecken und mich anständig von ihm verabschieden.»

«Klar», sagte der Floh. «Das nennt man Loyalität.»

«Ja?»

«Ich hab so was selber noch nie empfunden, aber ich bewundere andere dafür.»

Spider holte tief Luft. Er starrte auf die Autos und Laster, die Richtung Stadt fuhren, und dann ging er los.

Siebtes Kapitel

Toms Tag hatte gut angefangen.

Die Zettel mit der Vermisstenmeldung zeigten Wirkung: Bis jetzt waren zwei Nachrichten eingegangen, dass jemand Spider gesehen hatte, und er war zuversichtlich, dass sein Hund noch in der Gegend herumlief. Ein Bauer hatte am Nachmittag angerufen und ihm erzählt, dass er einen schwarz-weißen Mischling gesehen hätte, der auf der Suche nach Fressen mit einem Fuchs herumzog. Phil hatte Tom mit dem Moped hingefahren, und sie hatten sämtliche Straßen und Wege dort abgesucht und weitere Zettel aufgehängt. Am Abend würden sie noch einmal losfahren, um auch dem anderen Hinweis nachzugehen, der von einer Frau in einem Nachbardorf kam. Sie hatte angerufen, um sich zu beschweren: Sie hätte einen Hund beobachtet, der dem auf dem Foto ähnele und die Enten erschreckt hätte. Tom konnte nur beten und hoffen, dass Spider blieb, wo er war – der Gedanke, dass er alleine Straßen überquerte, ließ Tom die Tränen in die Augen steigen.

«Du gehst zur Schule», sagte Phil. «Und sobald du zurück bist, fahren wir raus.»

«Ich will aber jetzt hin.»

«Geht nicht. Und sag ja deinem Dad nichts. Was wir tun, ist verboten. Ich hab keine Erlaubnis, jemand auf dem Moped mitfahren zu lassen, Tom.»

«Das weiß ich. Danke.»

Phil schwieg einen Moment.

«Ich hab auch mit deiner Mum gesprochen», sagte er schließlich. «Hab ihr erzählt, was passiert ist, und sie –»

«Das geht sie nichts an. Ich red nicht mit ihr, Phil, und du kannst mich nicht dazu zwingen. Wenn sie deswegen traurig ist, gut so – sie hat es nicht anders verdient.»

Phil nickte. «Du musst mit ihr reden.»

«Wieso?»

«Schau dich doch mal an. Du bist im Moment wie eine Bombe, die jede Sekunde hochgeht. Wenn du nicht mit ihr sprichst oder mit deinem Dad – oder mit sonst jemandem –»

«Was gibt's da zu reden. Ich hab die Schnauze voll vom Reden.»

«Und die Schlägerei?»

«Welche Schlägerei? Ich hab dir doch gesagt, das war keine Schlägerei. Ist beim Rugby passiert.»

«Da hat die Schule aber was anderes erzählt. Wer ist der Vertrauenslehrer? Wie heißt er?»

«Warburton, aber der ist ein Idiot.»

«Hast du mit ihm gesprochen?»

«Ja.»

«Dann hör mir jetzt zu, Tom. Wenn du gemobbt wirst,

musst du noch mal mit ihm sprechen. Du musst das nicht hinnehmen.»

Tom schnaubte.

Phil starrte ihm so lange in die Augen, bis er wegguckte. Er zog seinen Blazer an und ging Richtung Haustür. Unterwegs blieb er noch mal vor dem Spiegel stehen. Die blauen Flecken waren zu einem kränklichen Gelb verblasst, und die meisten Leute hatten aufgehört, sie zu kommentieren. Robert Tayler grinste jedes Mal triumphierend, doch es war nicht schwierig gewesen, ihm aus dem Weg zu gehen – jedenfalls meistens. Das Einzige, was Tom wollte, war sein Hund. Mit der Einsamkeit und dem Elend an der Schule kam er zurecht, egal wie schlimm es auch war, wenn es nur irgendeine Chance gab, Spider wiederzufinden. Der Hund war irgendwo da draußen und wartete auf ihn – und Tom würde ihn finden.

Er saß ganz vorn in der Klasse und versuchte, sich zu konzentrieren.

Es war wieder die letzte Stunde vor der Pause, und diesmal ging es um Beziehungen und darum, wie wichtig sie seien. Die ganze Klasse war unruhig, denn das Arbeitsblatt wirkte besonders bevormundend.

Die erste Frage lautete: «Was macht einen guten Freund aus?» Links von der Frage war ein lachendes Gesicht abgebildet, rechts ein trauriges. Tom biss sich auf die Zähne und zeichnete Spider an den Rand.

«Hey, Lipman», sagte der Junge neben ihm.

Er flüsterte es, denn sie sollten in konzentrierter Ruhe arbeiten. Tom zeichnete die Ohren und die Schnauze und machte sich dann an den Hals. Sein Nachbar zischte erneut und stieß ihn an.

«Lipman. Dein Typ wird verlangt.»

Tom sah sich um, und da saß sein Feind. Robert Tayler winkte Tom mit einem freundlichen Strahlen zu und hielt einen Zettel hoch. Die Lehrerin merkte nichts, weil sie mit dem Rücken zur Klasse stand und ein riesiges Kreisdiagramm ans Whiteboard zeichnete. Das Wort «loyal» stach deutlich in blauer Schrift hervor. Rob erkannte seine Chance und warf das Blatt nach vorn. Es landete auf dem Boden, doch ein Mädchen hob es schnell auf und gab es heimlich an Tom weiter.

Tom faltete den Zettel auseinander. «Der Hund, den du vermisst», stand da. «Ist der nicht schwarz-weiß?»

Er drehte sich wieder um und nickte. Dann formte er mit den Lippen das Wort «Wieso?».

Rob schrieb wieder etwas.

Auf dem zweiten Zettel stand: «Ich glaube, ich hab ihn heute Morgen gesehen.»

Tom spürte, wie sein Herz plötzlich schneller schlug. Seine Hände wurden ganz feucht, doch er versuchte, ruhig zu bleiben. In Großbuchstaben schrieb er: «Wo?» Und dann darunter die naheliegende dringende Frage: «Bist du sicher, dass es mein Hund war?»

Der Zettel wanderte zurück zu Rob, und die Lehrerin verpasste die Übergabe nur um Haaresbreite. Sie hatte den Edding in der Hand und warf einen Blick über die Klasse.

«Was sollen unsere Freunde oder Freundinnen noch sein?», fragte sie.

«Ehrlich», sagte jemand.

«Sexy», sagte ein anderer.

«Nein, lasst uns ernst bleiben», sagte die Lehrerin. «Vernünftig, ja? Also weiter. Was macht einen wirklich *guten* Freund, eine wirklich *gute* Freundin aus?»

«Sie muss verlässlich sein», antwortete ein Mädchen.

«Oh, definitiv. Tom, was denkst du?»

«Der kann das nicht wissen, Miss», sagte jemand.

Die hintere Reihe kicherte, und die Lehrerin ignorierte sie. Sie schaute zu Tom und dachte daran, dass sein Name gerade erst am Morgen in einer E-Mail gestanden hatte. Er sei jemand, den man im Auge behalten und unterstützen solle, und deshalb lächelte sie ihm ermutigend zu und fragte: «Was ist für dich das Wichtigste, Tom, wenn es um Freundschaft geht?»

Wieder wurde gelacht, und die Lehrerin hob die Hand.

«Ich bin sicher, du weißt es», sagte sie. «Na komm, spuck's aus, Tom. Sag uns, was du denkst.»

«Ist mir egal, Miss.»

Erneutes Gelächter, und die Lehrerin hob wieder die Hand.

«Das glaub ich dir nicht», entgegnete sie. «Wie kannst du das sagen, Tom? Erzähl uns, was du denkst.»

Tom seufzte und wünschte, er hätte nichts gesagt. Er überlegte, wie er die Aufmerksamkeit von sich ablenken könnte. Die Lehrerin wirkte ernsthaft interessiert, deshalb sah er seine einzige Chance darin, genau das zu sagen, was er fühlte.

«Also», erklärte er. «Wenn man einen echten Freund findet, dann sollte man ihn festhalten, so wie ... als würde er zur Familie gehören. Man sollte ihn niemals gehen lassen, denn ...»

«Denn was?»

«Denn wenn er erst einmal weg ist, dann ist er weg. Wenn

ein Freund einen aber betrügt oder schlecht behandelt, dann war's das. Aus, vorbei.»

«Wirklich?»

«Ja.»

«Wie, kein Verzeihen? Ist das nicht ein bisschen hart?»

«Ist gesunder Menschenverstand», antwortete Tom. «Vielleicht mögen es manche Leute ja, verletzt zu werden, aber ich komm gut ohne aus. Ich glaube ...»

«Was glaubst du? Ruhe bitte – lasst uns hören, was Tom zu sagen hat. Sein Gedanke ist interessant.»

«Allein bist du immer besser dran. Keine Ahnung.»

«Nun», sagte die Lehrerin. «Das ist eine wohlüberlegte, ehrliche Antwort, nicht wahr. Was also meint Tom damit, dass man ‹allein besser dran ist›? Sollen wir wieder unsere Gruppen bilden? Ich denke, wir sollten das diskutieren. In fünf Minuten berichtet jede Gruppe.»

Plötzlich war die Klasse hellwach.

Gruppenarbeit bedeutete relative Freiheit: Man durfte sich auf seinem Stuhl umdrehen und miteinander unterhalten. Deshalb stieg der Lärmpegel dramatisch an, als die Lehrerin zu dem Whiteboard zurückging. Tom schaute wieder zu Rob und sah, dass er den Kopf unten hatte und wie wild etwas schrieb. Schließlich schaute er zu Tom hoch und grinste. Dann legte er den Stift weg und faltete das Blatt. Es war leicht, den Zettel nach vorn zu werfen, und Tom öffnete ihn mit zitternden Händen.

«Sorry, alter Freund», stand da. «Spider ist überfahren worden. Sind mit dem Bus vorbeigekommen. Schwarz-weißer Hund, platt wie ein Pfannkuchen. Nicht weinen, Matschauge.»

Tom las die Worte gründlich, zwei Mal, und merkte, wie er aufstand. Das Blatt lag noch in seiner Hand, und er stand da und las es noch einmal – und entweder schwieg plötzlich die ganze Klasse, oder er war taub geworden.

Robert Tayler sah ihn an.

«Gib nicht mir die Schuld», sagte er. «Ich hab nur gedacht, du sollst die Wahrheit wissen.»

«Was ist los?», fragte die Lehrerin.

«Er hat einen Schock bekommen, Miss», sagte jemand.

«Er braucht seine Mum.»

«Er hat sich in die Hose gemacht ...»

«Schluss», sagte die Lehrerin. «Setz dich bitte, Tom – konzentrieren wir uns weiter auf das, was du gesagt hast. ‹Allein sein› ist ein interessanter Begriff.»

Tom kriegte kaum Luft. Ihm war heiß, und seine Füße schienen plötzlich bleischwer zu sein. Er machte einen Schritt nach vorn und hielt sich am Tisch fest. Schließlich erreichte er die Tür, und der Griff lag kühl in seiner Hand. Er hörte, wie sein Name wiederholt wurde, doch er ging weiter: Das Einzige, woran er denken konnte, war das Grauen. Die Lehrerin rief jetzt laut, aber es hatte keinen Sinn, sich umzudrehen oder zurückzugehen: Er würde kein Wort herausbringen. Tom taumelte hinaus auf den Flur und lief mit eiligen Schritten an den Chemieräumen vorbei. Er erreichte eine Jungentoilette und ging hinein. Ein Spiegel zeigte ihm das gleiche Gesicht wie immer, doch das konnte nicht sein, denn in seinem Innern zerschmolz alles, alles hatte sich verändert. Wollte er sich setzen? Nein. Wollte er sich das Gesicht waschen und kaltes Wasser über den Kopf laufen lassen? Nein, denn es war sinnlos, je wieder irgendetwas zu tun. Der Zettel lag noch in seiner Hand, und die Wörter standen schwarz und in Großbuchstaben darauf. Er drehte das Blatt um, und auf der Rückseite war noch mehr:

«Toter Hund» stand dort und daneben eine Zeichnung von einem Lastwagen, der über einen zerfleischten Hund fuhr. Der Künstler hatte sogar die Leiche mit roten Punkten übersät und darunter eine Lache in leuchtendem Blutrot gezeichnet. Die Mundwinkel des Tiers zeigten nach unten, um seine Trauer zu signalisieren, und es gab sogar einen Fliegenschwarm.

Tom wollte nicht weinen.

Es gab keine Tränen, denn die Hitze in seinem Innern hatte sie alle weggebrannt. Er würde nie wieder weinen, denn er war leer. Spider lag tot am Straßenrand, und es war genau so, wie er es befürchtet hatte. Man sah das ja ständig. Tiere jagten über die Straße und wurden auf dem Asphalt platt gewalzt. Die Reifen verwandelten sie in Fellmatten, und er hatte sich manchmal gefragt, was mit den Tierkadavern eigentlich geschah. Wurden sie von irgendwelchen Leuten weggekratzt, deren Job es war, die Straßen sauber zu halten, oder wurden sie von anderen Tieren aufgefressen? Tief aus seinem Innern stieg ein Schluchzen auf, doch er schluckte es wieder runter und verließ die Toilette. Er nahm einen anderen Flur, und ein Lehrer, den er nicht kannte, erblickte ihn und blieb stehen.

«Entschuldige mal», sagte er, «wo gehörst du denn hin?»

«Nirgendwo.»

«Was?»

«Nirgendwo, Sir. Irgendwo.»

«Was soll das heißen? Wer ist dein Lehrer?»

Tom ignorierte ihn und ging weiter.

«Hallo», sagte der Lehrer. «Bleib mal bitte stehen – wieso bist du nicht in deiner Klasse? Wo willst du hin?»

Tom konnte nicht mehr sprechen, deshalb versuchte er es erst gar nicht. Er ging weiter, denn er hatte keine Stimme mehr und kein Interesse an irgendwelchen Fragen, die jemand stellte. Er war sich bewusst, dass ihm der Lehrer folgte und auf ihn einredete, doch der Mann konnte nichts tun. Tom würde ewig weiterlaufen, aus dem Trakt, aus der Schule. Er würde schnurstracks aus der Stadt laufen und immer weiter, bis es dunkel wurde; er würde in den Sonnenaufgang laufen. Er würde tagelang weiterlaufen, bis zu einer Gegend, wo es hohe Klippen gab, und dort würde er sich von der Kante stürzen, hinab in den Abgrund.

Irgendwann merkte er, dass er vor der Schulbücherei stand, und trat ein – der Lehrer kam immer noch hinter ihm her. Tom ging an den Buchauslagen vorbei, denn jetzt wusste er, wo er hinwollte. Er ging zu dem Büro ganz hinten, wo Mrs. Gupta arbeitete, öffnete die Tür, hoffte, dass sie da wäre, und wusste doch, dass sie es nicht war.

Doch sie saß tatsächlich an ihrem Schreibtisch.

«Tom», sagte sie leise – und der andere Lehrer blieb zurück.

Sie war gerade dabei, ein Buch mit Klarsichtfolie zu überziehen. Er überlegte, ob es mit seinem blauen Auge zu tun hatte oder mit irgendwas anderem ... denn ihr Gesicht veränderte sich plötzlich, und sie stand auf.

Er registrierte nur die Stille im Raum.

«Was ist passiert, Schatz?»

Seine Augen wurden feucht. Nun weinte er doch und spürte, wie sein Gesicht in sich zusammenfiel, hörte, wie er Geräusche machte, die er noch nie von sich gegeben hatte. Er hielt ihr den Zettel hin, aber Mrs. Gupta las ihn nicht. Sie nahm ihn nur in die Arme, und Tom umklammerte sie, während die Tränen tiefen und bebenden Schluchzern Platz machten. Die Wirklichkeit schlug härter ein als jemals zuvor, denn Spider würde nie mehr nach Hause kommen, und das bedeutete, dass Toms Zuhause leerer denn je sein würde – leer wie sein Herz, das von Kräften geleert worden war, die er nicht verstand, aber immer noch spürte, wie sie sein Blut aufzehrten und schwächten. Seine Mutter hatte seinen Vater verlassen, was bedeutete, dass sie auch ihn verlassen hatte. Und Spider hatte ihn ebenfalls verlassen, und jetzt war er tot.

Tom war am Ende angekommen, und es war das Ende vom Ende von allem.

Achtes Kapitel

Spider hatte dagegen ein Verkehrsschild gefunden.

Der Hund schaute hoch und spürte das Kitzeln im Ohr, das ihm inzwischen nur allzu vertraut war. Der Floh trank mal wieder, und Spider hörte ein winziges Seufzen, gefolgt von einem leisen Rülpser. Danach krabbelte der Floh auf eine Augenbraue.

«Kommt dir irgendwas bekannt vor?», fragte er. Das Schild zeigte einen großen Kreisverkehr mit fünf Straßen, die in verschiedene Richtungen abzweigten. Fünf Wörter standen daneben, und Spider wartete, dass sein Begleiter sie buchstabierte.

«Und, kommt dir jetzt irgendwas davon bekannt vor?», fragte der Floh erneut.

«Nein», antwortete der Hund schließlich. «Hab keines der Wörter je gehört. Noch nie.»

«Eines davon muss unsere Stadt sein. Die Frage ist nur, welches und welche Straße wir nehmen müssen.»

«Wieso sehen die alle so gleich aus?», rief Spider. «Schau

dir das doch mal an! Woher wissen die Menschen, wo sie hinmüssen?»

«Vielleicht wissen sie das ja gar nicht.»

«Lass uns der Straße mit dem meisten Verkehr folgen und einfach hoffen. Fühlst du dich wohl da oben?»

«Alles bestens, Spider. Dein Fell hat so etwas richtig seidig Weiches.»

«Ist es so weich wie Jessies?»

«Oh nein, weicher.»

«Sie war eine ganz besondere Füchsin, nicht?»

«Eine der besten.»

Spider nickte traurig.

Einen Moment standen sie schweigend da, dann atmete der Hund tief durch und machte sich auf den Weg durch das Grasbankett bis zu einer robusten Leitplanke. Er duckte sich unter ihr durch, danach hielten sich die zwei eng am Randstein und stießen nach ein paar hundert Metern auf eine noch stärker befahrene Straße. Eine Betonbrücke lief hoch über ihre Köpfe hinweg und trug die Fahrzeuge in einem donnernden Strom. Spider trottete weiter, die Augen brannten ihm von den aggressiven Auspuffgasen: Er fädelte sich vorsichtig weiter am Straßenrand entlang, denn es gab keinen Gehweg. Weiter und immer weiter lief er, und die Straße führte sie durch einen riesigen Wirrwarr von Parkplätzen und Schuppen.

«Zivilisation», sagte der Floh. «Ich würde sagen, lauf weiter.»

Spider nickte. «Ist ziemlich groß hier», sagte er. «Könnte tatsächlich meine Stadt sein, aber ich seh weit und breit keine Schule. Bis jetzt erkenne ich überhaupt nichts wieder.»

«Ich denke, eine Schule liegt im Zentrum. Wir sind erst am Rand.»

Sie trotteten weiter, und das Laufen wurde irgendwann etwas angenehmer. Es gab einen schmalen Lehmpfad, der deutlich weicher war als der gnadenlose Asphalt, und über kurz oder lang entdeckten sie auch die ersten Häuser.

«Wo sind all die Leute?», fragte Spider. «Wieso ist niemand hier?»

«Weiß nicht. Wahrscheinlich arbeiten, stell ich mir vor.»

«Es gab dort einen großen Park mit einem Tor. Wenn wir den finden würden, wüsste ich genau, wo ich bin.»

«Dann lass uns in Richtung der Bäume da drüben gehen. Bieg links ab.»

Spider lief in eine Seitenstraße, doch die Bäume entpuppten sich bloß als eine kleine Anpflanzung in einem Garten. Ein Auto fuhr vorbei, doch danach war es merkwürdig still. Die beiden Freunde drängten schweigend weiter, einen Hügel hinab, der unten von Laternenmasten gesäumt war. Die führten sie zu einer Reihe von Läden. Als sie an eine Kreuzung kamen, spürte Spider ein ganz leichtes Zwicken.

«Bleib stehen», sagte der Floh.

«Wieso?»

«Wir könnten Glück haben. Schau mal hoch zu dem Schild.»

Spider hob den Blick und sah ein flaches Dreieck aus Blech. Es war an den Mast geschraubt und hatte einen roten Rand. Innerhalb des Rands sah man zwei Kindergestalten, die in tiefem Schwarz gemalt waren. Sie liefen irgendwohin und hielten sich an den Händen. Der Floh buchstabierte das Wort, das unter ihren Füßen stand.

«Schule», sagte er. «Und es hat die richtigen Farben.»

«Vielleicht ist ja jede Schule rot-schwarz», antwortete Spider. «Soweit ich weiß, tragen alle Jungen auf der Welt die gleiche Uniform.»

«Das glaube ich nicht», antwortete der Floh. «Ich war mal für kurze Zeit in einer Schule – auf dem Rücken eines Igels. Jemand hatte ihn für ein Projekt reingebracht, und die Kinder, die ich da gesehen habe, die trugen alle Blau. Ich denke, wir sind ganz in der Nähe.»

Spider trottete weiter, und nach fünf Minuten hörten sie beide das unverkennbare Geräusch von lautem Lachen. Spider rannte jetzt – er konnte es nicht ändern –, und das Lachen schwoll weiter an. Er bog in eine breite Einfahrt ab, und plötzlich standen sie neben einem langen Zaun. Hundert Schüler jagten über die Grasfläche und kreischten vor Begeisterung. Sie jagten einem Ball hinterher und johlten wie verrückt. Die Freude war ansteckend, und Spider hörte sich plötzlich bellen – doch in Sekundenschnelle sank seine Hoffnung wieder, denn er erkannte, dass die Farben nicht stimmten. Es gab Grün und Weiß und verschiedene Arten von Grau. Rot und Schwarz fehlten dagegen vollkommen, und es fiel auch auf, dass die Jungen wesentlich jünger waren als Tom. Einige hatten jetzt Spider entdeckt und kamen herüber – aber er hatte nicht den Mut, mit ihnen Kontakt aufzunehmen, und verzog sich schnell. Ein Pfad führte ihn zu einem Stück Brachland, wo er sich niederließ und vom Schmerz in seinen Pfoten zusammenzuckte.

«Verzweifle nicht», sagte der Floh leise. «Jetzt müssen wir ganz stark sein.»

«Ich glaube, wir sind falsch gelaufen.»

«Das weißt du doch gar nicht, Spider.»

«Ich fühl es.»

«Ich sage dir, lauf weiter – das hier kann immer noch Stadtrand sein, hörst du? Ist Toms Schule groß?»

«Keine Ahnung.»

«Denn wenn, dann liegt sie bestimmt in der Stadtmitte. So wie der Ententeich in dem Dorf.»

«Und in welcher Richtung liegt die Stadtmitte?»

«Das müssen wir rausfinden. Und schau mal, Spider! Da rechts, das sind doch Bahngleise, oder? Auf der anderen Seite vom Zaun.»

«Na und?»

«Das ist perfekt. Bahngleise bedeuten Züge. Und genau an die hat sich Jessie erinnert. Sie hat von etwas erzählt, wo die Bahngleise enden, das heißt, wir folgen einfach den Gleisen. Sehr weit kann es jetzt nicht mehr sein.»

Der Zaun bestand aus festem Draht, doch sie fanden ein Gatter, durch das sie sich quetschen konnten. Spider kletterte durch weiteres Gestrüpp zu den Gleisen hinunter, die sich in einem weiten Bogen entfernten. Der Hund trat erschöpft auf die Schwellen und zwang sich weiterzulaufen. Kurz darauf gab es plötzlich zu beiden Seiten Mauern, und später teilten sich die Gleise und wurden immer mehr. Sie liefen an weiteren Schuppen und Hallen entlang, und ein Zug fuhr vorbei. Es war einfach, ihm auszuweichen, und als der nächste in umgekehrter Richtung kam, hatten sie eindeutig das Gefühl, sich dem Kern der Stadt zu nähern. Ein dritter Zug kam und ratterte laut pfeifend und mit hoher Geschwindigkeit an ihnen vorüber.

«Hey», rief der Floh. «Jetzt siehst du, wo sie hinfahren. Ich glaube, wir haben's geschafft, Spider. Genau das hat Jessie beschrieben.»

«Ich sehe einen Uhrturm», sagte der Hund.

«Ist das gut?»

«Ich erkenn ihn. Ich bin sicher, es ist derselbe! Ich hab ihn vom Dach aus gesehen. Mondschein hat ihn mir gezeigt.»

«Was hast du denn auf einem Dach gemacht?»

«Keine Ahnung, aber es war das Dach von meinem Haus. Ich bin da raufgeklettert und hab dieses Gebäude gesehen. Das da muss es sein, Floh! Und da sind auch Leute, schau nur!»

«Ist das eine Schule?»

«Weiß ich nicht. Halt die Augen offen nach rot-schwarzen Uniformen.»

Spider trottete weiter und hatte den Schmerz in seinen Pfoten ganz vergessen. Er kam an einen langen Bahnsteig und lief die Rampe hoch. Ein Zug war gerade eingefahren, die Türen öffneten sich mit einem Zischen. Plötzlich wogte eine dichte Menschenmasse über den Bahnsteig, und der Hund drängte sich zwischen ihnen hindurch auf der verzweifelten Suche nach Tom oder dem Jungen, den er in den Bus hatte einsteigen sehen. Aber alle schienen viel älter zu sein, und er kläffte frustriert.

Eine kleine dicke Frau schob und drängte mit einem Gepäckwagen vorbei, und Spider blieb abrupt stehen.

«Was ist?», fragte der Floh.

Beide Gestalten vor ihnen trugen eine schwarze Hose und ein weißes Hemd. Die Hose hatte einen schmalen roten Streifen.

«Kein Blazer», sagte Spider. «Und auch kein Löwe, aber ... rot-schwarz stimmt.»

«Sind aber keine Kinder», sagte der Floh. «Ist das wichtig?»

«Weiß nicht, aber das hier ist nicht, was ich erwartet hatte. Irgendwas stimmt nicht.»

Dann merkte Spider, dass die Frau zurückstarrte, und sie wirkte nicht gerade freundlich. Zum ersten Mal kam ihm in den Sinn, dass man ihn für einen Streuner halten könnte: Schließlich trug er kein Halsband. Er wich zurück, aber genau in dem Moment sah er eine Tür, aus der zwei Männer in Jacken traten.

Spider konnte nicht anders: Er lief zu ihnen und bellte aufgeregt. Sie gingen wütend auf ihn los, und einer der Männer fluchte sogar. Spider sprang schnell zur Seite, doch fast im selben Moment landete er vor einer Absperrung, die ihn ausbremste. Menschen schoben sich durch die Absperrung hindurch, und es machte klick und klack, wenn sie die Fahrkarten hineinschoben. Die Sperre wurde von zwei Gestalten in genau der gleichen rot-schwarzen Kleidung bewacht, und Spider wusste jetzt, wo er war.

«Sie hat es falsch verstanden», sagte er sanft.

Er setzte sich hin, und der Floh zwickte ihn.

«Ich denke, du hast recht», sagte er.

«Arme alte Jessie. Sie hat versucht zu helfen. Aber sie hat sich geirrt. Woher soll auch ein Fuchs wissen, was eine Schule ist? Das hier ist ein Bahnhof und ... o Floh, die Schule kann kilometerweit von hier weg sein. Wir werden sie nie finden. Das ist aussichtslos.»

Die beiden Freunde wurden ganz still.

Sie liefen den Bahnsteig zurück und sahen zu, wie sich der Zug, aus dem die Menschen ausgestiegen waren, wieder füllte. Er fuhr aus dem Bahnhof und wurde wenig später durch einen andern ersetzt. Überall gingen die Lichter an, denn es wurde dunkel. Der Strom der Reisenden verebbte zu einem kleinen Rinnsal, bis überhaupt niemand mehr kam oder ging. Der Floh sprang auf Spiders Nase hinab.

«Du musst dich ausruhen, alter Freund. Du bist ja ganz erschöpft.»

Spider nickte.

Er legte sich auf den Beton und merkte plötzlich, wie durstig er war. Und hungrig auch, und die Pfoten waren so taub, dass er sie gar nicht mehr spürte. Sein Fell war von Ruß übersät, und die Zunge schmeckte nach Asche. Der Floh zog ihn vorsichtig an einem Haar.

«Du bist deprimiert, nicht?», sagte er. «Das kann ich verstehen, Spider.»

«Ich glaube, es ist vorbei», antwortete der Hund.

Der Floh kicherte.

«Nein», sagte er. «Du brauchst ein bisschen Schlaf. Morgen früh versuchen wir es weiter.»

«Versuchen wir was weiter?»

«Diese verdammte Schule zu finden. Vielleicht liegt sie ja gleich um die Ecke, Spider – und wartet auf uns. Man weiß ja nie.»

«Aber vielleicht sind wir auch in der ganz falschen Stadt. Das weißt du, also steig lieber aus, bevor es zu spät ist.»

«Aussteigen? Und dann, Spider? Wo soll ich denn hin? Du bist mein Zuhause.»

«Das kann ich nicht sein. Füll dich noch mal auf, und dann lass uns uns verabschieden. Ich denke, du solltest deinen eigenen Weg gehen und die Sache mir überlassen.»

Der Floh stand ganz still da.

«Spider», sagte er. «Moment mal. Ich versteh nicht, was du mir sagen willst. Was ist los?»

Der Hund antwortete nicht. Er schloss die Augen und winselte – er konnte nichts dagegen machen.

«Okay», sagte der Floh schließlich. «Ich verstehe – klar. Du hast die Schnauze voll von mir. Meinst du das? Du findest, dass sich unsere Wege trennen sollen. Ich hab dir erklärt, dass du's jederzeit sagen kannst, wenn du so empfindest. Ehrlichkeit ist die beste Strategie, immer ... und jetzt hast du's eben gesagt.»

Wieder ein Schweigen, und Spider spürte, wie der Floh auf seiner Nase hin und her lief.

«Was soll ich sagen?», fuhr er fort. «Ich tu, was du von mir verlangst. Ich war mein ganzes Leben lang unerwünscht, ich bin daran gewöhnt, und du wirst meine Gefühle nicht verletzen, Hund. Ich hatte nur gedacht, dass wir ziemlich gut miteinander klargekommen sind.»

«Sind wir auch.»

«Und was hat sich geändert? Bin ich zu bestimmend gewesen. Hab ich's übertrieben?»

«Nein. Du hast mir geholfen, und ich weiß das zu schätzen, aber ... komm schon. Du musst doch dein eigenes Leben leben.»

«Und genau das tu ich, Kumpel. Mit dir. Du bist ein gutes, loyales und freundliches Tier, und ich möchte, dass du Tom findest. Wieso sollen wir uns also plötzlich trennen? Das können wir immer noch tun, wenn du wieder in seinen Armen bist und er diese Stöckchen für dich wirft.»

«Nein.»

«Wieso nicht?»

«Weil alles, was ich tue, in einer Katastrophe endet», jammerte Spider. «Ich hab das Gefühl, jeder, der mit mir zusammenkommt, wird unglücklich – es ist, als wär ich verflucht. Zuerst war es mein Herrchen, dann Mondschein. Dann verbringe ich eine Nacht mit Jessie, und schau dir an, was mit ihr passiert ist! Es gibt ja noch andere Tiere, Floh, und du hast etwas Besseres verdient – hast du eigentlich keine Familie?»

Der Floh seufzte. «Genug, aber ich treffe sie nicht.»

«Wieso nicht?»

«Oh, das ist ziemlich kompliziert –»

«Was du brauchst, ist ein nettes, ganz normales Wesen, denn wenn du bei mir bleibst, gehst du kaputt. Ich hatte einen Freund, der hieß Faden. Meine allererste Freundschaft. Er hat mich gewarnt, dass ich ein Versager bin. Und genau das bin ich. Ein Versager.»

«Das war dein *Freund*? Ein Freund hat das zu dir gesagt?»

«Ja.»

«Eine Spinne?»

«Ja.»

Der Floh lachte.

«Mein Gott», sagte er leise. «Du hast auf eine Spinne gehört? Ich glaub's nicht.»

«Die Spinne hat mir die Wahrheit gesagt.»

«Das bezweifle ich. Diese Spinne klingt schrecklich, Spider! Sie muss dein Selbstvertrauen zerstört haben, denn genau das tun Spinnen nämlich. Sie sind absolute, totale Lügner, das weiß doch jeder. Sie bauen Netze! Sie sind hinterhältig. So überleben sie.»

«Faden war anders.»

«Um Himmels willen!», rief der Floh. «Du bist ja so naiv. Die Welt ist kompliziert, mein Freund – und manche Geschöpfe auf diesem Planeten täuschen uns und genießen das auch noch. Spinnen sind darin die schlimmsten! Wo wohnt dieser Kerl?»

«In Toms Zimmer», antwortete Spider. «Oben in der Dachluke.»

«Und er hat alles belauscht?»

«Was soll das heißen?»

«Ob er eure Gespräche mit angehört hat wie ein Spion? Und dann ist er runter zu dir, ja, und hat so getan, als wenn er alles wüsste – und sich eingemischt?»

«Er war freundlich», beharrte Spider. «Einmal hat er mich sogar zu sich nach Hause eingeladen.»

«Und, warst du da?»

Spider nickte.

«Wie war's?»

«Nicht schön», antwortete der Hund. «Er hatte eine Motte gefangen und mit ihr gespielt. Er hat sie gequält, um ehrlich zu sein.»

«Genau! Siehst du? So sind sie. Ich habe in meinem Leben so viele Spinnen getroffen, und es mag ja vielleicht Ausnahmen geben, aber im Allgemeinen sind sie sadistisch, einsam und schrecklich unglücklich. Sie lügen aus bloßer Freude am Lügen, Spider! Und sie laben sich am Elend der andern. Soll ich dir was sagen? Wenn wir zu Toms Haus kommen, knöpf ich mir den Kerl vor – den Unfug wird der bei dir nicht noch einmal versuchen. Ich bin ein Parasit, klar?»

«Nein, das stimmt nicht –»

«Natürlich stimmt das. Sieh mich doch an. Ich mag das Wort auch nicht, aber ich werde nie so tun, als wenn ich kein Parasit wär. Und ich behaupte auch nicht, dass ich nützlich bin, aber wenigstens bin ich nicht tödlich oder giftig – und ich weide mich auch nicht am Unglück anderer.»

Der Floh holte einmal tief Luft und seufzte.

«Ich will leben», sagte er. «Okay? Und – meine Bemerkung ist vielleicht fehl am Platz. Du kannst mich zum Schweigen bringen oder abschütteln, und wenn du willst, dass ich gehe, dann geh ich – immerhin bin ich ein Floh. Du wirst mich nicht vermissen. Aber es gibt etwas, das wir gemeinsam haben.»

«Und was?»

«Wir glauben an das Gute. Wir glauben daran, dass es Zusammengehörigkeit gibt. Du wirst keine Ruhe geben, ehe du Tom gefunden hast, und genau das liebe ich an dir, Spider: Du hast ein Ziel, und deshalb ist dein Blut so nahrhaft. Ich war noch nie glücklicher in meinem Leben.»

Spider sagte nichts.

Er spürte, dass sich sein Freund auf die Nasenspitze zubewegte. Und im nächsten Moment war der Floh in die Luft gesprungen und landete auf dem Boden zwischen Spiders Pfoten. Er schaute mit glühenden, ernsten Augen zu ihm hoch.

«Soll ich gehen oder bleiben?», fragte er.

«Floh», sagte Spider. «Ich will dir ja bloß keine Schmerzen bereiten.»

«Tja, das wird schwierig werden, denn die Welt ist voller Schmerz, wie wir beide wissen.»

Spider schwieg wieder.

«Komm schon, Hund!», rief der Floh. «Lass uns auf den Punkt kommen, denn wir brauchen einen Plan. Sind wir jetzt zusammen auf dieser Mission? Oder ist es vorbei mit uns?»

Spider warf seine Ohren zurück und blinzelte. Er legte die Schnauze so dicht an den Floh, dass das kleine Insekt plötzlich riesig groß und stark wirkte. Seine großen Augen waren feucht, und die Antennen zitterten vor Emotion.

«Bleib», sagte der Hund leise.

«Sicher?»

«Ja, ich bin sicher. Und ... danke. Danke, dass du mir hilfst.»

Der Hund wälzte sich müde auf die Seite.

Er sah den leeren Bahnsteig entlang – zu müde, um sich zu rühren – und dachte an Tom. Er dachte an den Park, an die Leine und an Toms weiches, bequemes Bett.

Und weil er die Augen schloss, bemerkte er nicht den Schatten, der plötzlich über ihn fiel. Er roch noch nicht mal etwas, denn er war einfach zu müde – und der leise Schrei des Flohs kam Sekunden zu spät.

Ein Stiefel trat auf Spiders Schwanz und presste ihn an den Boden. Und als Spider versuchte, auf die Beine zu kommen, stießen ihm zwei kräftige Arme eine Waffe gegen die Schulter, und ein Stromstoß ließ ihn kläffend am ganzen Körper zucken.

Der zweite Stoß traf ihn voll in die Brust und schlug ihn bewusstlos.

Neuntes Kapitel

Als er aufwachte, waren seine Pfoten zusammengebunden.

Und als er stöhnen wollte, spürte er etwas um sein Maul. Er erkannte, dass es dasselbe Hindernis war, das auch um seine Beine lag: ein Kunststoffklebeband, ganz straff festgezogen. Ein weiteres Band, das unter den Ohren herlief, war mit dem andern verbunden. Unmöglich, das Klebeband durchzubeißen, denn auch der Kiefer war zugeklebt. Und was das Schlimmste war: In jedem Muskel spürte er einen pulsierenden Schmerz. Er lag auf einem alten stinkenden Stück Pappe.

«Bist du wach?», fragte der Floh.

Spider hatte noch nie eine solche Erleichterung gespürt. Er war nicht allein. Sein Freund war noch da, tief in seinem Ohr.

«Du warst eine ganze Weile bewusstlos, Spider. Es ist Morgen, und wir stecken in Schwierigkeiten. Kannst du überhaupt sprechen? Entspann dich.»

Spider brachte ein schwaches Flüstern heraus. «Wo sind wir?»

«In irgendeiner Art von Garage. Er hat uns gestern spätnachts abgeladen und eingeschlossen.»

«Wieso? Wer ist er?»

«Keine Ahnung.»

«Ich rieche noch andere Hunde. Und auch Katzen – sind wir allein?»

«Ja.»

«Ich wette, das ist ein Labor. Hat er irgendwas gesagt?»

«Nein, aber ich habe immer noch Hoffnung, Spider. Vielleicht arbeitet er ja für eine Rettungsstation oder so was Ähnliches. Wir wurden in einen Lieferwagen geladen, das heißt, es muss seine Aufgabe sein, verlorengegangene Tiere einzusammeln. Und sobald die Besitzer vorbeikommen, wird man wieder vereint. Das hoffe ich jedenfalls.»

«Und wieso bin ich dann gefesselt? Ich hab so einen Durst, Floh – es ist schrecklich. Wir müssen hier raus ...»

«Ich weiß, es ist schwer, Spider, aber im Moment können wir nichts tun. Wir müssen es aussitzen und kooperieren. Wir müssen optimistisch bleiben.»

«Er kommt zurück.»

«Jetzt? Woher weißt du?»

«Ich hör seine Stiefel. Ich mag ihn nicht, und ich vertrau ihm nicht –»

«Okay, aber bleib ruhig! Versuch nicht zu kämpfen, sonst schlägt er dich wieder bewusstlos.»

«O Tom ... wo bist du?»

Der Floh zupfte an einem Haar.

«Bleib ganz ruhig», zischte er. «Tom sucht nach dir, auch jetzt gerade.»

Schwere Schritte näherten sich, und man hörte Schlüsselgeklimper. Die Tür öffnete sich unter einem metallischen Kreischen, und die frühe Morgensonne traf Spider voll in die Augen. Er wand sich vor Angst, denn jetzt standen zwei Männer über ihm, und zwar Schulter an Schulter. Der Griff um seine Pfoten war gnadenlos. Er konnte nur noch zittern.

«Er ist in Ordnung», sagte der erste.

«Gut», antwortete der zweite. «Dachte zunächst, er wäre vielleicht zu dürr. Und du willst ihn wirklich?»

«Wieso nicht? Je mehr, desto besser.»

Spider wand sich wieder, doch er konnte ihre Gesichter nicht richtig sehen. Sie waren nur dunkle Schemen und rochen nach Schweiß.

«Hundemarke? Hast du nachgeschaut?»

«Null. Kein Halsband, kein Chip. Ist höchstens ein paar Monate alt, wahrscheinlich ausgesetzt, nehm ich an. Ungewolltes Geschenk.

«Genau das lieben wir.»

«Lange Beine.»

«Jung und zart.»

Spider spürte einen Stiefel unter den Rippen. Er wurde umgedreht, und einer der Männer kauerte sich dicht neben ihn. Eine Hand zog an seinem Fell. Der Hund winselte in Panik.

«Ist das Fell, das mir aufgefallen ist», sagte der Mann. Spider roch eine Mischung aus Zigaretten und Öl. «Hab gleich gedacht, das hat sicher eine gewisse Weichheit. Und geschmeidige Haut – hier, fühl mal.»

«Vergiss es. Ich handle nicht mehr mit Fellen.»

«Seit wann das?»

«Seit sie mich erwischt haben, Mann. Ist auch kein Geld mit zu holen – nicht hier bei uns.»

Spider schaute völlig verwirrt hoch. Beide Gestalten waren untersetzt, und der Gestank war jetzt echt penetrant. Plötzlich roch es nach Leder, weil einer der beiden eine Brieftasche herauszog. Spider erkannte Geldscheine. Der Mund des ersten Mannes zuckte und fiel in ein schmallippiges Lächeln, als er sie einsteckte, während der andere ein klobiges Paar Handschuhe überzog. Der Gestank nach schmutzigem Gummi ließ Spider keuchen – es war auch altes Blut in der Mischung.

Sekunden später waren die Handschuhe unter seinen Vorderbeinen, und auch wenn er sich aus dem Griff zu winden versuchte, hatte er keine Chance. Der Hund wurde hochgehoben, der andere Mann zog einen Drahtkäfig heran und öffnete ihn. Spider leistete Widerstand, doch es war zwecklos: Die Hände waren stark, und eine packte ihn am Schwanz, um den Hund mit dem Kopf voraus durch das Loch zu schieben. Er landete auf einem harten Stahlblech und brach dort zusammen. Die beiden Männer hoben ihn an. Spider fing wieder an zu zittern. Er hatte den Lastwagen nicht gesehen, der ein Stück entfernt stand – doch jetzt hörte er ihn. Die Ladeklappe stand offen, und er näherte sich der Dunkelheit im Wageninnern. Eine Flut von Gebell und ein ängstliches Wimmern waren zu hören.

«Bleib ruhig», zischte der Floh.

«Wie denn?»

«Du musst.»

«Wohin fahren wir? Wo bringen die uns hin?»

«Sei tapfer, Spider. Ich verlasse dich nicht, okay? Wenn es ein Tierheim ist, ist alles okay, also –»

«Aber wir sind gefangen!»

«Pssst!»

Auch der Floh zitterte. Er bewegte sich schnell zu Spiders Augenbraue und klammerte sich dort fest, als sie in den Lastwagen geladen wurden. Sie sahen Reihen von Käfigen, die im Dunkeln übereinandergestapelt waren. Sie erkannten auch lauter verängstigte Augen und hörten einen Chor aus gequältem Geheul. Pfoten schlugen gegen Gitterstäbe, doch die Männer beachteten sie überhaupt nicht.

Einer von ihnen sprang in den Lastwagen und versuchte, das Ganze ein bisschen zu organisieren. Das Heulen wurde lauter, und Spiders Käfig wurde in eine Lücke zwischen einem abgemagerten Spaniel, der auf der Seite lag, und einem andern, der vielleicht eine Bulldogge sein mochte, gezwängt. Eine Kette rasselte über ihren Köpfen, dann klickte ein Schloss. Das Gesicht des Mannes kam dicht an Spider heran, und der Hund sah sein eigenes verängstigtes Gesicht in den Gläsern einer Sonnenbrille gespiegelt. Dann öffnete sich die Käfigtür, und ein Messer berührte seine Kehle.

Spider hatte nicht einmal Zeit zu jaulen. Er spürte Finger dicht an seiner Luftröhre. Der Floh krallte sich ins Hundefell.

«Bleib ruhig», zischte er. «Es geht nur um das Plastikzeug. Er schneidet das Plastikding weg!»

Der erste Streifen wurde sauber in zwei Hälften durchtrennt und fiel von Spiders Maul. Der Hund seufzte erleichtert. Die Hände des Mannes bewegten sich zu seinen Pfoten, und plötzlich waren auch sie frei. Spider stand auf, bereit, durch die Tür zu springen, doch im selben Moment fiel sie bereits vor ihm zu.

«Ich rieche Tod», winselte Spider. «Er ist überall rings um uns rum!»

«Ich weiß. Kannst du stehen?»

«Ich kann's versuchen.»

Der Hund kam vor Schmerzen winselnd hoch. Er hatte gerade genug Platz, um aufrecht zu stehen, konnte sich aber nur unter Schwierigkeiten umdrehen. Der Mann war aus dem Lastwagen gesprungen und verschwand zur Seite. Die Heckklappe schloss sich langsam und scheppernd. Das Licht verschwand.

«Okay», sagte jemand. «Haltet euch fest, Leute – scheint so, als ob wir losfahren.»

Spider wand sich wieder herum und sah die Silhouette des Hundes, den er vorher kurz flüchtig erkannt hatte. Es war ein Pitbull mit breiten, mächtigen Schultern. Sein Gesicht war gegen das Drahtgeflecht gepresst und starrte ihn an.

«Bist du verletzt?», bellte er. «Wie heißt du, Kumpel?»

«Wer?», fragte jemand.

«Wir haben hier einen Neuling. Der letzte, nehme ich an.»

Ein Stück die Reihe entlang gab es ein panisches Kratzen, und von unten drang ein heiseres Keuchen.

«Wir müssen wissen, wo wir hinfahren», sagte eine Stimme. «Weiß jemand irgendwas Genaues?»

«Bitte», sagte eine andere Stimme. «Ich brauch was zu fressen. Ich brauch echt was ...»

«Hat jemand Wasser?»

«Hier unten, Leute. Wir haben wieder einen verloren ...»

Spider sagte gar nichts. Er drehte sich erneut Zentimeter um Zentimeter in einem engen Kreis um und sah, dass sich der Hund auf der anderen Seite nicht gerührt hatte und es auch nicht mehr tun würde. Ein paar Käfige tiefer nagte ein Tier am Draht, doch das schlimmste Geräusch war das ständige Heulen und Schreien der Katzen und Hunde, das noch lauter wurde, als der Wagen zu zittern begann.

«Ich geh mal nachschauen», sagte der Floh.

«Nein!», rief Spider. «Verlass mich nicht.»

«Wir brauchen ein paar Antworten», flüsterte der Floh. «Bleib ruhig, okay? Bin gleich zurück.»

«Du findest mich bestimmt nicht wieder!»

«Ich werde dich finden, Spider, vertrau mir. Ich werde dich nicht verlassen, also bleib ruhig. Spar deine Kräfte.»

Der Hund winselte und sah, wie sein Freund in die Dunkelheit fortsprang. Spiders Hals war verdreht und drückte gegen das Gitter. Und er roch den sauren Atem des Pitbulls, der jetzt hechelte. Genau in diesem Moment merkte Spider, dass sich der Käfig verschoben hatte und sie jetzt Nase an Nase standen.

«Du bist in Sicherheit», sagte der Pitbull leise.

«Ja?», fragte Spider.

«Alles wird gut, Kumpel. Für uns wird gesorgt.»

Spider versuchte zurückzuweichen, aber es gab keinen Platz. Er starrte seinen Nachbarn an und schauderte. In seinem kurzen, behüteten Leben hatte er nie ein so misshandeltes und entstelltes Wesen gesehen. Er versuchte zu sprechen, doch es kamen einfach keine Worte heraus.

«Was ist?», fragte der Pitbull. Er spannte die Brustmuskeln und legte den riesigen Kopf auf die Seite. «Was schaust du so, Junge?»

«Ach, nichts», flüsterte Spider.

«Nein?»

«Nein, ich versuch nur, mich zurechtzufinden.»

«Das wird nicht einfach», knurrte der Pitbull. «Du bist der Letzte, denke ich. Wir haben für dich einen Umweg gemacht, Freund: Du hast es gerade noch so eben geschafft.»

Spider blinzelte und versuchte, normal zu atmen. Die Stimme des Pitbulls war tief und heiser, und seine Zähne waren nur noch abgebrochene Stummel. Die Nase war stumpf und eingedrückt, und plötzlich sah Spider, dass das eine Auge komplett fehlte. Er hatte auch nirgends Fell: nur bleiche, geschwollene Haut auf dem zerbeulten Schädel. Spider wusste, dass der Pitbull ein Weibchen war, und er erinnerte sich, wie er im Park einen Hund von ähnlicher Rasse getroffen hatte. Aber der hier brauchte eindeutig Hilfe: Ein Ohr war abgebissen und nur noch ein kurzer Stummel, und doch stand die Hündin felsenfest in ihrem Käfig.

«Ich heiße Buster», sagte sie. «Was ist mit dir passiert? Du siehst ja schlimm aus.»

«Ich bin gefangen worden», antwortete Spider.

«Von wem?»

«Von einem der Männer. Er hatte eine Pistole, glaub ich.»

«Das ist keine Pistole, Kumpel, das ist ein Viehtreiber. Hat man dich verloren, oder bist du verlassen worden?»

«Weiß nicht. Ich denke, verloren.»

«Das ist übel. Ein verlorener Hund ist ein trauriger Hund, und genau das bin ich ebenfalls – so verloren, wie man nur sein kann. Übrigens schön, dich kennenzulernen.»

«Finde ich auch.»

«Und wie heißt du?»

«Spider.»

«Buster.»

«Ich hab versucht, wieder nach Hause zu kommen, Buster. Zurück zu meinem Herrchen, verstehst du –?»

«Sucht er nach dir?»

«Ja.»

«Dann musst du dir keine Sorgen machen. Ich hab zum Glück jede Menge Leute. Sie suchen bestimmt schon längst nach mir, ist also nur eine Frage der Zeit. Deshalb mach ich auch keinen Wirbel, weißt du? Wozu gegen das hier ankämpfen? Wie heißt du?»

«Spider, Buster. Hab ich dir gerade gesagt –»

«Ich heiße Buster. Ist ein Jungenname, ich weiß, aber hab mich inzwischen dran gewöhnt. Wann haben sie dich denn erwischt?»

«Gestern, glaub ich – bin ein bisschen durcheinander.»

«Ich auch. Ha!»

Während der Pitbull sprach, hörte man, wie knirschend die Gänge gewechselt wurden. Alle rutschten nach vorn, und ein Käfig weiter unten kippte und landete auf dem darunter. Es gab ein verzweifeltes Kläffen und erneutes ängstliches Heulen.

«Halt dich fest», sagte Buster.

Spider quetschte sich in eine Ecke, und seine Nachbarin kicherte.

«Ich weiß nicht, wie sie funktionieren, diese alten Viehtreiber», sagte sie. «Sie betäuben dein Hirn, stell ich mir vor. Die haben mich voll am Hals erwischt. Machen die immer so, diese Typen, und du hast keine Chance. Zurückbeißen ist nicht. Ich bin hier schon eine Weile … Achtung jetzt!»

Sie schwangen um eine Kurve. Spider spürte, wie sein Käfig nach hinten rutschte.

«Hab versucht, Buch zu führen», fuhr Buster fort. «Du weißt schon, Kratzer auf dem Boden, denn – hör zu.» Sie senkte die Stimme, und das Knurren klang jetzt tief und sanft. «Das ist das Wichtigste in einer Situation wie dieser, kleiner Hund: Du musst deine Selbstdisziplin behalten. Ich halte mich gern in Form, aber dieser Typ, dieser Fahrer, der kann uns keinen Auslauf geben. Oder vielleicht will er's auch nicht.»

«Wer ist er?»

«Keine Ahnung. Aber im Moment hat er das Sagen.»

«Hier ist ein übler Geruch, Buster –»

«Ich weiß. Atme ganz flach – das mach ich auch immer, denn es hat Opfer gegeben, und wahrscheinlich kommen noch mehr dazu.»

«Wo bringt er uns hin? Weiß das irgendjemand?»

«Nicht genau, aber ich hoffe, es ist ein Heim.»

«Ein Hundeheim?»

«Ein Tierheim, um uns – du weißt schon ... damit wir in Sicherheit sind. Wenn ich Glück habe, ist mein Besitzer vielleicht schon da.»

Sie wurden schneller. Die Straße führte jetzt geradeaus, und ein Luftzug ging durch den Lastwagen.

«Wir müssen es unbedingt rausfinden», sagte Spider leise. «Ich fürchte, es könnte auch eines dieser Labore sein, und wenn es das ist – dann müssen wir rechtzeitig was unternehmen.»

«Ich glaub nicht an Labore. Ich kenn die Geschichten, aber sie haben mich nie überzeugt.»

«Sie machen Experimente dadrin.»

«Wer?»

«Keine Ahnung, Buster! Das will ich auch gar nicht wissen!»

«Ach, das sind doch nur Schauergeschichten, Kumpel – um den jungen Hunden Angst zu machen. Willst du wissen, was ich glaube? Ich glaube, wir sind auf dem Weg in so ein gutes altes Asyl oder so. Das haben auch einige von den Katzen gesagt, und es ist völlig logisch. Wir wurden von der Straße aufgelesen, oder? Die müssen das machen, diese Typen. Deshalb bin ich ganz sicher, sie kennen da einen Ort. Und da ist noch was: Wir sind letzte Nacht mit einem Schlauch abgesprüht worden. Wir haben alle etwas zu trinken bekommen, das heißt, der Fahrer ist vielleicht doch nicht so ein mieser Typ. Gab zwar noch nichts zu fressen – aber das kommt. Wo haben sie dich gefunden?»

«Ich war auf dem Bahnhof.»

«Echt? Auf welchem?»

«Weiß nicht!»

«Ich war auf den meisten im Lauf der Jahre. Bin früher viel die Gleise entlanggelaufen, hin und zurück, ziemlich regelmäßig. Entschuldigung, ich hab dich schon mal nach deinem Namen gefragt, aber ich hab ihn wieder vergessen. Mein Gedächtnis ist so gut wie hin, verstehst du? Du kannst dir bestimmt denken, was ich mache, oder?»

«Nein.» Spider schüttelte den Kopf. «Keine Ahnung, Buster. Was machst du?»

«Ach komm – sieh mich an.»

Die Pitbull-Hündin legte den Kopf auf die Seite und zeigte ihre Zähne.

«Wonach seh ich aus?»

«Ich weiß nicht», antwortete Spider nervös. Der Atem roch schlimmer denn je, und die leere Augenhöhle wirkte so brutal. «Ehrlich, Buster – warst du vielleicht ein Wachhund?»

«Ah, warm.»

«Aber du bist nicht einer von diesen Polizeihunden, die nach Bomben suchen, oder? So ein –»

«Spürhund? Niemals. Rat noch mal – letzter Versuch.»

«Ich weiß es nicht, wirklich nicht –»

«Ich bin ein Kampfhund, Junge. Ich kämpfe für Geld. So ein bisschen einer von der alten Zunft, als ich jung war – aber das ist jetzt vorbei. War nur noch eine Rauferei nach der andern zuletzt – und das macht mir Sorgen, weißt du? Denn ich bin entscheidend. Ich bin Teil eines Teams, und ich hab einen Boss und einen Terminplan und ... die drehen bestimmt gerade durch, weil es gegen sämtliche Regeln verstößt.»

«Was verstößt gegen sämtliche Regeln?»

«Verloren zu gehen! Du gehst einfach nicht verloren, nie. Du bleibst immer dicht bei deinem Herrn, damit du da bist, wenn du gebraucht wirst, und ... Entschuldige.»

«Was ist?»

Die Hündin zuckte. Sie schloss das eine gute Auge und würgte.

«Was ist los?»

«Nichts. Ich ... ich krieg nur manchmal das Zittern. Oder auch Flashbacks – wo war ich gerade? Wie heißt du noch?»

«Spider, Buster. Du hast davon gesprochen, dicht bei deinem Herrn zu bleiben.»

«Das ist das Ein und Alles, Spider, wirklich. Lass niemals

zu, dass du getrennt wirst, denn wenn dich der Mann, der für dich sorgt, braucht, dann braucht er dich eben.»

Spider nickte und fühlte sich elender denn je. Der Lastwagen nahm jetzt richtig Fahrt auf, und die Pitbull-Hündin schüttelte sich kräftig und bellte ein Lachen.

«Ich hab in letzter Zeit einige Schläge einstecken müssen», sagte sie. «Eine ganze Menge, wenn ich ehrlich bin. Du weißt schon, Wetten verloren, weil ich nicht mehr die Schnelligkeit hab, so wie früher. Doch ich hab mich immer schon auf den nächsten Kampf gefreut, und wir wollten nach Norden – ich war richtig im Rausch, zu allem bereit. Und ich weiß immer noch nicht, was passiert ist, denn wir sind da nie angekommen. Ganz plötzlich, Spider – hör dir das an –, geht die Tür von dem Lieferwagen auf, und ich spür einen großen Fuß unter meinem Du-weißt-schon. Ein Stiefel, Spider – als wenn ich auf dem Fuß von meinem Boss hocke. Tust du das manchmal?»

«Was?»

«Was ich gerade gesagt hab – auf dem Fuß von deinem Herrn hocken.»

«Okay, ja, glaub schon –»

«Ist Welpen-Kram, stimmt's? Haben wir alle gemacht, ja, klar doch – aber ich dachte, ich wüsste es besser. Wie auch immer, als Nächstes weiß ich nur, wie der Fuß hochgeht und ich rausflieg – auf die Straße gekickt werde. Wham-bam! Hey, Mann, ich roll die Straße entlang und lande blutüberströmt in der Gosse. Wie kann das sein?»

Buster bellte wieder, und Spider kauerte sich erneut an die Rückwand des Käfigs.

«Hat er nicht angehalten?»

«Wer?»

«Dein Besitzer, Buster. Ist er nicht stehen geblieben und hat auf dich gewartet?»

«Ich glaube, das hat gar keiner mitgekriegt», sagte die Pitbull-Hündin leise. «Sie sind nur noch schneller weitergefahren – ehrlich gesagt so richtig mit Topspeed –, und ich hab bloß noch ein Lachen gehört, und jetzt bin ich hier. Bei den Einsamen und Verlorenen! – Pass auf, Junge ... wir bremsen.»

Eindeutig wurde der Lastwagen jetzt wieder langsamer. Die Käfige verrutschten, und Spider stützte sich mit Kopf und Beinen ab, aus Angst, dass jeden Moment der ganze Stapel umfallen könnte. Wieder hörte er ängstliches Schreien.

«Und was machst *du?*», fragte Buster.

Sie war jetzt weiter weg, aber Spider konnte ihr irres, blinzelndes Auge immer noch sehen. Er hörte ihre Krallen, als sie die Pfoten unruhig gegen das Metall stemmte.

«Ich mach gar nichts», sagte Spider.

«Nein? Was bist du denn dann?»

«Ich bin ein gewöhnlicher Hund. Sehr verloren und sehr verängstigt –»

«Ah, du bist ein Haustier! Ich hab schon wieder deinen Namen vergessen, Kumpel – gerade wusste ich ihn noch, aber jetzt ist er weg.»

«Spider.»

«Ich vergess immer mehr, Spider – das Alter, nehme ich an. Ich hab auch angefangen, ein bisschen zu sabbern, aber das ist unter Kontrolle. Manche sagen, wir sind auf verschiedenen

Seiten, weißt du? Die Profis und die Haustiere. Aber ich glaub das nicht. Ich bleib jedenfalls weiter im Ring.»

Spider nickte müde.

«Der erste Kampf, den ich hatte», sagte die Hündin. «Hör mir gut zu, da haben sie mich gegen so ein Mischlingsmonster aufgestellt, doppelt so groß wie ich, und der hat mich ziemlich hart rangenommen. Der war stärker, weißt du? Und er war in so einem Blutrausch, das heißt, ich hab nur ein bisschen rumgewinselt – das kleine Mädchen gespielt, und da dachte er wohl, er hat mich. Er war schon über mir, echt, aber genau in dem Moment hab ich mich umgedreht und bin ihm an die Gurgel. Hab seitdem nie zurückgeschaut. Wo haben sie dich übrigens gefunden?»

«Wer, Buster?»

«Der Viehtreiber-Typ, aus dem Tierheim. Wo warst du, als du den Stromstoß bekommen hast?»

«Oh, äh ... auf dem Bahnhof.»

«Und jemand sucht nach dir, ja? Wer?»

«Tom.»

«Tom? Ist das dein Herr? Tom?»

Spider nickte traurig. Er hatte den Namen so lange nicht ausgesprochen, dass er Herzweh bekam, und er unterdrückte ein Winseln.

«Bleib ja bei deinem Tom, Kumpel», sagte die Pitbull-Hündin. «Lass ihn nicht gehen.»

Spider heulte leise. «Ich hatte nicht vor, ihn gehen zu lassen, Buster! Und ich war schon so nah dran, ihn wiederzufinden – vielleicht wiederzufinden.»

«Er wird auf dich warten, oder? Meiner wird das.»

«Wird er das? Es gab da ein Missverständnis, und ich bin weggelaufen. Vielleicht hat er mich inzwischen durch ein anderes Tier ersetzt und –»

«Hey, warte – sag das nicht!»

«Kann doch sein! Ich war ein böser Hund. Ich hab ihn im Stich gelassen.»

«Nein», sagte Buster. «Nein. Du darfst keine negativen Gedanken zulassen, hörst du? Du musst an dem festhalten, was du hast. Kein Hund ist ersetzbar, nie. Daran glaube ich fest. Deshalb habe ich Mitleid mit meinem Boss, verstehst du – er wird gerade vor Sorge um mich zusammenbrechen. Er wird rumfahren und Plakate aufhängen ...»

Die Pitbull-Hündin schüttelte den Kopf und bellte.

«Hat Tom Plakate aufgehängt? Das tun die Leute nämlich, wenn sie dich zurückhaben wollen, weißt du? ‹Hund vermisst›, dazu ein hübsches Foto. Und klatsch-bumm die Telefonnummer drunter. Hat dein Junge das gemacht?»

Spider wollte antworten, spürte aber, dass er nicht konnte. Er stand wie erstarrt in seinem Käfig – und der Pitbull starrte ihn an.

«Was ist los?», fragte die Hündin.

«O Gott», seufzte Spider.

«Du zitterst ja, Junge. Ist dir kalt?»

«Genau das hat er getan! Er *hat* Plakate aufgehängt. Also sucht er tatsächlich nach mir. Er will mich zurück.»

«Dann halt dich an dem Gedanken fest. Wir werden beide gerettet, Spider – sie finden uns bald, und dann gibt es die große Wiedervereinigung!»

Gerade als die Hündin das sagte, bremste der Fahrer stärker

denn je. Spiders Käfig kippte, doch es war ihm egal. Plötzlich war er ganz benommen vor Hoffnung. Er sprang gegen die Käfigtür, stieß mit der Nase davor. Der Käfigturm bog sich in der Mitte, und als der Lastwagen um eine Kurve fuhr, taumelte er, und alles rutschte nach vorn. Spiders Käfig kippte um, und er lag auf dem Rücken, zu benommen, um sich zu rühren. Nachdem sich sein Blick wieder fokussiert hatte, sah er, dass er jetzt andere Nachbarn hatte.

Er sah einen ältlichen Lurcher, der mit fest geschlossenen Augen vor sich hin wimmerte. Und noch näher, in einem Käfig, der auf der Seite gelandet war, ganz in der äußersten Ecke, kauerte eine magere silberfarbene Katze. Sie miaute und drehte sich ständig im Kreis. Im ersten Moment erkannte Spider sie nicht. Doch dann blieb sie stehen, und er konnte den Schwanzstummel sehen. Er sah auch ihr Profil und stellte entsetzt fest, wie schrecklich schmal das Gesicht geworden war, das er so gut kannte. Die knochigen Schultern wiesen ganz deutlich auf Unterernährung hin.

«Mondschein», rief er.

Er hielt die Stimme gesenkt, doch dann sah er, wie sich die Augen vor Angst weiteten.

«Mondschein, ich bin's», sagte er. «Du erinnerst dich doch bestimmt noch an mich, oder?»

«Spider?», fragte die Katze. «Nein, nein – das kann gar nicht sein.»

Ihre Stimme war bloß ein Krächzen.

«Ich bin's, Mondschein! Was machst du hier?»

«Das kannst unmöglich du sein, mein Herz ...»

«Was ist mit dir passiert?»

Die Katze schob sich ein paar Zentimeter nach vorn und drückte ihre Nase gegen den Draht.

«O Spider», sagte sie. Oh, meine einzig wahre Liebe – der einzige tapfere Hund, den ich je gekannt habe. Oh, mein Engel. Ich … ich dachte vorhin schon, ich hätte deine Stimme gehört, aber ich hab es bloß für einen weiteren Traum gehalten, der mich peinigen will. Du bist gekommen, um mich zu retten, stimmt's? Du bist mir gefolgt! Ich wusste, dass du das tun würdest, Spider. Aber wo sind wir? Wohin bringen die uns?»

Gerade als sie das sagte, neigte sich der Lastwagen nach vorn, und sie hörten das Scheppern und Kratzen eines schweren Tors auf Beton.

Die Käfige wackelten, und ein Schauer von Flöhen stürzte durch die Gitter und sprang wie verrückt über den Boden. Spider spürte einen auf seiner Augenbraue und wusste, dass sein eigener Floh wieder zurück war – er spürte, wie sich das Tier in die Sicherheit seines Ohrs schob. Und er drehte sich um, weil die Katze jetzt hinter ihm war. Busters Käfig lag auf der Seite, ein Stück weit entfernt, und er hörte, wie der Pitbull am Draht nagte.

Sie waren von Dunkel umgeben.

«Mondschein», sagte Spider. «Ich versuche, Hilfe zu holen. Mach dir keine Sorgen …»

«Wir haben Probleme», zischte der Floh.

«Ich weiß. Aber ich hab gerade eine alte Freundin wiedergefunden. Und hör zu, Floh, ich hab gute Nachrichten.»

«Nein, Spider, *du* hörst mir jetzt zu –»

«Tom ist da draußen und sucht mich! Das Plakat, das wir

gesehen haben – da stand ‹Hund vermisst› drauf. ‹Hund vermisst› und dann eine Telefonnummer! Er will mich zurück!»

«Spider, sei bitte mal still!»

«Wieso?»

«Weil wir in schrecklicher Gefahr sind und Tom dich nicht finden wird – nicht da, wo wir hinfahren. Wir müssen was unternehmen, aber schnell.»

Spider hörte etwas in der Stimme des Flohs, das er noch nie gehört hatte. Er spürte, wie der kleine Körper zitterte, während das Tier nach Worten suchte. Der Lastwagen rollte vorwärts, einen steilen Abhang hinab, und eine Glocke läutete.

«Spider», zischte der Floh. «In dem Wagen sind Flöhe, die diese Reise schon mal gemacht haben. Du musst die Wahrheit erfahren, Spider. Das ist ein Laster von *McKinley*, der Fabrik –»

«Welcher Fabrik? Wovon redest du?»

«McKinley's Tierfutter», sagte der Floh. «Hast du doch bestimmt schon mal von gehört, oder? Alle Tiere kennen McKinley's – die Schornsteine kannst du kilometerweit sehen.»

«Den Namen hab ich schon gehört, ja. Und was machen die?»

Plötzlich quietschten die Bremsen, und die frische Luft wurde von einem zähen Gestank nach kochendem Fett ersetzt. Spider musste würgen, und die Tiere um ihn herum begannen zu spucken und zu jaulen. Er wurde in die Vergangenheit zurückkatapultiert, als er an einem Abend hungrig nach Nahrung gesucht hatte. Es war derselbe Abend, an dem er auf einen Baum geklettert war, um ein Eichhörnchen zu jagen, und er erinnerte sich an einen leuchtend bunten Karton, der mit etwas Fauligem beschmiert war. Er hatte sich gezwungen, an dem Zeug zu schnuppern – und genau den gleichen Gestank roch er jetzt auch.

«Tierfutter», sagte er leise.

«Tierfutter?», rief Buster von hinten im Lastwagen. «Dann geben sie uns jetzt also etwas zu fressen – was habe ich euch gesagt, Leute? Alles wird gut!»

«Nein», sagte der Floh leise. Spider spürte, wie das Insekt immer noch zitterte, während es um Worte rang. «Du verstehst nicht», sagte es langsam. «O Spider! McKinley's stellt Futter aus ungewollten Tieren her. Du wirst das Fleisch in dem Futter sein, Spider – ihr werdet alle geschlachtet werden – und wir haben das alle zu spät erkannt ...»

TEIL
III

Erstes Kapitel

«Es war nicht meine Schuld», sagte Phil. «Das weißt du genau – und ich lasse nicht zu, dass du mich für einen Haufen von Zufällen und Missverständnissen verantwortlich machst. Ich hab versucht, dir zu helfen, um ihn zu finden, und was du da sagst, ist nicht fair.»

«Er hätte draußen im Garten sein sollen.»

«Ja, ich habe einen Fehler gemacht.»

«Genau. Das Ganze wär überhaupt nicht passiert, wenn du ihn rausgelassen hättest, bevor du in deine dämliche Uni gegangen bist. Genau das war deine Aufgabe.»

Phil schwieg.

«Du sollst uns helfen», sagte Tom leise. «Das ist doch der einzige Grund, wieso Dad dich hier wohnen lässt. Du zahlst wenig Miete, das ganze Haus stinkt nach deinen beschissenen Mopedteilen – aber du hast nicht aufgepasst. Du hast Spider das Haus überlassen, deshalb ist er ausgerastet. Er hat mein Zimmer zerlegt. Deshalb hat Dad ihn rausgeworfen – alles nur deinetwegen, Phil. Du hast meinen Hund umgebracht.»

Tom saß am Küchentisch, und Phil stand am Spülbecken und sah ihn an.

«Aber du weißt doch noch überhaupt nicht, ob er wirklich tot ist», sagte er.

«Er ist überfahren worden.»

«Tom –»

«Robert Tayler hat ihn *gesehen.* Auf der Straße. Das verzeih ich dir nie. Ich finde, du solltest ausziehen.»

Phil wollte etwas antworten, überlegte es sich jedoch dann anders. Wieder herrschte Schweigen.

«Wer ist Robert Tayler?», fragte er schließlich. «Ein Freund von dir?»

«Ich hab keine Freunde.»

«Doch, hast du.»

«Nicht mehr – wann seh ich die denn? Wann hab ich denn noch Zeit, mich mit ihnen zu treffen? Tayler ist mein übelster Feind. Er hasst mich, und ich hasse ihn.»

«Verstehe, und was, wenn er das Ganze bloß erfunden hat? Wenn er den Zettel nur geschrieben hat, um dich zu ärgern? Leute tun so was manchmal.»

«Ich nicht.»

«Nein? Versuchst du nie, jemandem weh zu tun, indem du austeilst?»

Phil zog einen Stuhl unter dem Tisch vor. Als er sich hinsetzte, klingelte plötzlich das Telefon, und beide starrten sich an.

«Ich geh nicht dran», sagte Tom.

«Hab ich auch nicht erwartet.»

«Und wieso gehst du nicht ran?»

«Mit mir will sie nicht sprechen. Sie will dich. Sie will deine Stimme hören – deshalb ruft sie an.»

«Wird sie aber nicht.»

«Nur ein Wort, Kumpel. Nimm ab und –»

«Ich red nicht mit ihr – nie wieder. Ich brauch sie nicht, und dich brauch ich auch nicht. Sie ist weggegangen, Phil! Sie hat das entschieden, und du kannst mir nicht vorschreiben, dass ich mit ihr rede, denn du gehörst nicht mal zur Familie. Du bist nur jemand, der bei uns eingezogen ist, weil Dad seine Arbeit verloren hat und …»

«Was? Sag's schon. Spuck's aus.»

«Und jetzt ziehst du nicht aus, obwohl du hier nicht gewollt wirst. Red du mit ihr. Sag ihr, uns geht's gut, wir sind glücklich und haben ein tolles Leben.»

Phil schüttelte den Kopf, und dann sprang der Anrufbeantworter an. Beide horchten und warteten auf die Stimme. Sie hörten ein Atmen und dieses Lufthölen, wenn jemand sprechen will und nicht weiß, was er sagen soll. Sie horchten, als sie es zum zweiten Mal versuchte und wieder scheiterte.

Die Tür ging auf, und Tom schloss die Augen.

«Wie spät ist es?», fragte sein Vater.

Phil sah auf seine Armbanduhr, und der Anrufbeantworter schaltete ab.

«Gleich fünf vor halb neun.»

«War das deine Mum?»

«Ja.»

Er ging zum Wasserkocher hinüber und schaltete ihn ein. Alle warteten, während das Wasser wieder aufkochte. Phil reichte ihm einen Becher, und er machte sich einen Tee.

«Wo ist deine Krawatte?», fragte er schließlich.

«In meiner Tasche», antwortete Tom.

«Du dürftest eigentlich gar nicht mehr hier sein, oder? Bind sie dir um und dann ab mit dir. Ist das ein sauberes Hemd? Sieht ein bisschen –»

«Ich hab kein sauberes, Dad. Nie. Die Waschmaschine ist kaputt.»

«Schon wieder?»

«Schon wieder.»

«Oh.»

«Genau das hab ich auch gesagt, als sie kaputtging», meinte Tom.

Wieder ein Schweigen. Toms Vater setzte sich.

«Waschen können wir trotzdem. Ist alles nur eine Frage der ... Organisation. Und jetzt los, wir klären das heute Abend.»

«Ich geh nirgendwohin. Ich bleib hier.»

Mr. Lipman nahm seinen Tee, schüttete Zucker hinein und nippte an der heißen Flüssigkeit. Tom starrte auf den Löffel, und wieder breitete sich ein nicht zu durchdringendes Schweigen zwischen ihnen aus. Draußen wählte ein Bauarbeiter genau diesen Moment, um auf ein Stück Holz zu hämmern, und sie lauschten, wie er die Nägel einschlug. Jeder Schlag prallte zweimal zurück, und danach war es wieder so still, dass es wehtat. Phils Handy piepste, doch er ignorierte es.

«Deine Schule ist die beste, die es gibt», sagte Toms Dad. «Wir haben sie doch zusammen ausgesucht. Du hast für die ... Aufnahmeprüfung gelernt, hast sie locker geschafft und machst dich auch jetzt gut. Du bist klug und ... du hast Spaß am Lernen. Oder hattest es jedenfalls.»

Tom schwieg, also nippte sein Vater an dem heißen Tee und trank.

«Dauert natürlich, sich einzugewöhnen.»

«Ich hab keine Freunde.»

«Tom, darüber haben wir doch schon gesprochen. Du hast gesagt, du willst einen Neubeginn und eine ganz neue Herausforderung – so hast du es genannt. Wir haben dich nicht dazu gedrängt.»

«Mum schon.»

«Findest du? Sie hat dich ermutigt, ja. Weil sie ...»

«Weil sie was?»

«Weil sie an dich geglaubt hat. Und das tut sie immer noch, genau wie ich. Und wie Phil und alle. Und was mit dem Hund passiert ist, ist schrecklich, aber wir müssen darüber hinwegkommen und nach vorn schauen.»

Tom wollte etwas sagen, doch er merkte, dass er es nicht konnte.

«Du bist kein kleines Kind mehr», sagte sein Vater. «Die Dinge verändern sich, und es gibt Schwierigkeiten, denen wir uns einfach stellen müssen. Wir müssen klarkommen mit dem, was das Leben uns zuwirft und ... wenn du nicht zur Schule gehst, gerätst du bloß in Rückstand und fühlst dich noch schlechter. Was willst du denn machen – den ganzen Tag hier sitzen und sauer sein? Ich kauf dir einen neuen Hund.»

Tom legte die Hände vors Gesicht.

«Das tu ich wirklich, Tom, wenn –»

«Ich will keinen neuen Hund, ich will überhaupt niemanden. Wieso bist du so grausam gewesen? Ist das deine Art? Ist das der Grund, wieso dich ständig alle verlassen?»

Der Mann stellte seine Tasse ab.

«Vielleicht», sagte er. «Wieso fragst du?»

«Weil ich auch gehen will. Ich will raus hier und nie mehr zurückkommen. Nie. Ich halt es hier nicht mehr aus, und ich hasse sie.»

«Leute gehen, weil etwas schiefläuft. Manchmal drehen wir Menschen durch, Tom. Ich drehe durch, weil ich kein Heiliger bin – ich bin wie du, und genau in diesem Moment bin ich vollkommen fix und fertig – so wie sie auch, und –»

«Wo ist sie hingegangen? Wo ist sie?»

«Das kann ich dir nicht sagen.»

«Weil du's nicht weißt?»

«Sie brauchte Abstand, was immer das heißt. Und wenn du Fragen hast, dann solltest du mit ihr reden, denn so tust du dir nur selber weh. Es kann so nicht weitergehen.»

Niemand sagte etwas. Der Bauarbeiter fing jetzt an zu bohren.

«Ich lass dich jedenfalls nicht den ganzen Tag hier herumsitzen. Ich werde jetzt nach oben gehen, Tom – hör mir zu und nimm die Hände runter! –, und wenn ich wieder nach unten komme, will ich, dass du verschwunden und auf dem Weg in die Schule bist. Putz dir bitte die Nase – und dann schnapp dir deinen Schulranzen. Auf geht's.»

Tom lehnte sich auf seinem Stuhl zurück.

Phil ging schweigend zur Hintertür. Er schloss sie ab, was bedeutete, er würde bald verschwinden. Aber vorher musste er noch in sein Zimmer und ein paar Sachen holen, danach würde er losfahren. Die Schlüssel lagen noch auf der Anrichte, weil er sie immer als Letztes nahm. Und Tom starrte auf den langen silbernen Schlüssel und spürte, wie sich sein Magen zusammenzog. Schweiß kribbelte ihm unter den Armen, und er fing an schneller zu atmen.

Er wartete, bis Phil den Treppenabsatz erreicht hatte. Er hörte seinen Vater im Bad. Er durfte also keine Zeit verlieren: Das Moped stand gleich vor dem Haus, und er hatte die Schlüssel schon in der Hand. Wenn er den Helm aufsetzte, würde kein Mensch merken, dass er zu jung für ein Moped war. Er wusste, wie man mit dem Teil umging, denn Phil hatte ihn im Garten fahren lassen. Und er hatte sogar fünf Pfund in der Tasche, falls er tanken musste. Er öffnete die Haustür und zog die Windjacke über den Schulblazer. Der Reißverschluss ging bis oben zum Kinn, sodass man das Rot und Schwarz nicht sah.

Nichts konnte ihn jetzt mehr aufhalten, außer die Angst, erwischt zu werden – und warum sollte er sich deswegen Gedanken machen? Das mit der Schule war vorbei – er würde nie wieder hingehen. Wenn er ins Gefängnis kam, na und? Er würde die Straßen absuchen und die Wahrheit rausfinden, denn etwas hatte in seinem Kopf klick gemacht. Es war ein Satz, den Phil über Robert Tayler gesagt hatte und das Bedürfnis, anderen weh zu tun. Der Satz hatte ihm ins Gedächtnis gerufen, wie der Junge gegrinst hatte. Selbst als er den Zettel schrieb, hatte Rob grinsend dagehockt, und er hatte genau geguckt, wie Tom den Zettel aufklappte. Phil war natürlich nicht dabei gewesen, aber irgendwie hatte er es instinktiv gewusst, und er – Tom – war dämlich langsam gewesen. Er hatte eine boshafte Lüge geglaubt. Aber das hieß, dass Spider noch lebte, wohlauf war und er ihn unbedingt finden musste.

Er schloss die Tür und schob das Moped vom Ständer.

Es war schwerer und unförmiger, als er es in Erinnerung hatte, doch er schaffte es und hielt es aufrecht. Der Helm war an einer Stange am Sattel befestigt. Er machte ihn los und schob ihn sich über den Kopf. Jetzt musste er eigentlich nur noch aufsteigen und den Motor starten, doch seine Finger zitterten so stark, dass er den Schlüssel nicht ins Zündschloss bekam. Schließlich schaffte er es, der Motor dröhnte auf, und Tom erinnerte sich gerade noch daran, wie man die Bremse bediente.

Phil würde den Lärm doch bestimmt hören.

Er musste das Geräusch seines eigenen Mopeds bestimmt erkannt haben und jetzt gerade die Treppe nach unten rasen. Tom drehte am Gasgriff und hob die Füße an. Und schon war er in der Mitte der Straße und riss gerade noch rechtzeitig den Lenker zur Seite. Er schwankte und schlingerte. Er bremste, dann gab er wieder Vollgas. Und er schoss die Straße entlang, als wenn er das jeden Tag machen würde. An der Kreuzung fädelte er sich in den Verkehr ein, und niemand verfolgte ihn.

Phil hörte sehr wohl, wie die Tür ins Schloss fiel, genau wie Toms Vater.

Sie kamen zusammen in die Küche und waren erleichtert, als sie tatsächlich leer war. Sie gingen davon aus, dass der Junge vernünftig geworden war, und merkten zwanzig Minuten lang nicht, dass die Schlüssel fehlten – sie tranken einen zweiten Becher Tee zusammen und waren sich einig, dass Tom seinen Verlust bald überwinden und alles besser werden würde. Als Phil den Diebstahl endlich bemerkte, war Tom längst auf der Umgehungsstraße.

Die Heckklappe war nach oben gegangen, und die Arbeiter standen bereit.

Spider starrte entsetzt hinaus und versuchte, die neue Umgebung zu erfassen. Das Heck des Lastwagens passte genau in eine Bucht, und bernsteinfarbene Lampen tauchten die Welt in ein kränklich wirkendes Licht. Immer noch klingelte eine Glocke, und plötzlich hörte er, wie ein Transportband mit gewaltigem Stampfen zum Leben erwachte. Alle Leute trugen weiße Overalls. Ihre Augen spähten aus Gesichtsmasken, sodass man nicht wusste, ob es Männer oder Frauen waren. Sie sahen alle gleich aus. Doch was Spider am meisten Angst machte, waren ihre leuchtend roten Handschuhe – sie rochen nach einem starken Desinfektionsmittel, doch darunter lag ein unverkennbarer Geruch nach Blut. Gerade als er wimmernd hinschaute, sprangen zwei der Gestalten in den Lastwagen und begannen mit ihrer Arbeit. Sie entwirrten die Käfige und benutzten ihre Stiefel, um die Käfige in Reihe zu schieben. Dann hoben sie einen nach dem andern an und warfen sie von der Ladefläche.

Es wurde nicht groß sortiert.

Niemand schaute in die Käfige hinein, denn niemand interessierte sich für die einzelnen Tiere. Die Käfige wurden von einem Arbeiter zum nächsten geworfen, um sie vor dem Transportband zu stapeln. Das Ganze wurde von lautem Johlen begleitet. Spider wusste nicht, wo Mondschein steckte, denn sein Käfig war zur Seite geschleudert worden, und der Hund hatte dabei jede Orientierung verloren. Er spürte, wie er angehoben, gedreht und durch die Luft geworfen wurde. Als er wieder auf dem Boden aufkam, riss ihm der Aufprall die Luft aus der Lunge. Der Floh klammerte sich verzweifelt in sein Fell.

«Spider», rief er. «Tu was!»

«Hau ab!», keuchte der Hund.

«Wohin denn?»

«Rette dein Leben! Spring!»

Benommen und verzweifelt hob Spider den Kopf und sah, was vor ihm lag. Er war auf dem Transportband. Das Band bewegte sich langsam auf das finstere Maul der Fabrik zu, und er spürte die wachsende Hitze. In der Ferne erkannte er eine kleine quadratische Luke: Dort musste jeder Käfig durch. Die Glocke hatte aufgehört, jetzt gab es stattdessen ein tiefes mechanisches Mahlen – das Band ächzte und quietschte weiter, und plötzlich ertönte ein Buzzer. Die Motoren schalteten hoch. Spider hörte einen Schrei, der so schrill war, dass sich der Hund automatisch duckte. Die Ladung war komplett – das konnte er sehen –, und das Band lief schneller. Für einen kurzen Moment tauchte Mondschein auf, zwei Käfige vor ihm, und ihm fiel ein, dass er sich nicht mal von ihr verabschiedet hatte. Er schaute nach Buster, drehte sich unter Schmerzen in seinem Gefängnis um, doch Sekunden später war er schon durch die Luke und stürzte in tiefschwarze Finsternis.

Er spürte einen Richtungswechsel und klammerte sich mit den Pfoten am Käfigdraht fest.

Der Floh war noch immer in seinem Ohr und zwickte ihn heftig trotz seines Zitterns. Spider bellte und attackierte den Käfig mit seinen Zähnen. Er schlug mit den Krallen um sich, doch sie waren stumpf und nutzlos. Das Band rollte weiter, zurück ins Licht, und jetzt hörte er über und unter sich Seilwinden. Die Lampen strahlten gnadenlos hell, und die Welt hatte sich zu einem riesigen Raum aus schimmernden weißen Kacheln geöffnet. Spider schaute nach links und rechts und versuchte herauszufinden, was dort geschah, denn er sah überall Kabel über sich, die zwischen sich langsam drehenden Rädern gespannt waren. Es gab auch Haken, die in bestimmten Abständen herabhingen – und gerade in dem Moment, als er schaute, sank einer der Haken an einer Kette nach unten und hob den ersten Käfig fein säuberlich am Griff in die Luft.

Plötzlich begriff Spider.

Der erste Käfig wurde angehoben und immer höher und höher gezogen. Dann ging der zweite Käfig nach oben. Und es gab nichts, was die Tiere im Innern dagegen tun konnten.

Er hörte ein Klicken, als sein eigener Käfig vom Band gezogen wurde, dann spürte er, wie er hin und her schwang, während der Seilzug freudig quietschte. Wohin ging es? Es wurde heißer, und Spider sah jetzt das Schicksal in all seinen schrecklichen Details vor sich. Die Räder zogen die Käfige immer näher an den Ursprung der Hitze, der ein riesiger Bottich oder Kessel war; der Stahldeckel war jetzt zurückgeklappt, und Dampf stieg in die Höhe. Der erste Käfig verschwand in der Dunkelheit, und die letzte Station in der Abfolge war nur zu deutlich erkennbar. Die Käfige würden über den Behälter schweben, dort umgekippt, und die Türen würden sich automatisch öffnen, sobald sich die Kabel spannten. Jedes Tier würde herausgeschüttelt und in was immer unter ihnen brodelte stürzen. Spider merkte, wie er wieder zu dem Käfigdraht krabbelte, so wie alle Tiere vor ihm und hinter ihm. Mondlicht jaulte, doch die beharrlichste Stimme kam erneut tief aus seinem Ohr.

«Benutz deine Zähne!», schrie der Floh. «Den langen! Nimm den, Spider!»

«Wie denn?»

«Keine Ahnung, aber das ist unsere einzige Chance!»

Spider attackierte den Draht heftiger denn je, doch der Käfig schaukelte bloß, und er blieb weiter gefangen. Der Gestank umschloss ihn, und einen Moment lang dachte er, er würde ohnmächtig werden. Er bekam mit, dass auch andere Flöhe um ihr Leben sprangen, und genau in dem Moment schaute er hinter sich und sah Hoffnung.

Buster hatte sich befreit.

Sie war fünf Käfige hinter ihm, und wie durch ein Wunder hatte sie es geschafft, sich durch ein Stück Draht durchzunagen. Das Maul der alten Hündin zeigte deutliche Schnittwunden, und ihr gutes Auge blitzte vor Wut. Irgendwie war es ihr gelungen, sich durch puren Stahl zu beißen und ein Loch aufzureißen, durch das sie jetzt ihren vernarbten und gekrümmten Körper zwängte. Während Spider zusah, zog sie sich auf die Oberseite des Käfigs und machte sich zum Sprung bereit.

Mit erstaunlicher Eleganz stießen die Hinterläufe sie durch die Luft, und schon packte Buster den Käfig vor ihr. Sie klammerte sich fest, während das Teil wild hin und her schwang, und ein schneller Stoß mit ihrer stumpfen, blutigen Nase öffnete den Riegel, sodass die Tür zur Seite klappte. Ein kleiner Welpe sprang um sein Leben. Von Buster beflügelt, versuchte es Spider noch einmal, spannte die Schnauze an und führte seinen Zahn an die Öse, in der der Schließhaken steckte. Buster war jetzt über ihm, gerade in dem Moment, als er den Haken herausstieß: Die Tür sprang auf, und Spider war draußen, einen Moment lang ausbalanciert durch die starke Schulter der Pitbull-Hündin.

Spider war frei.

Jetzt konnte er das Gleiche versuchen wie seine Freundin. Seine Pfoten rutschten, doch er sprang von seinem Käfig und schaffte es knapp, sich am nächsten vor ihm festzuklammern. Er umklammerte ihn mit den Vorderpfoten und stieß den Haken mit seinem Zahn aus der Halterung. Buster sprang die Reihe zurück, während Spider sich weiter nach vorn kämpfte. Der Dampf ließ seine Augen tränen, doch er erreichte Mondschein gerade noch rechtzeitig. Ihre Käfigtür schwang auf wie alle andern, aber die Katze klammerte sich an das Drahtgeflecht, zu ängstlich, um sich zu rühren.

«Spring!», bellte Spider.

«Ich kann nicht, Schätzchen.»

«Du kannst! Du musst!»

«Lass mich sterben, Spider», rief sie. «Ich habe mein Leben gelebt, und was wird morgen sein? Nichts als der Schmerz der Erinnerung –»

Ihre letzten Worte verwandelten sich in ein Stöhnen, denn Spider hatte sie am Hals gepackt. Er konnte es selber kaum glauben, doch ihre Situation war zu verzweifelt. Er beugte sich in den Käfig, packte seine Freundin an der Kehle und zog sie heraus in der Hoffnung, sie in Sicherheit bringen zu können. Aber dafür war es zu spät – sie waren direkt über dem Bottich, und eine faulige, klebrige Flüssigkeit blubberte und spuckte darin, und der Schaum spritzte bis an ihre Pfoten. Mondschein fauchte vor Angst, und Spider verlor den Halt und stürzte.

Irgendwie gelang es ihm, mit den Vorderpfoten den Rand des Kessels zu erreichen, und irgendwie schaffte er es, den Körper noch über die Kante zu drehen. Er wand sich und spie Mondschein zu Boden – dann sprang er hinterher, und sie rollten zusammen über den harten Beton. Überall um sie herum waren jetzt andere Tiere, die sich schnell wegduckten, während die Fabrikarbeiter hilflos zuschauten. Ein Alarm ging los, und ein Sicherheitsmann schlitterte vorbei. Buster bellte und stieß Spider wieder in Aktion – sie hatten wirklich keine Zeit zu verlieren, denn ein riesiges Gittertor sank von oben herab und verhinderte ihre Flucht.

«Bleibt zusammen!», schrie Buster. «Folgt mir!»

Er sprang auf eine Art Rutsche, die in der Nähe war, und alle anderen folgten ihm – eine wogende Masse aus Ohren und Schwänzen. Sie glitten auf ihren Rücken abwärts und landeten mit einem polternden Lärm zwischen leeren Dosen. Spider lag da, in die Beine des Lurchers verheddert, während sich ein dürrer Dackel, den er noch nie gesehen hatte, unter seinem Bauch hervorschlängelte. Sie befanden sich jetzt auf einem anderen Transportband.

«Was nun?», fragte Mondschein, während sie weitertrieben.

Buster keuchte. «Keine Ahnung», sagte sie. «Alle gut festhalten, schlage ich vor. Es ist noch nicht vorbei, Leute …»

Sie waren in den Eingeweiden der Fabrik. Hebel schoben die Dosen in gerade Reihen. Über den Köpfen der Tiere waren jetzt Rohre zu sehen, und eine Substanz tropfte in stinkenden Klumpen aus einem Dutzend Düsen. Weiter vorn sahen sie ähnliche Dosen, die von einer aufblitzenden Schweißmaschine verschlossen wurden. Diesmal übernahm Spider die Initiative, und als er unter die erste Düse kam, warf er sich zur Seite in ein Rohr, das scharf nach links abzweigte. Wieder sprang die ganze Meute hinter ihm her und landete hilflos in einem Berg von weißem Pulver. Als sie sich endlich mühsam befreit hatten, waren alle vom Schwanz bis zur Nasenspitze schneeweiß.

«Mehl», sagte der Floh in Spiders Ohr. «Lauf weiter.»

«Wir haben überlebt», rief Buster. «Sehen wir zu, dass es so bleibt, Leute – wir schlagen uns super.»

«Wo geht's nach draußen?», fragte Mondschein.

Spider schüttelte sich und fand eine Tür.

«Beeilt euch!», rief er. «Bleibt zusammen!»

Die Tür führte in einen Gang, und er trat zur Seite, während die Schlange der Tiere an ihm vorbeihetzte. Sekunden später standen sie in einem Warenlager. Überall rechts und links erstreckten sich Regalreihen. Die Fächer reichten bis hoch hinauf und bildeten lange sich kreuzende Gänge. Ein Gabelstapler kam ihnen surrend und mit grellem Scheinwerferlicht entgegen. Buster führte die Tiere an und lief die Gänge entlang auf der Suche nach einem Ausgang. Bald hatte sie sich verlaufen und war völlig verwirrt, denn jedes Regal war mit absolut gleichen Kartons gefüllt. Das Bild, das Spider schon am Anfang gesehen hatte, kehrte millionenfach wieder: Dieselben lächelnden Frauen reichten denselben unschuldigen hungrigen Haustieren Futter. Gerade als die Flüchtenden wie gebannt dastanden, tauchte ein Wachmann auf, der in sein Funkgerät brüllte. Zwei weitere kamen von hinten, und die Tiere wussten, sie saßen in der Falle.

Der Lurcher fing an zu bellen, und ein gewaltiges Heulen begann, als sich die Meute dicht zusammendrängte. Jeder Hund, jede Katze fuhr die Krallen aus – bereit zum Kampf. Währenddessen riefen die Wachmänner über Funk Unterstützung.

«Wir müssen durch sie hindurchbrechen», hechelte Buster. «Wir brauchen einen Notausgang. Wenn wir einen finden, sind wir vielleicht in Sicherheit.»

«Ein Feueralarm», sagte der Floh.

«Was ist damit?»

«Der würde uns Zeit verschaffen. Wir brauchen Panik und Verwirrung, deshalb lass mich schnell auf den Stapel, Spider – oben, genau über deinem Kopf. Siehst du das Schild?»

«Welches Schild?», winselte Spider. «Wir haben keine Zeit. Sie kommen auf uns zu …»

«Halt still», rief der Floh. «Ist ein uralter Trick, funktioniert aber immer …»

Die Tiere sahen zu, wie das kleine Insekt von Spiders Kopf aus auf das oberste Regalbrett sprang. Dann sprang es noch mal und hüpfte die Kartons hoch auf ein dünnes Kabel zu. Einen Moment lang konnten sie es nicht mehr sehen, doch dann tauchte es wieder auf, direkt neben einer leuchtend roten Box.

Die Wachmänner kamen näher, aber sie hatten nicht wirklich den Mut anzugreifen. Doch sie planten etwas, und einer von ihnen zog einen Knüppel.

Der Floh musste sich beeilen.

Er zwängte sich durch eine Gummidichtung, um an die Elektronik im Innern zu kommen. Sekunden später sah Spider einen winzigen Funken, und im ganzen Gebäude ging plötzlich ein heulender Lärm los.

Sirenen jaulten und eine metallisch klingende Stimme dröhnte aus den Lautsprechern in der Decke: «Notfall! Notfall!» Die Worte hallten wieder und wieder in die Gänge, und den Männern blieb keine andere Wahl, als loszurennen. Der Floh zwängte sich aus der Box zurück, noch ganz benebelt und wacklig auf den Beinen. Dann sprang er, und Spider fing ihn mit der Nase auf. Das kleine Insekt war am ganzen Körper schwarz und heiß wie Zunder.

«Lauft», rief der Floh mit schwacher Stimme. «Ich hab das System kurzgeschlossen, aber viel Zeit gibt uns das trotzdem nicht.»

«Wartet», fauchte Mondschein. «Schau mal zum Dach, Spider. Das da oben ist ein Kühlsystem, da bin ich mir sicher. Wenn wir da reinkämen, hätten wir einen Weg nach draußen.»

«Du meinst, wir sollen da hochklettern?», fragte Buster.

«Den Versuch ist es wert. Ich hab nicht die Kraft, aber ihr anderen könntet es schaffen.»

Die Tiere starrten zu dem Dach des Warenlagers. Über ihren Köpfen sahen sie eindeutig Schächte und Rohre, und das dickste neigte sich weit nach unten, sodass es dicht am obersten Regalfach endete.

«Ist unsere einzige Chance», sagte Spider. «Wir brauchen eine Leiter.»

«Hinter dir», sagte der Lurcher.

Zwei zottige Spaniels liefen den Gang entlang zu einer Art Leiter auf Rädern. Sie nahmen das Gestell zwischen sich und schoben es in Position. Im nächsten Moment war Mondschein geschickt die Sprossen hochgesprungen und dicht an dem Lüftungsrohr. Spider folgte ihr.

«Da ist eine Halterung», bellte er. «Steig drauf, dann kannst du die Klappe öffnen.»

«Ich weiß, wo ihr alle hinschaut!», rief die Katze, während sie sich um das Rohr schlang. «Ihr seht auf meinen Schwanz, aber der ist mir egal.»

«Mach weiter», sagte Spider. «Beeil dich!»

«Sie werden jeden Moment zurückkommen», knurrte Buster. «Mach schon!»

Mondschein brach die Klappe mit ihrer Pfote auf, und die Tiere krochen in das Loch, so geschickt, wie sie konnten. Sie benutzten ihre Zähne und Krallen und warfen sich in das Belüftungsrohr, dann schoben sie sich gegenseitig nach oben. Zum Glück machte das Rohr fast sofort einen Knick und lief danach nahezu waagrecht. Sie rannten jetzt wieder in einer Reihe. Es war Mondscheins Instinkt gewesen, der sie gerettet hatte.

«Frische Luft», sagte sie. «Ich spür sie.»

Sie bog nach rechts ab, und jetzt spürten es auch alle anderen. Sie rannten – ihre Pfoten hämmerten gegen das Metall – und gelangten zu ein paar Pumpen und Ventilen. Als sie an ihnen vorbeigeklettert waren, starrten sie nach oben, denn sie hatten endlich einen Schornstein erreicht und sahen eine Scheibe schönsten blauen Himmels. Die Katzen fanden den letzten Aufstieg ganz einfach, doch die Hunde mussten sich vorsichtig Zentimeter um Zentimeter hochschieben und ihren Rücken gegen das Metall stützen. Schließlich bekamen sie das Kinn über den Rand, und danach war es nicht mehr schwierig, sich herauszuwinden und auf das Fabrikdach fallen zu lassen. Sie taumelten zum Rand und ließen sich erneut fallen – hinunter auf ein Stück Gras. Der letzte Zaun war überhaupt kein Hindernis mehr. Alle zwängten sich drunter durch, und als die Sirene hinter ihnen immer leiser wurde, wussten sie, dass sie in Freiheit waren.

Sie warfen sich in den Sonnenschein und lagen benommen und unter Schmerzen da, unfähig, ihr Glück zu fassen. Vor ihnen breitete sich ein weites Tal aus, so grün und herrlich, dass niemand ein Wort hervorbrachte. Sie lagen einfach nur keuchend da und betrachteten die ganze Schönheit der Welt.

«Was jetzt?», fragte Buster schließlich.

«Wir ruhen uns aus», antwortete Mondschein. «Wir ... wir rollen uns alle zusammen und lecken unsere Wunden.»

«Wir brauchen etwas zu fressen», sagte der Lurcher. «Wir verhungern alle.»

Die meisten anderen Tiere nickten. Einige hatten sich erschöpft hingelegt, und ein oder zwei waren eingeschlafen. Der Dackel lag auf dem Rücken und reckte die Pfoten in die Luft.

Aber Spider war wachsam und schwieg.

Er war noch nie so durstig und voller Schmerzen gewesen. Seit Tagen hatte er schon kein Wasser mehr getrunken. Doch irgendwie spürte er, dass seine Kraft zurückkehrte – und mit ihr diese schreckliche Unruhe. Er konnte nicht stillstehen.

«Probleme?», fragte Buster, als er Spiders Zucken bemerkte.

Sie trottete neben ihn und stieß ihn an.

«Echt gut gemacht, Kumpel», sagte sie. «Du denkst schnell für ein Haustier und hast dir eine Verschnaufpause redlich verdient.»

«Nein», sagte Spider. «Es geht nicht weg, Buster. Ist schlimmer als je zuvor.»

«Was ist schlimmer als je zuvor?»

«Das Bedürfnis, gefunden zu werden. Ich kann mich nicht ausruhen.»

Der Floh zwickte ihn vorsichtig. «Du wirst wieder heiß», sagte er. «Was denkst du gerade? Was hast du vor?»

Spider senkte den Kopf und hob ihn dann wieder. Er legte die Ohren nach hinten und seufzte.

«Tut mir leid», sagte er. «Ich will weiter. Ich kann nicht bei euch bleiben, Leute – versteht ihr? Ich kann nicht.»

«Schätzchen», sagte Mondschein. «Das hier ist doch ein schöner Ort. Wir finden einen Bach und können uns waschen und dann –»

«Du verstehst mich nicht», sagte Spider. «Ich will mich nicht waschen. Und Fressen ist mir nicht wichtig.»

«Was dann?», fragte der Lurcher. «Was ist los?»

Spider merkte, wie er leise vor sich hin winselte.

«Ich bin immer noch verloren», sagte er. «Und ein verlorener Hund kann keinen Frieden finden. Niemals.»

Er machte einen Schritt und jaulte vor Schmerz in den Pfoten. Buster nickte und jaulte mit.

«Ich weiß, was du meinst», sagte die Pitbull-Hündin leise. «Das ist etwas, das wir zwei gemeinsam haben, Kumpel. Wir beide werden gesucht, nicht? Und wieso? Weil wir beide gebraucht werden. Ich nehme an, wir beide werden geliebt. Wie heißt noch mal dein Herr? Ich weiß, du hast es mir schon mal gesagt.»

«Tom», antwortete Spider, und wieder wirkte das Wort wie ein Stromstoß. Er schloss die Augen, und die Haare an seinem Rücken stellten sich auf.

«Mein Typ heißt Spike», sagte Buster. «Ist das einzige Wort, das ich buchstabieren kann – hat er auf seine Knöchel tätowiert. An beiden Händen!»

Die Pitbull-Hündin schüttelte den Kopf.

«Er dreht durch ohne mich.»

Spider kläffte und schüttelte sich.

«Ich hab's nicht kapiert», sagte er. «Ich hab nicht gewusst, was das Plakat bedeutete, bevor du's mir erklärt hast.»

«Welches Plakat?»

«‹Hund vermisst.› Tom muss in das Dorf gekommen sein und das Plakat dort aufgehängt haben. Das bedeutet, er vermisst mich genauso, wie ich ihn vermisse. Er versucht, mich zu finden, Buster. Deshalb ist es dringender denn je. Ich muss unbedingt nach Hause.»

Alle Tiere schwiegen, und Spider setzte sich schließlich. Der Floh krabbelte wieder auf seine Augenbraue.

«Du musst erst mal schlafen», sagte er.

«Muss ich nicht. Und tut mir leid – ich weiß, ich bin egoistisch, aber das hier ist wirklich mein Abschied. Es muss sein.»

«Sag so was nicht», flüsterte Mondschein, doch der Hund starrte nach vorn. In der Ferne fuhr ein Zug durchs Tal, und Spider dachte an den weiten Weg, der vor ihm lag. Er wusste nicht, in welche Richtung er musste, aber er wusste, er musste los, jetzt sofort. Er spannte die linke Pfote, danach die rechte. Irgendwo unterwegs würde er sicher Wasser finden – im Moment wusste er nur, dass er aufbrechen musste.

«Hört zu», sagte er leise. «Kein Hund könnte sich bessere Gefährten wünschen. Doch ich darf euch nicht in weitere Gefahr bringen. Ich muss zurück in die Stadt, und ich muss Tom finden.»

«Allein gehst du nicht», sagte Buster.

«Nein», sagte der Floh. «Ich werde dich nicht verlassen. Ich bin zu allem bereit»

«O bitte!», rief Spider. «Ihr dürft mir nicht folgen. Ich werde mich verlaufen – ich bin förmlich dazu bestimmt –, und die Suche könnte ein Leben lang dauern. Wird sie wahrscheinlich sogar.»

Die Pitbull-Hündin lehnte ihren Kopf an Spiders Schulter und stieß ihn leicht an.

«Wir verlassen dich nicht, Freund», sagte sie. «Es bringt nichts, darüber zu streiten. Wir werden deinen Jungen finden, und wenn ihr beiden wieder vereint seid, werde ich meinen Boss suchen. Wer sucht nach dir, Katze?»

«Niemand.»

«Wirklich?»

«Ich bin frei, Schätzchen. Frei wie ein Vogel.»

«Tut mir leid, das zu hören.»

Mondschein legte ihre Wange an die von Spider und zwickte ihn ins Ohr. Die anderen Tiere schauten in respektvollem Schweigen zu.

«Weißt du, Spider», sagte sie, «ich hätte mich nicht zwischen dich und den Jungen drängen sollen. Du willst ihn finden, das verstehe ich. Er wird dich aber wahrscheinlich inzwischen vergessen haben, denn Jungs sind nun mal herzlose Geschöpfe, und –»

«Er sucht mich, Mondschein. Das hab ich dir doch gerade erzählt.»

«Ach, du bist so loyal. Du wirst es auch immer bleiben bei einem Herzen wie deinem. Wir sind einander gleich – verrückte, emotionale Wesen, stets von der Liebe getrieben.»

Spider schloss die Augen und schluckte. «Ich bin mir nicht sicher, ob wir einander gleichen», sagte er leise. «Ich weiß nur, und zwar mehr denn je, dass Tom mich braucht. Das letzte Mal, als ich ihn sah, war er verletzt, und er leidet noch immer. Ich habe ihn verlassen und … irgendwas stimmt nicht, absolut nicht.»

«Ist er in Gefahr?», fragte Buster. «Willst du uns das sagen?»

«Ja, ich glaube, das ist er.»

Gerade als er es sagte, verschwand die Sonne hinter einer Wolke, und er fror plötzlich am ganzen Körper. Er hatte noch nie so eine starke Vorahnung von einem drohenden Schicksal gehabt und spürte, wie sein Schwanz zitterte.

«Ich muss los», sagte er.

Auf einmal hörten sie ein Motorgeräusch. Irgendwo in der Ferne pötterte ein Moped eine Straße entlang. Sie hörten, wie es stehen blieb und wieder weiterfuhr, und für einen kurzen Moment tauchte ein winziger gelber Schutzhelm auf, bevor er zwischen den fernen Bäumen wieder verschwand. Das Motorgeräusch wurde immer leiser und schließlich von Vogelzwitschern ersetzt.

Drittes Kapitel

Inzwischen genoss Tom die Fahrt in vollen Zügen.

Die Schaltung an seinem Moped wechselte automatisch die Gänge, und auch wenn er sich geschworen hatte, vorsichtig zu fahren, gab er bald Vollgas und schoss selig dahin. Der Wind peitschte ihm durch die Kleidung. Der Benzintank war voll, und bislang hatte ihn auch noch niemand angehalten, um ihn als den egoistischen Dieb zu bezichtigen, der er jetzt geworden war. Niemand hatte auch nur einen Blick auf ihn geworfen.

Zuerst war er die Straßen der Umgebung abgefahren, bloß um ein bisschen Selbstvertrauen zu gewinnen. Dann begann er mit seiner eigentlichen Mission: Er würde der Hauptstraße folgen, die aus der Stadt hinausführte, bis zu Taylers Haus. Er würde jeden Zentimeter Asphalt absuchen und den Jungen als Lügner entlarven. Und dann würde er seinen geliebten Hund wiederfinden.

Er fuhr am Bahnhof vorbei und danach zur Schule. Er zeigte dem Schultor den Stinkefinger und fuhr weiter, hinten um die Kirche herum zu einem großen Kreisverkehr. Es war noch Rushhour, und die Ungeduld der Autofahrer um ihn herum machte ihn unsicher. Sie jagten vorbei und folgten einem endlosen Strom aus Stahl und Abgasen. Schließlich entstand eine Lücke, und er lenkte das Moped hinein. Eine halbe Minute später befand er sich auf einer Abfahrt, die bald in eine zweispurige Straße mündete. Er gab wieder Vollgas, empfand sein Tempo jedoch trotz des dröhnenden Motors und der Tatsache, dass der Tacho zweiundvierzig Stundenkilometer zeigte, als schmerzlich langsam.

Er versuchte ganz am Rand zu fahren, aber dort gab es so viele Gullis und Gummireste von alten Reifen, dass er wieder weiter zur Mitte steuerte. Autos zogen an ihm vorbei, und manchmal hatte er hart mit der Lenkung zu kämpfen, um weiter geradeaus zu fahren. Ein ziemlich großer Lastwagen überholte, und er spürte, wie es das Moped nach vorn riss und er schlingernd in den Sog geriet. «McKinley's» prangte auf dem Heck des Lasters – über zwei Haustieren, die gierig eine Schüssel voll köstlichem, zartem Fleisch verschlangen. Das Bild trieb ihn weiter, auch als der Wagen hinter ihm laut hupte.

Nach fünfundvierzig Minuten fuhr er wieder zurück. Er kam an den traurigen Überresten eines Dachses und eines Fasans vorbei, aber nirgends fand er einen toten Hund. Tom fing an zu lachen: Wenn er Tayler je wiedersehen sollte, würde er sich an ihm rächen. Wenn es zum Kampf käme, wusste er plötzlich genau, wer siegen würde. Und er begriff, dass er zu lange zu ängstlich gewesen war – er hatte sich selbst leidgetan, und jetzt war es Zeit, die Kontrolle zu übernehmen.

Er fuhr die Kreisverkehre inzwischen mit großem Selbstvertrauen und machte sich mit neuer Energie auf den Weg, die Dörfer abzusuchen, in denen man Spider gesehen hatte.

Die vier Tiere hatten derweil die Wiesen durchquert und die Bahnlinie erreicht. Vorher hatten sie sich von den andern verabschiedet und waren eiligen Schrittes losgelaufen. Eine Böschung führte sie durch dichtes Buschwerk zu zwei parallel verlaufenden Gleisen. Ein fernes Pfeifen ertönte, und Mondschein legte ihr Ohr an die erstbeste Schiene.

«Irgendwas kommt», sagte sie.

«Dann sollten wir uns besser zurückziehen», sagte Buster. «Ein Freund von mir hatte mal eine Auseinandersetzung mit einem Zug, und das ist ihm nicht gut bekommen. Ich schlage vor, wir lassen den Zug vorbei und folgen ihm dann.»

«Warum fahren wir nicht mit?», fragte der Floh.

«Wie soll das gehen?»

«Die Strecke führt hier bergauf. Vielleicht fährt der Zug ja langsamer, und wenn ihr schnell lauft, könnt ihr womöglich aufspringen.»

Spider nickte. «Gute Idee», sagte er. «Wenn der Zug Richtung Stadt fährt, kommen wir schneller hin. Wenn er in die falsche Richtung fährt, verstecken wir uns einfach, bis er uns wieder mit zurück nimmt.»

«Raffiniert», sagte Mondschein.

Buster sprang auf und nickte. «Da kommt er», sagte sie. «Aber hütet euch vor den Rädern ...»

Der Zug war jetzt in Sichtweite und stieß schwarze Dieselwolken aus. Die Schienen summten unter seinem Gewicht, und die Tiere hörten ein seltsames Klackern. Es war ein langer Güterzug, das bedeutete eine nahezu endlose Reihe flacher Waggons mit je einem rechteckigen Behälter drauf. Sie rollten vorbei, einer nach dem andern, und Spider und seine Freunde jagten neben ihnen her.

Dann plötzlich konnten sie ihr Glück kaum fassen: Der letzte Wagen bestand nur aus einer flachen Holzpritsche – perfekt geeignet für eine weiche Landung. Buster sprang als Erste, und auch wenn sie ein bisschen taumelte, fand sie schnell ihr Gleichgewicht wieder und ließ sich ruhig nieder. Mondschein und Spider folgten und landeten direkt vor ihr. Minuten später glitten sie durch die freie Natur und spürten den Wind in ihrem Fell. Die drei drängten sich dicht zusammen, und der Floh kroch tief in Spiders Ohr.

«Unser Glück wendet sich», sagte er. «Ich bin sehr zuversichtlich.»

«Ich hatte mein ganzes Leben lang Glück», antwortete Spider. «Ich hab es nur nicht gesehen.»

«Dann suchen wir jetzt also wieder nach der Schule?»

«Das ist mein Plan. Wir laufen einfach die Straßen ab und halten die Augen offen.»

Plötzlich begann er zu zittern.

«Was ist?», fragte Mondschein. «Bist du krank?»

«Mir ist heiß», sagte Spider. «Ich denke an Tom, und ich kann ihn fast sehen. Er wird jetzt gerade in seiner Klasse sitzen mit all seinen Freunden. Er weiß natürlich nicht, dass ich ihm auf der Spur bin.»

«Du kommst ständig näher», sagte Buster und stieß ihn leicht an.

«Was ist das da vorn? Ich sehe Blinklichter.»

«Wir werden langsamer», sagte Mondschein. «Das ist ein Bahnübergang.»

Buster knurrte und lief an den Rand des Güterwaggons. Der Zug schwankte und stieß ein Pfeifen aus. Dann nahm er wieder Fahrt auf.

«Du hast recht», sagte die Hündin. «Da ist übrigens wieder das Moped.»

Spider richtete sich auf.

Er zitterte jetzt noch mehr und wieder stand das Nackenfell senkrecht. Auch seine Pfoten zuckten, und er wusste überhaupt nicht, wieso. Die Schranke kam näher, und er sah mehrere Fahrzeuge, die warteten. Das Moped stand vorn in der Schlange, und der Fahrer starrte ihn mit offenem Mund an. Als Spider auf gleicher Höhe war, begegneten sich ihre Blicke und blieben aneinander kleben.

«Das klingt jetzt vielleicht albern», sagte Spider, als er vorbeirauschte. «Ich meine, das klingt wirklich albern, aber ... der Mann da eben – der Junge ...»

«Was ist mit ihm?», fragte Buster. «Setz dich erst mal, Kumpel – sonst fällst du noch runter.»

«Ich glaube, ich kann nicht. Ich versuch's ja, aber es geht nicht.»

Spider lief ganz an den Rand des Güterwaggons und starrte zu der verschwindenden Gestalt. Es war eindeutig ein Junge, und als die Schranke hochging, stieg er von seinem Moped und lief mitten auf die Gleise. Er stand wie angewurzelt zwischen den Schienen – und als er den Helm abnahm, spürte

Spider einen seltsamen Stich im Herzen. Er versuchte zu bellen, doch das Einzige, was rauskam, war ein abgewürgtes Krächzen.

«Schätzchen», sagte Mondschein. «Ich wette, du hast dir eine fiese Erkältung eingefangen. Du bist genau wie ich –»

«Glaub ich nicht», flüsterte Spider und ignorierte die Katze. «Buster, du denkst bestimmt, ich bilde mir das nur ein – aber schau ihn dir an. Schau ...»

Der Hund hatte endlich seine Stimme wiedergefunden und fing an zu heulen.

«Was ist?», bellte Buster. «Los, sag schon! Was ist los? Red mit mir!»

«Ich weiß es nicht», rief Spider. «Ich weiß es nicht!»

«Okay, ganz ruhig. Vertrau deinem Instinkt, mein Freund – dafür hast du ihn.»

«Aber es kann nicht sein», jammerte Spider. Er heulte jetzt wieder und drehte sich verzweifelt im Kreis. «Er *kann* das doch gar nicht gewesen sein, oder? Das Moped gehört Phil, Tom würde es nie benutzen!»

«Ich kann dem Ganzen nicht so recht folgen», sagte der Floh. «Du hast doch gesagt, Tom ist in der Schule.»

«Ist er auch – oder sollte er zumindest sein ...»

Endlich setzte sich Spider hin – aber er zitterte immer noch.

«Ich sehe Gespenster», sagte er leise. «Halluzinationen vielleicht – ich muss dringend was fressen. Aber ... hört zu. Der Junge da sah genauso aus wie mein Herrchen. Dieselben Augen, dieselbe Nase, derselbe ... ach, einfach alles. Ich glaube, ich werde verrückt ...»

Tom starrte ebenfalls vollkommen ungläubig in die Ferne.

Er war durch verschiedene Dörfer gefahren und hatte sämtliche Straßen durchkämmt. Er war weiter bis zu der Tierfutterfabrik gefahren und hatte neben dem Tor gesessen und sich gefragt, was er als Nächstes tun sollte. Der Tank war fast leer, das hieß, er brauchte eine Tankstelle. Das eigentliche Problem war aber offensichtlich: Er konnte wohl kaum erwarten, dass der Hund einfach so wie aus dem Nichts vor ihm auftauchen und auf die Straße springen würde. Wie sollte er also eine gründliche Suche durchführen? Er musste weiter, also gab er Gas und fuhr eine stille Landstraße entlang. Als er auf den Bahnübergang zufuhr, hatten die Warnleuchten gerade angefangen zu blinken. Er gab noch mal extra Gas, doch die Schranken gingen schon runter, als er sie erreichte, und er musste voll in die Bremse steigen. Ein hellblauer Sportwagen wartete auf der anderen Seite der Gleise, und der Fahrer hörte das Kreischen der Reifen. Er hatte das Verdeck heruntergelassen und starrte Tom missbilligend an. Tom sah ihn etwas zu seiner Beifahrerin sagen, die ein kleines Fernglas hervorholte. Das Sonnenlicht blitzte in den Linsen auf. Als der Güterzug vorbeirumpelte, war Tom froh darüber, dass er so lang war, weil es bedeutete, dass er eine Weile außer Sicht war, und er überlegte, umzukehren und den Weg zurückzufahren, den er gekommen war.

Er war immer noch unentschlossen, als der letzte Waggon ins Blickfeld kam. Genau in dem Moment sah er die drei Gestalten in der Wagenmitte – eine Katze, einen verstümmelten Pitbull und – wie eine Vision – einen schwarz-weißen Welpen mit zu langen Beinen und hängenden Ohren. Sie segelten vorbei wie drei Statuen, und als Tom hinschaute, wurde der schwarz-weiße Hund plötzlich lebendig, trat dicht an den Rand und starrte ihm in die Augen.

Tom kannte diesen Blick, und er kannte diesen Gang. Er erkannte den Schwanz, als der einmal zögernd leicht wedelte. Und er erkannte das leichte Neigen des Kopfs, das den auffallenden Zahn freilegte. Es war der Hund, den er so sehr vermisst hatte, und zu sehen, wie er an ihm vorbeifuhr, nahm Tom einfach den Atem. Das Schreckliche war: Er wusste gleichzeitig, es war unmöglich, was bedeutete, dass er schon Halluzinationen hatte, die aus der schieren Verzweiflung kamen. Er sah dem Wunder hinterher, wie es zusammenschrumpfe, und stieg von dem Moped, als die Schranken wieder hochgingen. Er lief auf die Gleise und riss sich den Helm vom Kopf – und genau da warf Spider den Kopf zurück und heulte. Tom starrte und starrte, und dann hörte er ein scharfes einsames Bellen. Mehrmals wie eine ganze Salve. Der Hund verschwand schnell, doch er konnte ihn immer noch sehen – und war es der Schwanz, der jetzt schneller wedelte? War es ein letzter, ferner Schrei? Toms Knie wurden weich, und er hatte Tränen in den Augen. Seine Vision verschwamm jetzt, und als der Zug wieder Fahrt aufnahm, wurde der Hund zu einem bloßen Fleck, der mit jeder Sekunde immer weiter schrumpfte.

«O bitte», sagte Tom leise.

Er wurde von einem leichten Hupen in die Wirklichkeit zurückgeholt. Ein Mini kurvte knapp um ihn herum, der Fahrer hinter dem Steuer schaute verwirrt. Tom trat aus dem Weg und lief zu seinem Moped zurück. In dem Moment hörte er eine männliche Stimme – scharf und bestimmt – und wusste, er steckte in Schwierigkeiten. Der Sportwagen blockierte den Weg, und das Paar im Innern starrte ihn an.

«Entschuldigung, junger Mann», sagte der Fahrer. «Wie alt bist du?»

«Ich würde sagen, zwölf», keifte die Frau neben ihm. «Der ist doch ein Schüler, Guy. Wessen Moped ist das?»

«Ich glaube jedenfalls nicht, dass es dir gehört, Freundchen», sagte der Mann. «Ruf die Polizei, Helen.»

«Ich bin einundzwanzig», sagte Tom.

«Ach, wirklich?», meinte die Frau schnippisch. «In welchem Jahr bist du geboren?»

«Äh ... weiß ich nicht. Vor einer Ewigkeit.»

«Du bist wie ein Irrer den Hang da runtergefahren», sagte der Mann. Er öffnete die Tür. «Du bist aus der Siedlung, nicht wahr?»

«Bestimmt ist er nicht versichert», keifte wieder die Frau. «Wo hast du den Stift, Schatz? Ich notier mir die Nummer.»

Tom ging eilig zum Moped. Er schob es wieder auf die Räder, doch es war deutlich schwerer, als er erwartet hatte, und der Helm hing an seinem Arm. Der Fahrer kam hinter ihm her.

«Nein, du fährst nicht weiter», sagte er laut. «Ich denke da nur an die anderen Verkehrsteilnehmer, also los, gibt mir den Schlüssel.»

«Guy, sei vorsichtig. Vielleicht hat er ein Messer.»

«Stell dich nicht einfach taub! Tu, was ich dir sage ...»

Der Motor des Mopeds lief noch.

Tom hörte ihn pöttern und wusste, ihm blieb höchstens noch eine halbe Sekunde, sich zu entscheiden. Er warf den Helm von sich, sprang auf den Sattel und gab Gas, gerade als der alte Herr nach ihm fassen wollte. Der Bahnübergang hatte lauter Huckel und Schlaglöcher, und der Mann stolperte. Tom drehte voll auf, und die Maschine hob mit dem Vorderrad ab und schoss nach vorn. Tom knallte zurück zwischen die Gleise, gab noch mehr Gas und polterte über die Schwellen. Das Paar sah ihm erstaunt hinterher, denn Tom jagte den Schienenstrang lang, dem verschwindenden Zug nach. Er konnte ihn kaum mehr erkennen, doch der Zug war nicht schnell gewesen, also konnte er ihn doch bestimmt einholen. Er fuhr einundvierzig, zweiundvierzig ... er schaffte es den Berg hoch, von wo aus die Strecke wieder bergablief, was das Moped auf fünfzig brachte. Es klang wie ein Trommelwirbel, als die Reifen zwischen den Schienen dahinjagten. Seine Haare flogen, und der Wind war kalt an den Augen. In der Ferne – ja! –, da sah er noch immer den letzten Waggon, und er wusste genau, ohne den leisesten Zweifel, dass der Hund obendrauf Spider war. Und genauso wusste er, dass alle Missverständnisse aus dem Weg geräumt werden konnten, wenn er es bloß zu ihm schaffte. Tom hing über der Maschine und schrie Spiders Namen. Da plötzlich sah er, wie der Güterzug nach rechts schwenkte und wieder langsamer wurde, gerade als Tom nochmal Gas gab. Der Zug schlängelte sich weiter, doch in höchstens einer Minute würde Tom ihn eingeholt haben.

Was Tom nicht sah: Der Zug fuhr auf ein Nebengleis, die Weiche war umgesprungen, und der Güterzug machte einem Expresszug Platz, der laut pfiff, als der letzte Waggon aus dem Weg rollte. Das Signal stand auf Grün, und durch eine unglückliche Fügung des Schicksals war der Expresszug verspätet – der Lokführer beschleunigte auf Höchstgeschwindigkeit, entschlossen, Zeit gutzumachen. Er raste donnernd an dem Güterzug vorbei und pfiff noch einmal, lang und schrill – und genau in dem Moment entdeckte er Tom.

Es schien ganz unwirklich.

Der Junge fuhr mit einem Moped direkt auf ihn zu. Er trug nicht mal einen Schutzhelm, und er riss den Mund in einer Mischung aus Entsetzen und Staunen weit auf. Sie beide stiegen in die Bremsen, und der Lokführer schloss die Augen und wartete auf das Knirschen von Metall. Der Zug würde entgleisen, da war er sich absolut sicher, denn das Moped würde unter die Räder geraten und die Lok aus den Schienen werfen. Der Junge würde in Stücke gehackt werden! Er hielt den Bremshebel fest umklammert und betete – und als er endlich wagte, wieder hochzuschauen, sah er bloß freies Gleis.

Der Mopedfahrer war verschwunden.

Viertes Kapitel

Tom hatte instinktiv reagiert.

Das kleine Moped hing zwischen den Schienen fest, ausweichen konnte er nicht. Für einen kurzen Moment sah er das Gesicht des Lokführers und hörte ein Kreischen, das ihm das Hirn zerfetzte, als die Zugräder blockierten und über die Schienen schleiften. Er sah die Funken sprühen, und da plötzlich riss er den Lenker nach oben, um das Moped vorn hochzuziehen. Es gelang, und in letzter Sekunde zerrte er es zur Seite und landete in wild durcheinanderfliegenden Kieseln. Der Vorderreifen platzte, und das Hinterrad schlingerte wie verrückt, als er auf einen Fußweg zuschoss. Zu beiden Seiten jagten Bäume vorbei, und er stieß so hart gegen eine vorstehende Wurzel, dass er in die Luft gerissen wurde und sich überschlug – der Himmel war plötzlich unter ihm, und der Boden schoss über ihm vorbei. Er landete in einem Bett aus Farnen, flach auf dem Rücken, lag eine Weile regungslos da und überlegte, ob er tot sei. Das Einzige, was er hörte, waren Vogelstimmen.

Wie es schien, hatte er sich nichts gebrochen. Er konnte die Finger und Zehen bewegen, und er erinnerte sich, dass das der Test war, ob man Lähmungserscheinungen hatte – Tom war also eindeutig nicht gelähmt. Er wälzte sich vorsichtig auf die Seite und merkte, wie ihm das Laubwerk dabei half, wieder auf die Beine zu kommen. Als er den ersten Schritt machte, spürte er, dass alles noch funktionierte: Wie durch ein Wunder war er absolut unverletzt geblieben. Das Moped dagegen war Schrott – das sah er sofort. Nachdem ihn die Wurzel in die Luft gerissen hatte, war es irgendwie in eine größere Kiefer gekracht und komplett auseinandergebrochen. Er sah es traurig an und dachte an Phil. Und er dachte auch an seinen Dad, doch er hatte jetzt keine Zeit für solche Gedanken. Er musste unbedingt weiter. Die Bahnstrecke war ganz in der Nähe, also ging er dorthin zurück und schaute nach links und rechts.

Fünfzig Meter entfernt gab es einen kleinen Bahnhof, also lief er mit wackeligen Beinen drauf zu. Ein Mann saß auf einer Bank und nickte in seine Richtung, als Tom die Rampe zum Bahnsteig hochkam. Dann seufzte er und schrieb eine Notiz in seinen Notizblock.

«Wieder verspätet», sagte er.

«Ich?», fragte Tom.

«Was?»

«Verspätet.»

«Wer?»

«Ich.»

«Nein. Nicht du, Junge. Ich meine den 15.06. Er ist wieder unterwegs, aber ... sieben Minuten zu spät. Ist zu spät losgefahren, wie immer.» Der Mann kicherte. «Die werden ihr Ziel nie erreichen.»

«Klar.»

«Hm?»

Tom fuhr sich mit der Zunge über die Lippen und hörte, wie seine Stimme brach. Auch sein Herz wummerte noch. Es wollte einfach nicht zur Ruhe kommen.

«Was ist los?», fragte der Mann.

«Nichts», antwortete Tom. «Bin nur ein bisschen verwirrt. Haben Sie zufällig einen großen, langen Güterzug hier vorbeifahren sehen? Muss vor ein paar Minuten durchgekommen sein. Haben Sie ihn gesehen?»

«Natürlich.»

«Dann war er also echt?»

«Echt?»

«Ich bin nicht tot, oder? Ich lebe wirklich?»

«Natürlich bist du nicht tot», sagte der Mann. «Du sprichst von dem Güterzug um 15 Uhr 11. Die Lok ist eine von sechs der gleichen Baureihe. Wenn du's genau wissen willst: eine Schlossenburg 35, made in Germany. War auf dem Weg zum Hafen.»

«Zum Hafen?»

«Zum Bahnhof bei den alten Lagerhäusern. Du bist wohl auch Eisenbahnfan, was?»

«Ja. Glaub schon.»

«Dann verrate ich dir ein Geheimnis. Die Güterzüge haben auf dieser Strecke immer noch Vorrang, und das verursacht diese Verspätungen. Was mich daran aber besonders aufregt: Die Hälfte der Container ist leer.»

Tom merkte, dass seine Beine immer noch zitterten, deshalb setzte er sich zu dem alten Mann auf die Bank.

«Haben Sie zufällig einen Hund gesehen?»

«Einen Hund?»

«Schwarz-weiß, er stand auf dem letzten Waggon. Noch ganz jung –»

«Ich hab auf das Fahrgestell geachtet. Ist das alte Siebziger-Jahre-Modell, maximal dreißig Tonnen Zuladung, deshalb fahren die Biester so langsam.»

«Er ist noch ein Welpe.»

«Wer?»

«Mein Hund. Da war ein Hund auf dem letzten Waggon von dem Güterzug. Ich hab ihn gesehen.»

«Wenn du das sagst, Junge. Aber ich bezweifle das sehr, denn Hunde gibt es nicht auf Zügen.»

«Sie müssen ihn übersehen haben.»

Der Mann runzelte die Stirn. «Ehrlich gesagt habe ich mir Notizen gemacht.» Er drehte seinen Notizblock um, nahm die Brille ab und schob seine Nase ganz dicht an das Blatt.

«Depot-Ausfahrt 09.43, zum Beladen bei McKinley's. Danach fährt er zur Zementfabrik. Endet am Gleis sieben, wo die Waggons geteilt werden. Der vordere Teil fährt weiter zum Pier. Der hintere wartet am Lagerhaus und fährt dann zum Steinbruch.»

Tom stand auf.

«Wo wird er jetzt sein?», fragte er. «Der letzte Waggon, mein ich. Wo fährt der hin?»

«Das habe ich doch gerade gesagt», antwortete der Mann. «Zu den alten Lagerhäusern. Hab mich letzten Monat ein bisschen da umgesehen – tolle Fotos gemacht. Du nimmst den Zug in die Stadt und gehst von dort den Weg an den Gleisen entlang – am Gymnasium vorbei. Ich würde den da nehmen, den 15.08. Und dann an der Endstation aussteigen.»

Der alte Mann stand jetzt auf, denn ein Personenzug näherte sich.

«Darren», rief er, als die Kabine des Lokführers auf seiner Höhe hielt. «Drei Minuten zu spät, hör mal. Was hast du zu deiner Entschuldigung zu sagen?»

«Nichts. Ging am Bahnübergang etwas schleppend – da steht ein Polizeiwagen und sucht nach einem Hooligan. Hat offensichtlich ein Motorrad geklaut und so ein Rentnerpaar bedroht. Hatte wohl auch ein Messer bei sich – hat die beiden offenbar ganz schön erschreckt.»

Tom schwieg.

Er schlich sich unauffällig in den Zug und suchte sich einen Platz. Als er die Jacke auszog, merkte er, dass er noch immer den Schul-Blazer mit dem dünnen roten Streifen trug. Die Krawatte war in seiner Tasche, also band er sie um. Seine Hände waren schmutzig und die Schuhe verschrammt. Er hatte noch Blätter im Haar, und an der Hose klebten Lehmbrocken. Mit anderen Worten: Er sah aus wie ein ganz normaler Schüler, und die Mitreisenden hatten noch nicht einmal aufgesehen.

Eine Glocke erklang, und die Türen schlossen. Der Zug ruckte und war wieder unterwegs. Zwanzig Minuten später sah Tom die vertrauten Dächer seiner Stadt, die vom Kirchturm überragt wurden.

Er hatte seine Route bereits im Kopf und war bereit loszulaufen. Er war als Erster aus der Tür und beachtete kaum richtig die Trauben von Schülern, die darauf warteten einzusteigen. Und er sah auch nicht Robert Tayler, sondern schob sich einfach nur durch die Menge und sprintete los.

Robert stieß seinen Kumpel an und starrte ungläubig hinter Tom her.

«Das war doch Lipman», sagte er schließlich. «Wo will der denn hin?»

Der Kumpel lächelte. «Die Frage lautet: Wo war er? In der Schule jedenfalls nicht. Aber wieso hat er dann seine Schuluniform an?»

«Der türmt.»

«Hat wohl Schiss, würd ich sagen. Aber wieso rennt er in *die* Richtung?»

Sie sahen, wie Tom das Ende des Bahnsteigs erreichte und auf die Gleise sprang.

«Sollen wir hinterher?», fragte Robert. «Ist wie immer allein – wir könnten ihn so richtig schön fertigmachen.»

Fünftes Kapitel

Tom stieg vorsichtig auf das Gleisbett.

Die Strecke machte einen leichten Bogen, und er lief über die Schwellen, so schnell er sich traute. Überall sah er Schilder, elektrische Signale und jede Menge Kabel. Jeden Moment würde er entdeckt werden, und jemand würde versuchen, ihn aufzuhalten – er wusste, dass er das Gelände hier nicht betreten durfte. Und er wusste, dass er an Tausenden von Volt entlanglief. Einmal abrutschen, und die Spannung würde ihn rösten: Er hatte davon gehört, wie menschliches Fleisch so lange an dem Stahl kleben blieb, bis es schwarz verkohlt war. Doch jetzt aufzugeben war einfach undenkbar. Er hatte es so weit geschafft, und Spider musste ganz in der Nähe sein.

Das Gleis, dem er folgte, teilte sich, und schließlich entdeckte er den Güterzug. War es der richtige? Er stand ein ganzes Stück entfernt zwischen zwei heruntergekommenen Bahnsteigen. Der niedrige Waggon am Ende war flach und ohne Ladung, und Tom hatte Angst, dass er schon wieder halluzinierte, denn es schien, als ob sich der Zug noch nie zuvor bewegt hätte. Vielleicht hatte er schon immer in seiner eigenen kleinen Ödnis hier gestanden. Überall wuchs hohes Gras, und es herrschte eine seltsame Stille, als wenn alle Vögel geflohen wären. Er erreichte den Waggon und kletterte daran hoch. Weiter vorn sah er Lagerhäuser, und an einem baufälligen Zaun hingen Schilder mit der Warnung «Zutritt verboten». Stacheldraht blinkte im Sonnenlicht, aber überall gab es Löcher in den Maschen. Ein Hund konnte leicht hindurchkommen, und Tom wusste, er musste weiter.

Er ging vor dem Zaun auf die Knie und fand eine Lücke, so breit wie seine Schultern. Eine halbe Minute später zwängte er sich auf das Abrissgelände. Er sah eine Planierraupe, die leblos herumstand, ohne Fahrer. Dahinter lag das Bauwerk, das sie eingerissen hatte: ein riesiges Gerippe aus brüchigem Mauerwerk und leeren Fenstern. Das Dach war eingestürzt. Es gab auch einen Kran mit einer Abrissbirne. Doch auch der Kran stand leblos da.

Tom pfiff, aber es war kein Pfiff, den man weit hörte.

«Spider!», rief er – und merkte mit einem plötzlichen Anflug von Freude, wie lange er den Namen nicht mehr gerufen hatte.

Er rief noch einmal, so laut er konnte: «Komm schon, mein Junge. Spider!»

Spider drehte sich um und stellte fest, dass sein Schwanz wedelte.

Er war, schon lange bevor der Zug das Lagerhaus erreichte, von dem letzten Waggon gesprungen, denn er wollte ja unbedingt zum Bahnhof. Mondschein hatte sie geführt, und sie waren dort angekommen, wenige Minuten bevor Toms Zug einlief. Diesmal wimmelte es auf dem Bahnsteig von rotschwarzen Uniformen, und die, die sie trugen, waren eindeutig Schulkinder. Spider entdeckte sogar goldene Löwen, die identisch waren mit dem auf Toms Jackentasche. Einige Jungen rannten mit ihren Ranzen herum, andere lungerten vor einem Getränkestand. Er lief zwischen ihnen entlang und jagte von einer Gruppe zur andern wie der Hund eines Schäfers. Wieder und wieder lief er sämtliche Gruppen ab und schob sich zwischen den Beinen hindurch. Sein Eifer verwandelte sich allmählich in Ungläubigkeit, denn Tom war einfach nicht da.

Buster spürte Spiders Frustration. «Und?», fragte sie. «Wir sind doch ganz nah dran, oder?»

«Ich weiß nicht», antwortete Spider. «War das wirklich Tom auf dem Moped?»

«Wie denn?», sagte der Floh. «Halt dich mehr am Rand, wir ziehen sonst die Aufmerksamkeit auf uns.»

Die Tiere fanden eine ruhige Ecke, und Buster schob Spider behutsam zurück. Mondschein stellte sich neben ihn.

«Überleg doch mal, Schätzchen», sagte sie. «Wenn es wirklich Tom war, den du gesehen hast, dann war er auf keinen Fall in der Schule. Und wenn er nicht in der Schule war, kann er auch schlecht hier am Bahnhof sein. Klingt das logisch für dich?»

«Außerdem hat er ja sowieso nie den Zug genommen», murmelte Spider. «Ich bin verwirrt. Ich weiß überhaupt nicht, was ich hier mache. Ich denke nicht logisch.»

Er bellte frustriert, und Buster bellte zurück.

«Hör zu», sagte die Hündin. «Wir könnten vielleicht bis

morgen früh hier warten und dann den Schulkindern folgen –»

«Das will ich nicht», heulte Spider. «Ich muss ihn jetzt finden. Das Ganze ist eine Qual …»

«Du regst dich auf», sagte Mondschein. «Ich glaube, es ist besser für dich, wenn du nach Hause gehst, mein Engel. Wer weiß? Vielleicht wartet er ja dort auf dich.»

Buster baute sich wütend vor ihr auf.

«Katze», sagte die Hündin. «Genau das ist doch sein Problem. Er weiß nicht, wo sein Zuhause ist. Deshalb suchen wir ja nach der verdammten Schule!»

«Ich bin so verloren», sagte Spider. «Mein Zuhause könnte Kilometer weit weg sein. Und ich glaube immer noch, dass Tom in Gefahr ist. Keine Ahnung, wieso.»

«Dein Zuhause ist gleich hier um die Ecke», erklärte Mondschein.

«Wie meinst du das?»

Die Katze setzte sich hin und leckte ihre Pfote. «Dein kleines Haus, Schätzchen. Der Ort, wo wir uns das erste Mal getroffen haben, wo du mir aufs Dach gefolgt bist und mir dein Herz geöffnet hast. Das Haus liegt doch ganz nah am Park, oder?»

Spider nickte.

«Ja», sagte er leise. «Ganz nah.»

«Das ist fünf Minuten von hier. Willst du da hin?»

«Mondschein», sagte Buster. «Sagst du auch wirklich die Wahrheit?»

Die Katze blinzelte.

«Natürlich», antwortete sie. «Ich versuche bloß zu helfen.»

Sechstes Kapitel

Tom hatte das seltsame Gefühl, beobachtet zu werden.

Er lief durch den Schutt hinüber zu den Überresten des Lagerhauses. Es war ein altes Backsteingebäude, und als er durch die leeren Türöffnungen kam, erkannte er, wie labil die Bausubstanz sein musste. Teile der oberen Stockwerke waren heruntergesackt, sodass sich über ihm nur noch ein Gerippe aus Stahlträgern und verrotteten Holzbalken spannte. Darüber konnte er den Himmel sehen, während der Boden unter ihm mit Steinbrocken übersät war. Um ihn herum standen schiefe Säulen und Stützen. Das Gebäude hatte mehrere Treppen, doch die meisten gingen nur noch ins Leere, aber einige führten auch zu einer bröckelnden Galerie hoch. Das Sonnenlicht fiel in scharfen, diagonalen Strahlen herein. Warum sollte Spider hier sein? Tom wollte schon umkehren und seine Suche woanders fortsetzen, als er in einem der oberen Stockwerke einen Stein kollern hörte.

Wieder rief er: «Spider!»

Diesmal hallte seine Stimme zurück und verlor sich. Eine

Spider stellte sich vor sie hin und schob seine Nase dicht an ihre. Er atmete jetzt schwer.

«Hör zu», sagte er. «Willst du behaupten, du kannst mich zu Toms Haus führen? Ist es das, was du meinst?»

Die Augen der Katze waren weit geöffnet. Sie nickte. «Wieso ... ja klar», antwortete sie.

«Bist du sicher?»

«Natürlich.»

«Wieso hast du das dann nicht schon längst gesagt?», rief der Floh.

«Hat mich ja niemand gefragt. Ihr habt gesagt, ihr wollt zum Bahnhof, also dachte ich, ihr hättet einen Plan.»

«Mondstrahl, du bist echt eine Plage!», brüllte Buster und knurrte wütend. «Wir suchen doch nach dem Hundebesitzer, oder?»

«Klar, nach dem kleinen Tom –»

«Dann bring endlich deinen Stummel von Schwanz in die Gänge! Heb deinen kleinen Arsch hoch und führ den Hund nach Hause. Und zwar dalli!»

Die Pitbull-Hündin bellte und schnappte und Mondschein sprang jaulend zurück. Sie machte einen Buckel, als die Hündin sie anfunkelte, schaffte es jedoch, sich abzuwenden und sich zu beruhigen. Sekunden später trottete sie durch den Bahnhof auf den Ausgang zu, und Spider lief direkt hinter ihr.

Fünf Minuten später erkannte der Hund den ersten vertrauten Orientierungspunkt: Ein schmiedeeisernes Tor stand weit offen, und dahinter lag eine riesige grüne Rasenfläche. Sie traten alle zusammen in den Park und spurteten zum anderen Ende. Spider wusste jetzt genau, wo er war. Das gleiche Tor wie auf der anderen Parkseite führte ihn wieder hinaus und über eine Straße, danach durch ein Labyrinth von Durchgängen und Gassen, die er mit geschlossenen Augen erkannt hätte. Er führte sie jetzt, auch wenn Mondschein neben ihm herlief. Er winselte, ohne es zu wollen, denn er roch starke, vertraute Gerüche, und plötzlich lief er an der ersten Haustür in seiner eigenen Straße vorbei. Das weiße Haus folgte gleich daneben, dann kamen sie zu dem, das nach Gewürzen roch, und daneben war der zugenagelte Laden – und dann endlich kam es, das Haus, das er aus so dummen Gründen verlassen hatte. Er schaute an der blätternden gelben Wandfarbe hoch, und sein Herz hämmerte wie wild. Er hatte zum ersten Mal Toms Geruch in der Nase.

Über seinem Kopf hing ein Plakat. Jemand hatte es über den Türklopfer gepinnt, und Spider sah sich selbst in den Armen seines Herrn.

«Oh», sagte er. Er zitterte jetzt wieder. «Buster, schau! Ich kann es gar nicht glauben.»

«Das ist das Plakat, von dem du uns erzählt hast», sagte die Pitbull-Hündin leise. «Er will dich zurück, mein Freund – du hattest absolut recht. Er ist dadrin und wartet auf dich. Du hast es geschafft.»

Spider hatte einen ganz trockenen Mund und das Gefühl, ohnmächtig zu werden, deshalb ließ er sich vor der Haustür nieder und kratzte am Holz. Sekunden danach war er wieder auf den Beinen, schob die Nase durch den Briefschlitz und bellte laut.

Buster stimmte mit ein, und Mondschein sprang auf das

Fensterbrett des Wohnzimmers, um durch die S
hen.

Niemand reagierte.

«Hört auf», sagte der Floh. «Sonst werden w
genommen.»

«Er muss dadrin sein», rief Spider. «Die Schul
haben wir doch gesehen.»

Er kläffte zweimal, doch diesmal spürte er
Klang. Sein Bellen hallte im leeren Flur wider und
der Stille verschluckt.

«Gibt es noch einen anderen Weg hinein?», frag

Spider schluckte. «Nur einen», antwortete er. «
die Dachluke.»

«Ich schau für dich nach», sagte die Katze. «Ist
liche Kletterei, aber ich gebe mein Bestes. Wünsch
Schätzchen – und warte auf mich …»

Taube flog auf und löste ein wenig feinen Schutt, der zu Tom herabrieselte. Im selben Moment hörte er ein hohes Bellen, doch als er sich umdrehte, war alles still.

«Komm schon, Junge», sagte er. «Was ist los, Spider? Wo bist du?» Er entschied sich für eine Treppe, die noch halbwegs stabil wirkte, und stieg nach oben.

Robert Tayler musste sich zwingen, nicht laut loszulachen.

Er war Tom durch den Zaun gefolgt und eine Weile hinter ihm hergelaufen, erstaunt, dass der Junge ihn nicht bemerkte. Er drehte sich grinsend um. Marcus war immer noch bei ihm, und der Plan funktionierte perfekt. Die Jungen erkannten, dass sie sich Zeit lassen konnten. Sie legten ihre Ranzen und Blazer auf den Boden, und als Tom im Lagerhaus verschwand, liefen sie leise um das Gebäude herum. Sie schauten durch die Außenmauer und sahen, wie Tom nach oben blickte. Es war Marcus, der den Stein warf. Als Tom hochlief, nahmen sie die Treppe gegenüber, und Minuten später waren sie über ihrem Opfer und schauten zu ihm hinab. Sobald Tom auftauchte, duckten sie sich.

Diesmal war es Robert, der eine Dachpfanne in einem hohen Bogen warf. Das Teil stürzte auf einen Eisenträger, was ein schauriges Klirren auslöste. Marcus antwortete mit einem sehr realistischen Gebell, und sehr zu ihrer Zufriedenheit sahen sie Tom hektisch herumwirbeln..

«Spider!», rief er. «Wo bist du, Junge? Ich bin nicht sauer ...»

Robert kläffte.

«Spider? Bitte ...»

Der Eindruck eines Hundes, der unter Schmerzen litt, war

perfekt gelungen, und das Echo machte alles noch wehleidiger.

Tom war völlig außer sich. Er rief von neuem: «Spider!» Dann eilte er hinauf und stand plötzlich auf einer Holzbalustrade hoch oben in dem, was vom Dachboden übrig war.

Genau in diesem Moment entdeckte Robert ein dünnes Eisenrohr. Es lag dicht vor seinen Füßen, schön gerade wie ein Schürhaken, und war das ideale Werkzeug, um Schrecken zu verbreiten. Er hob das Rohr auf und schnitt Tom den Weg ab. Er hielt das Eisenstück wie ein Schwert.

«Erwischt», sagte er.

Tom schaute hinab, und die zwei Jungen starrten einander an.

«Dein Hund ist tot, Lipman. Genau wie du.»

Bei Tom zu Hause traute Faden seinen Augen nicht. Die Dachluke öffnete sich von außen, und er sah, wie eine dürre graue Pfote die Scheibe nach oben drückte.

«Hey, verschwinde!», rief er. «Was soll das?»

«Ich suche einen Jungen», antwortete Mondschein. «Einen kleinen Jungen, der Tom heißt. Das hier ist doch sein Zimmer, oder?»

«Tom wer? Verzieh dich! Das hier ist Privatbesitz.»

«Das hier ist sein Zimmer, ich weiß es genau. Ist er da oder nicht?»

«Nein. Er ist weggelaufen.»

«Das ist unmöglich!», rief die Katze. «Wohin denn? Spider ist den ganzen Weg gekommen, um ihn wiederzutreffen ...»

Sie zwängte ihren Kopf nach innen und starrte auf ein leeres, ungemachtes Bett. In Sekundenschnelle hatte sie sich unter dem Fenster hindurchgedrückt und auf den Schrank fallen lassen. Sie ignorierte das Schreien der Spinne und sprang auf den Boden. Die Tür stand offen, also schlich sie nervös auf den Flur. Als sie unten am Ende der Treppe ankam, wusste sie, dass das Haus leer war. Also sprang sie auf das Fensterbrett in der Küche. Spider war inzwischen im Garten und bellte. Mondschein stieß mit dem Kopf gegen das Flügelfenster und klappte mit ihren Pfoten den Riegel hoch. Sekunden später hatte sich Spider durch die Öffnung gezwängt und war im Haus.

«Spider, warte!», rief sie, doch es war zwecklos. Der Hund zwängte sich an ihr vorbei und fiel mit voller Wucht auf einen Stapel dreckiges Geschirr. Er sprang nach unten und schüttelte ein paar Scherben aus seinem Fell. Im nächsten Moment raste er hinauf in Toms Zimmer. Toms Geruch war jetzt überall, doch als er schlitternd stehen blieb und sich umschaute, wusste er, dass seine Suche erneut fehlgeschlagen war. Tom war auf quälende Weise abwesend.

Faden ließ sich herab und baumelte direkt über seinem Kopf.

«Das ist ein Skandal, Hund», zischte er. «Erst eine Katze und jetzt du. Wir dachten, du wärst tot.»

«Ich suche Tom», sagte Spider. «Wo ist er hin?»

«Er ist flüchtig, soviel ich weiß. Und übrigens, du hast einen Floh im Gesicht.»

«Stimmt genau», sagte der Floh. «Und ich habe mir schon lange gewünscht, dich zu treffen. Erzähl uns, was du weißt, und wag es ja nicht zu lügen.»

«Ist er zur Schule gegangen?», fragte Spider. «Hilf uns, Faden. Ich muss ihn finden.»

Die Spinne kicherte und drehte sich an ihrem Faden um die eigene Achse. «Willst du wirklich die Wahrheit hören?», fragte sie. «Kannst du haben, Hund – denn es ist alles deine Schuld. Die ganzen Probleme, die du geschaffen hast! Hier hat das totale Chaos geherrscht, seitdem du weg warst. Ständig hat das Telefon geklingelt. Wir hatten die Polizei im Haus –»

«Die Polizei? Wieso das? Wann hast du Tom das letzte Mal gesehen?»

«Heute Morgen natürlich! Hat sich gestern Nacht wie üblich in den Schlaf geheult. Oje, du kannst dir die Tränen gar nicht vorstellen. Dann heute Morgen steht er auf, und ich bin gerade auf dem Flur, da hör ich den Untermieter hochkommen. Und genau in dem Moment handelt der Junge. Er klaut das Moped und schwänzt die Schule. Irgendwann später tauchen hier plötzlich zwei Polizisten auf und reden von einem Verkehrsunfall –»

«Aber wo ist er jetzt?», bellte Spider.

«Wer weiß?», schrie Faden. «Wir warten auf Nachricht. Sie haben das Moped gefunden, so viel ist klar, denn sie sind gekommen, um mit dem Vater zu reden. War irgendwo an einer Eisenbahnlinie, total kaputt. Der Fahrer weg, wahrscheinlich unter dem Zug –»

«O Gott!», jaulte Spider. «Ich weiß nicht, was ich tun soll! Ich kann doch nicht hierbleiben ...»

Er jagte die Treppe hinab und dann die Stufen zum Garten. Mondschein folgte ihm, und in null Komma nichts waren sie

Sechstes Kapitel

Tom hatte das seltsame Gefühl, beobachtet zu werden.

Er lief durch den Schutt hinüber zu den Überresten des Lagerhauses. Es war ein altes Backsteingebäude, und als er durch die leeren Türöffnungen kam, erkannte er, wie labil die Bausubstanz sein musste. Teile der oberen Stockwerke waren heruntergesackt, sodass sich über ihm nur noch ein Gerippe aus Stahlträgern und verrotteten Holzbalken spannte. Darüber konnte er den Himmel sehen, während der Boden unter ihm mit Steinbrocken übersät war. Um ihn herum standen schiefe Säulen und Stützen. Das Gebäude hatte mehrere Treppen, doch die meisten gingen nur noch ins Leere, aber einige führten auch zu einer bröckelnden Galerie hoch. Das Sonnenlicht fiel in scharfen, diagonalen Strahlen herein. Warum sollte Spider hier sein? Tom wollte schon umkehren und seine Suche woanders fortsetzen, als er in einem der oberen Stockwerke einen Stein kollern hörte.

Wieder rief er: «Spider!»

Diesmal hallte seine Stimme zurück und verlor sich. Eine

Fensterbrett des Wohnzimmers, um durch die Scheibe zu spähen.

Niemand reagierte.

«Hört auf», sagte der Floh. «Sonst werden wir noch festgenommen.»

«Er muss dadrin sein», rief Spider. «Die Schule ist aus, das haben wir doch gesehen.»

Er kläffte zweimal, doch diesmal spürte er den hohlen Klang. Sein Bellen hallte im leeren Flur wider und wurde von der Stille verschluckt.

«Gibt es noch einen anderen Weg hinein?», fragte der Floh.

Spider schluckte. «Nur einen», antwortete er. «Und das ist die Dachluke.»

«Ich schau für dich nach», sagte die Katze. «Ist eine ziemliche Kletterei, aber ich gebe mein Bestes. Wünsch mir Glück, Schätzchen – und warte auf mich ...»

deren Ende. Spider wusste jetzt genau, wo er war. Das gleiche Tor wie auf der anderen Parkseite führte ihn wieder hinaus und über eine Straße, danach durch ein Labyrinth von Durchgängen und Gassen, die er mit geschlossenen Augen erkannt hätte. Er führte sie jetzt, auch wenn Mondschein neben ihm herlief. Er winselte, ohne es zu wollen, denn er roch starke, vertraute Gerüche, und plötzlich lief er an der ersten Haustür in seiner eigenen Straße vorbei. Das weiße Haus folgte gleich daneben, dann kamen sie zu dem, das nach Gewürzen roch, und daneben war der zugenagelte Laden – und dann endlich kam es, das Haus, das er aus so dummen Gründen verlassen hatte. Er schaute an der blätternden gelben Wandfarbe hoch, und sein Herz hämmerte wie wild. Er hatte zum ersten Mal Toms Geruch in der Nase.

Über seinem Kopf hing ein Plakat. Jemand hatte es über den Türklopfer gepinnt, und Spider sah sich selbst in den Armen seines Herrn.

«Oh», sagte er. Er zitterte jetzt wieder. «Buster, schau! Ich kann es gar nicht glauben.»

«Das ist das Plakat, von dem du uns erzählt hast», sagte die Pitbull-Hündin leise. «Er will dich zurück, mein Freund – du hattest absolut recht. Er ist dadrin und wartet auf dich. Du hast es geschafft.»

Spider hatte einen ganz trockenen Mund und das Gefühl, ohnmächtig zu werden, deshalb ließ er sich vor der Haustür nieder und kratzte am Holz. Sekunden danach war er wieder auf den Beinen, schob die Nase durch den Briefschlitz und bellte laut.

Buster stimmte mit ein, und Mondschein sprang auf das

Spider stellte sich vor sie hin und schob seine Nase dicht an ihre. Er atmete jetzt schwer.

«Hör zu», sagte er. «Willst du behaupten, du kannst mich zu Toms Haus führen? Ist es das, was du meinst?»

Die Augen der Katze waren weit geöffnet. Sie nickte. «Wieso ... ja klar», antwortete sie.

«Bist du sicher?»

«Natürlich.»

«Wieso hast du das dann nicht schon längst gesagt?», rief der Floh.

«Hat mich ja niemand gefragt. Ihr habt gesagt, ihr wollt zum Bahnhof, also dachte ich, ihr hättet einen Plan.»

«Mondstrahl, du bist echt eine Plage!», brüllte Buster und knurrte wütend. «Wir suchen doch nach dem Hundebesitzer, oder?»

«Klar, nach dem kleinen Tom –»

«Dann bring endlich deinen Stummel von Schwanz in die Gänge! Heb deinen kleinen Arsch hoch und führ den Hund nach Hause. Und zwar dalli!»

Die Pitbull-Hündin bellte und schnappte und Mondschein sprang jaulend zurück. Sie machte einen Buckel, als die Hündin sie anfunkelte, schaffte es jedoch, sich abzuwenden und sich zu beruhigen. Sekunden später trottete sie durch den Bahnhof auf den Ausgang zu, und Spider lief direkt hinter ihr.

Fünf Minuten später erkannte der Hund den ersten vertrauten Orientierungspunkt: Ein schmiedeeisernes Tor stand weit offen, und dahinter lag eine riesige grüne Rasenfläche. Sie traten alle zusammen in den Park und spurteten zum an-

wieder draußen vor der Haustür. Buster hockte auf der Treppe und hielt Wache.

«Es ist zum Verzweifeln», sagte Spider. «Was machen wir?»

«Ausruhen», antworte Mondschein. «Lass mich etwas zu fressen suchen –»

«Ich hab keinen Hunger, du Dumme – ich werde nie wieder was fressen, es sei denn zusammen mit Tom.»

«Sag so was nicht, Spider!»

«Wieso nicht?»

«Du brauchst deine Kraft und, oh, schau mal – wo ist denn dein Floh geblieben? Du hast ihn zurückgelassen ...»

Mondschein wollte an ihm herumschnuppern, aber Spider sprang zurück. Im nächsten Moment stand er reglos da, eine Pfote in die Luft gestreckt.

«Was ist?», fragte die Pitbull-Hündin.

«Lasst mich. Rührt mich nicht an ...»

«Wieso nicht? Was ist mit dir?»

«Es ist sein Herz», flüsterte Mondschein. «Ich fürchte, es bricht. Und das tut weh. Hab ich schon selber erlebt –»

«Spider, sprich mit uns!», bellte die Pitbull-Hündin. «Was geht in dir vor, Kumpel?»

Der Hund senkte den Kopf und schluckte. Seine Ohren zuckten plötzlich, und das Fell am Rückgrat stellte sich Haar für Haar auf. Er spürte ein äußerst seltsames Kribbeln, und seine Schwanzspitze wurde ganz heiß.

«Tom ist in der Nähe», sagte er leise. «Er ist ganz in der Nähe, Buster – und er braucht mich. Ich spür es.»

Er winselte und schnupperte. Das Kribbeln war in ein stetes Pulsieren übergegangen, und er hatte noch nie ein so starkes

Gefühl erlebt. Er spürte ein heftiges Pochen des Bluts, sowohl im Herzen als auch im Kopf. Er lief im Kreis und schnaufte.

«Wieso steh ich noch hier?»

«Das solltest du nicht», antwortete Buster. «Los, such ihn.»

«Aber wo? Ich weiß nicht, aus welcher Richtung es kommt, doch er ... er ... ruft nach mir.»

«Horch genauer. Ich kenn das, Kumpel. Also wehr dich nicht dagegen! Was siehst du?»

«Ich sehe wieder die Eisenbahnstrecke.»

«Was noch?»

«Ich seh einen ... Zug, den Zug, auf dem wir gewesen sind – und ... wir kommen zu spät.»

«Niemals!», rief Mondschein.

Als sie sprach, hörten sie plötzlich eine Sirene. Irgendwo in der Nähe fuhr ein Einsatzfahrzeug zu einem Notfall. Das brachte Spider in Schwung. Er bellte einmal, und es war ein triumphierendes Bellen, denn er bellte, weil er jetzt endlich Bescheid wusste. Plötzlich war ihm klar, in welche Richtung er musste.

Sein Schwanz ragte steil nach oben, und in der nächsten Sekunde war er verschwunden – wie eine Rakete schoss er den Gehweg entlang. Buster und Mondschein folgten ihm, aber er war schon sehr weit voraus. Sie sahen ihn über die Straße flitzen, gerade als ein Polizeiwagen mit heulender Sirene über die Kreuzung raste. Der Wagen verpasste ihn nur um Haaresbreite.

Spider hetzte durch die Gassen, linksrum, dann wieder rechtsrum. Buster nahm seinen Geruch auf und folgte. Sie sah ihn noch gerade an ein paar Läden vorbeijagen, zurück Richtung Stadt. Bald standen sie vor der Kirche. Der vertraute

Glockenturm ragte steil in die Höhe. Es läutete fünf Uhr, die Glocken dröhnten über die Stadt hinweg wie ein schrecklicher Countdown – und Spider rannte noch schneller und sprang in den Bahnhof. Er raste durch die Halle zum ersten Bahnsteig, den er sah. Er wich einem Beamten aus, der versuchte, ihm den Weg zu versperren, und segelte über die Sperre. Plötzlich waren sie alle auf den Gleisen, und Spider erhaschte einen Hauch von seinem Herrn. Er jagte weiter, schneller als je in seinem Leben. Ein Pfeifen ertönte, als sich ein Zug langsam auf sie zuschlängelte: Sie krochen darunter und warfen sich zwischen den Rädern hindurch in ein kleines Gestrüpp. Da! Die Schienen teilten sich, und die Güterwagen tauchten vor ihnen auf.

Sie sammelten sich auf der leeren Plattform, doch jetzt blockierte ein Zaun ihren Weg. Spider sprang dagegen und bellte, denn er konnte seinen Herrn auf dem Stein und im Gras riechen. Der Junge war da gewesen, erst vor ganz kurzer Zeit, und er war nicht allein.

«Hilf mir, Buster», winselte er. «Wir müssen da durch ...»

«Hier lang», rief die Katze. «Hier ist eine Lücke ...»

«Ist er noch in der Nähe?», fragte die Pitbull-Hündin.

«Ja. Aber er ist in Gefahr. Er ist in ganz schrecklicher, schlimmer Gefahr ...»

Siebtes Kapitel

Tom spürte, wie die Bodendielen, auf denen er balancierte, unter den Füßen schwankten.

Er sah, wie es aus dem Backsteingemäuer rieselte. Es machte ihm Angst. Wieder rutschten ein paar Dachschiefer ab, und er hörte, wie sie unter ihm zerplatzten. Er hörte auch den Güterzug, der ein langes verzweifeltes Pfeifen ausstieß, als er sich langsam vom Nebengleis schob.

«Spider!», rief Tom wieder. «Wo bist du, Spider?»

«Er ist tot», sagte Robert Tayler. «Wie oft soll ich's dir noch sagen?»

Tom schaute zu ihm hinab.

«Er lebt.»

«Tut er nicht. Nennst du mich etwa einen Lügner?»

«Was anderes als lügen kannst du doch nicht», antwortete Tom. «Du lügst ständig. Du weißt doch überhaupt nicht, was Wahrheit ist.»

Er schaute auf das Eisenrohr, das der Junge in der Hand hielt, und wusste, der Augenblick war gekommen. Sein Feind kam lächelnd zu ihm hochgestiegen, und Tom fühlte sich merkwürdig ruhig – es gab keine Möglichkeit mehr, dem Konflikt aus dem Weg zu gehen. Er war lange immer näher gekommen – so wie ein langsamer Zug –, und er hatte etwas schrecklich Zwangsläufiges an sich. Sie waren an einem perfekten Ort: Ein Sturz war tödlich, und es gab kein Entkommen. Nur ein Idiot würde auf die Überreste der Mauer klettern und danach über die Dachbalken. Man musste völlig verzweifelt sein, um das zu wagen. Tom war nicht mehr verzweifelt. Seine Augen zuckten nach rechts und links, dann konzentrierte er sich wieder auf Rob, der immer noch lächelte.

Marcus stand hinter ihm und wirkte nervös.

«Du bist ein Freak, Lipman.»

«Ja, bin ich das?»

«Du hast so viel Schiss. Du bist nichts als ein kleiner Schwächling.»

«Das stimmt nicht.»

«Du schiebst Panik. Sieh dich doch an.»

«Ich hab keine Angst, Rob. Ich überleg nur gerade, wie viele Knochen ich dir brechen werde. Du bist ein verdammter, elender Lügner, und ich werde dich fertigmachen. Dein kleiner Kumpel interessiert mich nicht, denn ich hab es auf dich abgesehen.»

Rob blinzelte. Er merkte, dass ihm der Mund offen stand, und obwohl er jetzt das Eisenrohr mit beiden Händen festhielt, hatte er plötzlich kein Selbstvertrauen mehr. Seine Augen waren weit aufgerissen, und Tom sah, dass er sich nicht mehr sicher war, was er tun sollte.

«Leute», sagte Marcus. «Es ist nicht sicher hier.»

«Es ist perfekt hier», antwortete Tom.

«Ich mein das ernst. Lasst uns wieder nach unten gehen ...»

Tom machte einen Schritt nach vorn. «Weißt du was?», sagte er leise. «Du bist nichts, Tayler. Spider lebt, und ich werde ihn finden, aber zuerst erledige ich dich – ein für alle Mal.»

Rob hob wieder seine Waffe, doch mehr zur Verteidigung. Er wollte etwas sagen, aber bevor er dazu kam, tat Tom etwas sehr Schlaues. Er hatte es in einem Film gesehen, doch er staunte, dass es tatsächlich derart gut funktionierte. Er rief: «Marcus, nein!» Da drehte sich Rob um und gab Tom den Bruchteil einer Sekunde, den er brauchte. Tom hatte die Füße fest aufgesetzt und schlug zu – mit einer perfekten, beinharten Rechten, die das Gesicht seines Feindes so hart traf, dass Tom den Schock bis in die Schulter spürte. Rob war vollkommen überrascht und verlor das Gleichgewicht, und Tom setzte nach und griff mit beiden Händen zu. Er stellte fest, dass er Robs Krawatte in der Faust hielt, oben, ganz dicht am Hals, und er riss den Jungen nach vorn und dann zur Seite. Rob stürzte, die Waffe rutschte ihm aus der Hand und fiel ins Leere. Tom machte einen kurzen Schritt rückwärts, um mit den Füßen zuzutreten. Er hatte jetzt nur noch eines im Sinn: dem Jungen den Kopf von den Schultern zu rammen.

Jemand hatte ihm mal erklärt, dass man immer fair kämpfen müsse, doch sein Feind hatte das hier zu lange herausgefordert. Und jetzt war er am Boden, auf allen vieren, Tom vollkommen ausgeliefert. Wut und Schmerz kochten in Tom. Und er trat mit dem rechten Fuß genauso fest zu, wie er mit der Faust zugeschlagen hatte. Zum Glück für sie beide verschätzte er sich. Der Tritt ging daneben, und Rob rappelte sich hoch.

Marcus brüllte etwas, und Robs Gesicht war jetzt eine Maske aus blutfleckiger Angst. Tom stand schon wieder bereit – er war begeistert, dass das Nasenbluten seines Gegners so heftig ausfiel. Er schlug erneut zu und traf Rob voll am Mund. Der Junge konnte sich nicht mehr verteidigen, taumelte rückwärts und starrte in Toms glühende Augen: Er wusste, er hatte verloren, und er wusste, dass er schnell weglaufen musste.

Die Treppe war blockiert, deshalb versuchte er, auf das Mauerwerk hinter sich zu klettern. Es war der einzige Ausweg – und er konnte es schaffen, wenn er sprang.

«Rob, nein!», schrie Marcus. Doch dann verstummte er.

Der Junge war auf die Knie gegangen, denn er hatte den Weg falsch eingeschätzt. Er streckte die Arme vor, in Panik, als er merkte, dass die Brüstung, auf der er kauerte, viel zu schmal war. Und unerträglich hoch. Mit keinem Halt auf beiden Seiten war es, wie auf einem Seil zu balancieren, und selbst Tom sah das Entsetzen und die Unentschlossenheit, als Rob den rechten Fuß hob und nicht wusste, wohin er ihn setzen sollte. Der Junge wollte umkehren, zurück in Sicherheit, doch zugleich wollte er Abstand halten zu seinem Angreifer. Marcus streckte die Hand aus, und Rob schaffte es irgendwie, sie zu greifen. Er sprang wieder zurück, und als er aufkam, spürten sie alle, wie die alten Holzbalken schwankten und nachgaben. Ein Dachträger löste sich über ihnen und krachte herunter wie ein Hammer. Ein Teil des Mauerwerks kippte langsam nach innen und zerfiel in einem Trümmerschauer.

Das Lagerhaus brach endgültig in sich zusammen.

Die Jungen stürzten mit in einer Lawine aus Holz, Stein und Schiefer. Alles geschah in schrecklicher Zeitlupe, die Säulen und Bögen stürzten übereinander. Es dauerte höchstens eine halbe Minute, und als der Schutt dalag, stieg eine Staubwolke auf und schwebte über der ganzen Zerstörung. Sie waberte als leichter grauer Nebel, und dann machte sich wieder die Stille breit, als ob nichts Besonderes passiert wäre.

Achtes Kapitel

Spider wand sich durch den Zaun, gerade als sich die letzte Erschütterung legte.

Die Stille kehrte zurück, und das Gelände wirkte verlassen. Nichts rührte sich, außer der Staubwolke, die sich langsam ausbreitete und das Licht in ein bedrückendes Grau verwandelte. Er sah das Dach der Planierraupe, begraben unter einem Berg von Schutt. Er schnupperte im Gras, denn wieder war da der Geruch nach etwas Vertrautem – ein typischer Stoffgeruch. Er folgte der Spur – und dann sah er sie: zwei rot-schwarze Blazer, zusammengefaltet über zwei Schulranzen.

Keine der Jacken gehörte Tom, das wusste er sofort. Aber er wusste auch, dass er jetzt noch näher dran war. Buster kam auf schmerzenden Pfoten zu ihm gehumpelt, und sie sahen sich schweigend an.

«Vertrau deinem Instinkt», sagte die Pitbull-Hündin.

«Genau das versuch ich. Er ist hier – ich weiß es.»

Während sie sprachen, hörten sie einen ganz leisen Schrei. Beide Hunde sprangen weiter und kletterten in den Schutt.

gegen. Er bewegte sie, leckte über die Handfläche und stieß den Daumen an, ob er sich regte. Plötzlich – gerade als er die Hoffnung schon aufgegeben hatte – spannten sich die Finger. Sie reckten sich nach dem Maul des Hundes und berührten den vorstehenden Zahn, strichen leicht über ihn und fuhren dann weiter nach oben, um die Schnauze zu streicheln. Spider grub wie wild mit seinen Pfoten im Schutt, und schnell kam das Handgelenk zum Vorschein, eingehüllt in den verdreckten Ärmel in Rot und Schwarz. Spider kläffte vor Freude und nahm den Stoff zwischen die Zähne. Er zog und zog, und der Arm schlang sich jetzt um seine Schulter. Buster half Spider und räumte Geröll weg. Endlich sahen sie menschliches Haar. Spider stieß seine Schnauze in den Schutt und schob ihn weg, hob ihn an, und als Nächstes sahen sie eine Wange, ein geschlossenes Auge und bleiche, blutleere Lippen. Das ganze Gesicht wirkte leblos, doch als Spider es abschleckte, zuckten die Augen auf und fokussierten sich. Der zweite Arm hob sich aus dem Schutt, und obwohl Tom geschwächt war und Schmerzen hatte, gelang es ihm, seinen Hund zu umarmen.

«O Spider», sagte er leise. «Endlich ...»

Spider konnte gar nicht mehr aufhören, den Jungen abzuschlecken, und bald war Toms Gesicht nahezu sauber. Buster und Mondschein scharrten das Geröll weg, dass ihn erdrückte, und es gelang ihm, sich zu bewegen. Er bekam ein Bein frei, und sie arbeiten gemeinsam, um den größten Stein von allen anzuheben, der sein anderes Knie festhielt. Tom drehte sich auf den Bauch, dann kroch er auf allen vieren nach vorn, ungläubig vor Staunen, dass er noch lebte. Spider winselte und Mondschein sprang zu dem Ausgang über ihren Köpfen.

«Nein», sagte Tom. «Wir können nicht weg hier …»

Spider starrte ihn an.

«Da sind noch zwei andere, Spider. Wir können die doch nicht allein lassen. Sie müssen hier irgendwo sein. Hilf mir, nach ihnen zu graben!»

Tom stieß seine Hände in den Schutt, und die Tiere begriffen, dass immer noch etwas schrecklich verkehrt war. Fast im selben Moment erreichte ein neuer Geruch ihre Nasen, und sie machten sich an die Arbeit. Nach wenigen Minuten hatten sie ein Bein in schwarzer Hose freigelegt und einen Arm in einem zerrissenen weißen Hemdsärmel. Tom keuchte und würgte, denn der Staub um sie herum wurde immer dichter.

«Marcus!», rief er. «Rob!»

Die beiden Jungen lagen noch mit dem Gesicht nach unten im Schutt, niedergedrückt von dem schweren Geröll – es dauerte eine weitere halbe Minute, sie freizulegen. Und als die beiden endlich den Kopf hoben, war klar, dass sie beinahe am Ende waren. Marcus, dem Jüngeren der beiden, gelang es, sich auf ein Knie zu stützen. Er hustete, und Tom half ihm, das andere Bein freizubekommen. Der zweite Junge war kaum mehr bei Bewusstsein. Tom schob sich an seine Seite.

«Komm schon, Rob», sagte er. «Du wirst hier nicht sterben!»

«Mum?», flüsterte Rob.

«Ich bin's, Tom.»

«Hilf mir, Tom. Ich spür meine Beine nicht.»

«Du musst dich bewegen, okay? Ich kann dich nicht tragen.»

«Bist du das, Lipman?»

«Ja!»

«Ich hab gelogen. Es tut mir so leid, aber –»

«Ist jetzt egal!», rief Tom. «Komm, hilf mit, dich da rauszuschieben, okay? Nimm die Arme!»

Marcus kniete neben ihnen und fasste nach dem Hemd seines Freundes. Er arbeite jetzt mit Tom zusammen, und schließlich schafften sie es wirklich, den Jungen herauszuziehen. Sie stützten ihn von hinten – Mondschein wartete bereits auf sie. Sie führte sie den Steilhang hoch zu dem winzigen runden Himmelsausschnitt über ihnen. Marcus schlängelte sich nach vorn und zog Rob. Tom blieb hinter ihm und nahm ein bisschen von dem Gewicht seines alten Feindes weg, als die Ziegel unter seinen Füßen wegrutschten.

Ein weiterer Mauerteil brach in sich zusammen, und es lag an Busters einem gutem Auge, dass sie nicht von den herabstürzenden Brocken erschlagen wurden. Die Hündin hatte den Stahlträger gesehen, gerade als er sich rührte. Sie stemmte ihren schweren Körper gegen das Eisen, und Spider hörte sie keuchen, als der Träger sie niederdrückte – ihre Lungen spannten sich, und sie knurrte vor Schmerz. Irgendwie gelang es ihr, sich zu strecken, und die drei Jungen krochen an ihr vorbei. Buster folgte ihnen gerade noch rechtzeitig, und sie erreichten die Oberfläche, bevor der Boden nachgab und unter ihnen wegsackte.

Sie kraxelten die letzten Schritte rücklings und waren in Sicherheit, als der Gang endgültig in sich zusammenbrach.

Spider sah Tom an und Tom Spider.

Sie waren mit Geröllstaub bedeckt. Sie konnten kaum atmen, und ihre Körper waren geschunden und blutig. Doch sie lebten, und als Tom zu Boden sackte, geschah das nicht vor Erschöpfung oder Schwäche. Er sank nieder, um einen echten Freund zu umarmen und fest an sich zu drücken.

«Du bist ein guter Hund», flüsterte Tom unter Tränen. «Du bist der Beste, Spider. Der Beste auf der ganzen weiten Welt.»

«Jetzt komm schon», sagte der Floh. «Wir haben das doch alles beredet.»

Faden schnaubte. «Du hast geredet», sagte die Spinne.

«Und du hast zugestimmt!»

«Unter Druck. Das hier kommt direkt aus meiner Speisekammer, Leute. Es ist ein gewaltiges Opfer.»

«Mach schon», sagte der Floh. «Sei stark und zeig Gnade.»

Faden schnaubte wieder leise. «Es ist einfach so unnatürlich», sagte er. «Von Gnade kann man nicht leben, mein Freund.»

Die Spinne zog an dem Faden und fing an, ihn aufzutrennen. Der Floh hüpfte zurück zu Spiders Ohr, und alle schauten der heiklen Arbeit fasziniert zu. Es verging eine Minute, bis sich die Zwangsjacke endlich öffnete. Eine dürre Motte wand sich heraus, wälzte sich auf den Rücken und brachte ein schwaches Lächeln der Erleichterung zustande.

«Oh», sagte das Insektenmännchen. «Danke.»

Es streckte vorsichtig die Flügel und ließ sie zucken.

«Versuch nicht zu fliegen», sagte Spider. Er streckte die Pfote aus. «Ich bring dich zurück zu deinem Schuppen. Da wartet nämlich jemand auf dich.»

«Wer denn?»

«Deine Partnerin. Sie hat dich vermisst.»

Die Motte wurde langsam rot und wand sich auf die Vorderseite.

«Du weißt von uns?», fragte sie. «Wie das?»

«Oh, wir sind uns zufällig begegnet. Ist schon eine Weile her, aber ich war bei euch zu Besuch.»

«Du meine Güte.»

«Deine Freundin hat mir alles über dich erzählt. Sie will dich nur einfach wieder zurück.»

Die Motte nickte.

«Ich weiß gar nicht, was ich sagen soll», meinte sie. «Das hat mich die ganze Zeit da oben aufrecht gehalten – der Gedanke an sie. Wir haben ja nur ein kurzes Leben, aber wir hatten noch so große Pläne.»

Das Tier kletterte langsam auf Spiders Pfote und ließ sich nieder. Dann spannte es die Schultern und wartete, dass die Wärme zurückkam.

«So», sagte Buster schließlich. «Und was wird aus uns?»

Die Pitbull-Hündin sah Spider an und hob eine Augenbraue.

«Wir sind hier in deinem Revier. Dürfen wir bleiben? Ist das für dich in Ordnung? Ist ja auch nicht für lange.»

«Von mir aus könnt ihr so lange bleiben, wie ihr wollt», antwortete Spider.

«Das ist sehr nett, aber ich will mich nicht dazwischendrängen. Nicht bei so einer engen Familienbeziehung. Ich meine, ich mag Tom, und ich mag auch seinen Dad. Ich mag ihre Gastfreundschaft, aber ich hab meine eigenen Leute, und die werden mittlerweile schon durchdrehen. Der alte Spike ist bestimmt fix und fertig. Ich bin noch nie verloren gegangen, Kumpel, das hab ich dir ja schon erzählt.»

«Ja, hast du.»

«Ich muss nach Hause und wieder fit werden.»

«Aber ich *will*, dass du bleibst», sagte Spider.

«Dann eben für ein paar Tage», antwortete Buster. «Und vielen Dank.»

Sie sahen zu der Katze.

«Du auch, Mondschein», sagte Spider. «Bleib hier, bitte. Das hier ist jetzt dein Zuhause, falls du nicht das Gefühl hast, dass jemand dich besitzt.»

Mondschein schaute weg. Sie wollte etwas sagen, doch aus irgendeinem Grund wusste sie nicht, was, deshalb nickte sie bloß und setzte sich wieder.

Spider winselte selig und stieß ihr mit der Schnauze gegen die Wange.

«Hört zu, Freunde», sagte er. «Ich würde ja gern weiter hier rumsitzen und mit euch reden, aber ich muss los. Ich will doch bereit sein, deshalb lauf ich jetzt schnell mit der Motte zum Schuppen –»

«O Spider», sagte Mondschein.

«Was ist?»

Die Katze blinzelte.

«Schau mal hinter dich, Schätzchen.»

«Wieso?»

«Tu einfach, was Mondschein dir sagt», meinte Buster. «Aber mach langsam, die Motte sitzt nämlich direkt auf deiner Nase.»

Spider drehte sich um, und einen Moment lang konnte er es einfach nicht glauben.

Er war so auf seine Freunde fixiert gewesen, dass er nichts gehört und nichts gerochen hatte. Und sein geliebtes Herrchen hatte ihn überlistet. Tom war ganz leise ins Haus gekommen und auf Zehenspitzen die Treppe hochgeschlichen. Seine beiden Eltern waren auch dabei und mit ihm den Flur entlanggekommen. Schließlich hatten sie geräuschlos die Tür geöffnet, und nun standen sie auf der Schwelle: vorn der Junge und gleich dahinter seine Mutter. Sie hatte ihre Hände sanft auf Toms Schultern gelegt, während Herr Lipman schweigend neben ihr stand. Die drei hatten bereits eine halbe Minute lang dagestanden und betrachteten die Tiere voller Stolz, Freude und Staunen.

Spider spürte, wie sich irgendetwas ganz schnell und heftig bewegte.

Er stand auf und begriff, dass es sein Schwanz war. Der Schwanz hatte ihn hochgehoben, und einen Moment lang tanzte und drehte er sich so wild, dass Spider umfiel. Seine Pfoten verhedderten sich, und die Motte erhob sich lieber schnell in die Luft. Der Hund konnte jetzt einfach nur kläffen – und dann plötzlich fand er sich in Toms Armen wieder. Der Junge hatte ihn im Sprung aufgefangen, und für einen kurzen Moment standen sie ineinander verschlungen mitten im Zimmer, die Nasen so dicht zusammen, dass sie einander berührten.

Wir sind wieder zusammen, dachte Spider. Wir sind zu Hause. Ich werde diese kleine Familie für immer beschützen – euch alle. Lasst mich nie wieder fort.

ENDE

Weitere Titel von Andy Mulligan

Der zweite Kopf des Richard Westlake

Liquidator

Spider. Die große Reise eines kleinen Hundes

Trash